Meiner Bianca gewidmet

Die Armee der Stöcker

von Oliver Farin

1.

Die Luft flimmert über den Acker. Der Mercedes-Kombi biegt von der alten Postkutschenstraße in den Waldweg ab. Ich kurbele das Beifahrerfenster ein Stück herunter, ein warmer Schwall Luft ergießt sich in den klimatisierten Innenraum und ich atme einmal tief durch. Die Spätsommersonne steht noch hoch am Himmel. Wir haben Zeit genug.
"Das Denkmal ist links von uns Henrik! Du musst noch weiter hochfahren, durch den Wald bis hinauf zum Acker"

Für einen Augenblick mustere ich ihn. Er scheint guter Dinge zu sein. Ich streiche mit meiner Hand über meine Haare, obwohl ich nur stillsitze, treibt es mir den Schweiß auf die Stirn.

"Wie bist du eigentlich auf diese Stelle gekommen? Ich habe zwar auch von den Ereignissen gelesen, kann mir aber nicht vorstellen, dass wir hier Glück haben werden...hier müssen doch schon Heerscharen von Suchern über den Acker geschlurft sein".

Er sieht meine Skepsis und ein feines Lächeln huscht über sein Gesicht. Nun haben wir schon so viele Jahre miteinander gesucht und es war immer das Gleiche. Wenn jemand einen Riecher für eine neue Stelle hat, dann war es Henrik.

Die Achse des Kombi quietscht unter den Unebenheiten des Hohlweges, der sich bergan durch den Kiefernwald schlängelt. Ab und an klatscht ein kleiner Ast gegen unsere Außenhaut.

"Ich denke, wir machen es so...", hebt Henrik an und nickt dabei kurz in meine Richtung.

„...wir setzen uns ein Zeitlimit. Wir werden ein paar Bahnen ablaufen, uns rein auf die Edelmetallfunde konzentrieren und danach beratschlagen ob es sinnvoll ist weiterzusuchen! So haben wir es doch immer gemacht – oder?"

Ich spüre seinen Blick, der mich von der Seite fixiert.

„Was haben wir dabei zu verlieren? Eine oder zwei Stunden Zeit, mehr nicht. Du weißt, wir wollten schon immer mal hierher, es hat nur zeitlich irgendwie nie geklappt... Klar sind hier schon einige Sucher über den Acker gelaufen gelaufen...aber..."

Er macht eine abwehrende Handbewegung, als wollte er eine Fliege verscheuchen. Eine kleine Pause entsteht, dann zeigt er mir sein breites Grinsen und fährt fort:

"...aber die hatten damals noch nicht so gute Detektoren, wie wir sie jetzt haben!"

Sein brummiges Lachen erfüllt den Innenraum.

"Wir müssen das Glück zwingen Tim!"

Immer wenn er das sagt, erhebt er dabei ironisch die Stimme, als wolle er etwas, einer Zauberformel gleich, heraufbeschwören.

Aber dieser einfache Satz tut seine Wirkung. Für mich soll es das Motto der nächsten Stunden werden. Das Glück zwingen! Kann man das Glück überhaupt zwingen, oder geschieht es wie ein Zufall. Der Schatzsucher hat es oder hat es eben nicht.

Meine Gedanken werden von dem Scheppern unserer Ausrüstung im Kofferraum unterbrochen. Jede Bodenwelle wird wie ein Echo zurückgeworfen. Die Spatenblätter klappern gegen die Blechgehäuse unserer Suchgeräte, die Wasserflaschen glucksen im Takt und die Rucksäcke rascheln gegen die Innenverkleidung.

Ich liebe dieses Geräusch. Sie gleicht einer Melodie. Immer wenn ich sie höre, breitet sich eine innere Anspannung, eine wohlige Nervosität in mir aus. Meine Muskeln verhärten sich, mein Puls steigt. Wir werden beide still im Auto und konzentrieren uns auf das, was kommt.

Während wir im Auto durchgeschüttelt werden, lichtet sich der Wald vor uns und gibt den Blick auf die Ackerlandschaft frei.

Wir befinden uns auf einem weiten Plateau, das nach einigen hundert Metern sanft wieder abfällt. Einzelne Ackerflächen wechseln sich ab, als hätte ein Riese mit einem überdimensionierten Kamm schachbrettartig ein Muster in den

Boden gezogen. Inmitten dieser Äcker zieht sich ein kleiner Sandweg hindurch. Er verliert sich am flimmernden Horizont.

Mit einigen kurbelnden Handbewegungen stellt Henrik das Fahrzeug rückwärts ab. Ein kleines Ritual oder besser eine Vorsichtsmaßnahme von uns.

Das Auto wird immer rückwärts geparkt, sodass wir nicht gleich für alle Besucher sichtbar sind. Wir können einsteigen und auf dem schnellsten Wege wegfahren. Das hat sich immer bewährt, auch wenn es manchmal knapp dabei wurde.

Wie bei diesem Förster letzten Monat. Wir konnten an seiner Schrittart schon von weitem erkennen, dass er für Diskussionen und Erklärungen absolut unempfänglich war. Sein Hund wirkte nicht weniger bissig als sein Herrchen. So beschlossen wir damals, unser Heil in der Flucht zu suchen. Klamotten rein, Zündung, Gas und weg!

Ein leichter Ruck geht durch das Fahrzeug und holt mich aus meinen Gedanken. Endlich können wir aussteigen und stehen beide blinzelnd in der Sonne.

Henriks Blick gleitet über den flirrenden Horizont. Er nimmt einen tiefen Schluck aus der Wasserflasche und das grelle Licht der Sonne spiegelt sich störend in den Gläsern seiner Brille. Er hat sie über seine Augenbrauen gesetzt und wendet sich dann mir zu.

"Hier Tim, willst Du auch einen Schluck?", fragt er und reicht mir die Flasche.

"Hast Du gewusst, dass hier vor 200 Jahren nur Heidebüsche und einige Birken waren? Sie reichten bis dahinten".

Sein Zeigefinger wandert zum Waldrand im Norden.

"Erst weit nach der Schlacht hatten die Bauern damit begonnen, die Flächen zu roden und fruchtbar zu machen. Es muss eine wahnsinnige Plackerei gewesen sein. Unser Glück, dass sie es taten! In dem Heidekraut hätten wir jetzt keinerlei Chance!"

Ich spüre das kühle Wasser in meiner Kehle und möchte die Flasche am liebsten gar nicht mehr absetzen.

"Und wie ist dann dieser kleine Wald hier rings um uns herum entstanden?", frage ich.

Er dreht sich um und deutet in die Richtung hinter mir.

"Die haben damals, als sie 1913 das Denkmal aufgestellt haben, einen kleinen Park dazu angelegt. Na ja, der hat sich dann sozusagen selbständig ausgesät und verwildert, das Ergebnis haben wir eben durchfahren".

Die Flasche wird in eine schattige Ecke unter das Fahrzeug geschoben. Später sind wir für jeden kühlen Schluck dankbar.

Langsam richte ich mich auf und sauge die nach Harz duftende Sommerluft ein.
Im Schatten der Kiefern tanzen die Schwärme der Mücken. Ein Buntspecht klopft über mir die Rinde nach Nahrung ab. Das Geräusch mischt sich mit dem Knacken der warmen Kiefernstämme in der Sonne, zu einer schläfrigen Melodie.

Alles ist so friedlich und still. Unvorstellbar für mich, dass sich hier so eine Tragödie abgespielt hat.

Mit einem leichten Quietschen öffnet sich die Heckklappe des Mercedes. Wortlos ergreifen wir unsere Ausrüstung. Das Gestänge wird
zusammengesteckt, das Batteriefach wird überprüft, der Teller, das Herzstück der Sucherrute, ausgerichtet. Die Buchse des Kopfhörers verschwindet mit einem hörbaren Klicken im Gehäuse. Jetzt geht es also endlich los.

Es sind immer wiederkehrende Bewegungen. Ein Ritual, das zuverlässig zu einer Adrenalin-Ausschüttung bei mir führt. Ich höre meinen erhöhten Herzschlag, als ich die noch stummen Muscheln über die Ohren schiebe und tauche ab in eine andere Welt.

Ich tausche die Geräusche vom Wind, vom Zwitschern der Vögel und dem Knarren der trockenen Kiefernstämme mit dener einer technischen, synthetischen Welt, dessen Laute über den Erfolg oder Misserfolg beim Suchen entscheiden.

Mit der linken Hand ergreife ich meinen kleinen Spaten und trotte langsam auf das nur wenige Meter vor mir liegende erste Feld.

"Henrik, hier sollten wir anfangen. Wenn mich nicht alles täuscht, hatten die Franzosen hier oben auf dem Plateau ihre erste Linie, als der Sturm begann".

Er ruft mir noch etwas zu, ich kann ihn aber schon nicht mehr verstehen, da ich bereits das Programm meines Suchgerätes gestartet habe.

Mit all meinen Sinnen bin ich jetzt eins geworden mit dem Gerät. Es ist mit mir zu einem verlängerten Arm verschmolzen. Wir sind nun eine Einheit, um zu suchen und zu finden.

Ich spüre dabei diese immer wiederkehrende Ungeduld. Es ist ein Kribbeln in der Magengegend, wie man es bei seinem ersten Date mit einer schönen Frau hat. Bei diesem Gedanken muss ich unwillkürlich lächeln und beschleunige meinen Gang...ich will jetzt endlich suchen!

Mein Blick fliegt über das Feld. Kartoffeln haben hier gestanden, man sieht noch deutlich die Spuren der Erntemaschine. Vereinzelt, wie vereinsamt und zurückgelassen, liegen kleine, grünliche Knollen auf der Fläche.

Die Spitzen meiner Schnürstiefel durchpflügen den weichen Sand des
Ackers. Bei jedem Schritt legt sich ein grauer Staubschleier auf meine Schuhe. Dabei komme ich mir vor wie der erste Mensch auf dem Mond und setze bedächtig einen Fuß vor den nächsten.

Langsam schwenke ich den Teller des Gerätes hin und her und laufe dabei die erste Ackerbahn ab. Dabei achte ich darauf, dass der Abstand des Tellers zum Boden auch in dieser monotonen Bewegung immer gleichbleibt. Langsam und konzentriert. Immer wieder überprüfe ich meine Spur. Bloß keinen Zentimeter auslassen, das ist oberstes Gebot.

Andere Sucher, die Anfänger, rennen wie von der Tarantel gestochen über die Fläche und wedeln dabei ihr Gerät mehr in der Luft als über den Boden herum. Das sind dann genau die Leute, die sich später verwundert die Augen reiben, wenn man vor ihren Füßen die vollen Taschen leert.

Ein helles, durchdringendes Quäken reißt mich aus meinen Gedanken!

Vorsichtig weiche ich einen Schritt zurück. Langsam wische ich mit der Fläche meiner Schuhsohle die ersten Zentimeter des Bodens beiseite und lasse zur Kontrolle den Teller des Gerätes nochmals darüberfahren "grrrröäääck" kontert das Signal in meiner Muschel. Schnell ein Blick auf mein Display: "67" prangt dort in schwarzen Quarzbuchstaben.

Edelmetall! durchzuckt es mich.

Ich gehe in die Hocke und mein Blick gleitet über die Ackerfläche. Dann sehe ich den schaukelnden Oberkörper von Henrik, der 20 Meter hinter mir ebenfalls eine andere Bahn absucht.

Vorsichtig lege ich das Gerät aus der Hand und steche mit dem Spaten ein "U" in den weichen Boden, genau um das Zentrum des Signales herum.

Der Geruch von warmer Erde zieht in meine Nase. Ein leichtes Kribbeln in der Magengegend und ein wohliges Vibrieren durchzuckt mich. Mit der freien Hand durchpflüge ich den Sandhaufen und stoße mit dem Zeigefinger auf etwas Hartes!

Meine Anspannung wächst. Schnell habe ich den Gegenstand vom Dreck befreit. Meine Augen starren auf eine kleine Kugel aus Blei. Seit damals bin ich der erste Mensch, der diese Musketenkugel wieder in den Händen hält.

Eingehend betrachte ich diese Bleikugel. Deutlich kann man die schwarzen Pulverschmauchspuren an der Rückseite des Geschosses erkennen. Sie ist abgefeuert worden.

Wer war dieser Mensch, der diese Kugel geladen hat? Der verschwitzt, vielleicht verängstigt oder verwundet seine Waffe geladen hat. Ich bekomme ein Bild vor meinem geistigen Auge und versuche mir dabei vorzustellen, wie es damals war.

Das Laden einer Steinschlossmuskete war damals eine zeitaufwendige und gefahrvolle Prozedur. Die bleigegossene Kugel war zusammen mit dem Schwarzpulver und einem Blatt Papier zu einer Zigarre verdreht. Diese musste der Soldat beim Laden mit den Zähnen aufbeißen. Das Pulver von vorne in den Lauf gießen, um dann das Papierröllchen mitsamt der Kugel durch einen Ladenstock in den Lauf nach unten zu schieben. Als letztes musste der Hahn mit dem Feuerstein gespannt werden ...und fertig war die Waffe.

Die Schusskadenz dieser Tage war mit etwa einen Schuss pro Minute nicht besonders hoch. Und so kam es häufig vor, dass der Soldat während des Ladevorganges, wo er wehrlos war, sein Leben verlor.

Henrik schlurft an mir vorbei. Sein Blick ist starr auf den Boden geheftet. Ich halte ihm kurz und wortlos den Fund entgegen. Dabei blinzle ich kurz in die Sonne. Er strahlt mich an, lässt sein Gerät und den Klappspaten in den Sand sinken und kommt die paar Schritte zu mir hinüber. Langsam erhebe ich mich. Er nimmt seine Brille ab und begutachtet geradezu liebevoll die Kugel indem er sie vor seinem rechten Auge kreisend prüft.

"Schöner Fund Tim! ...es müsste ein preußisches Kaliber sein, 17mm. Wir sollten hier unbedingt weitersuchen!"

Er mustert dabei meine Hände.

„... hast du noch mehr gefunden?"

Ich verneine und lasse dabei die Kugel mit etwas Stolz in meine Jackentasche verschwinden. Der Anfang wäre gemacht.

Der französische Soldat schwitzt an diesem Tag. Er hebt seinen Leder-Tschako an und wischt sich mit dem Taschentuch über die Stirn. Die Sonne steht gerade drei Stunden am Himmel und die Luft ist jetzt schon unerträglich heiß.

Heute haben sie ihre beste Uniform angelegt, sie wollen voller Stolz für ihren Kaiser kämpfen und gut aussehen, wenn sie nach der Schlacht, nach dem Sieg an ihrem General vorbeimarschieren.

Sein Leutnant wirkt konzentriert. Dann hebt er den Säbel. Der Befehl "Bataillon vorwärts Marsch!" gellt über die Reihen. Das monotone Stampfen der Stiefel erfüllt den Heidegrund. Die Tornister klappern gegen die Gewehre. Der Soldat schwitzt noch mehr. Es rinnt über sein Gesicht und tropft dann auf die weiße Baumwollhose.

Er schaut über den Hügel in das Tal vor ihm. Sie haben den höchsten Punkt erreicht. Der Leutnant fuchtelt wieder mit dem Säbel in der Luft. "Ganzes Bataillon in Linie!"

*Die Soldaten stellen sich in einer breiten Dreierreihe auf. Unser
Soldat kniet ganz vorne in der ersten Reihe. Nervös tastet er
nach seiner
Patronentasche. Alles hat noch seinen Platz. Das Knie seines
Hintermannes drückt gegen den Tornister auf seinen Rücken.*

*"Ladet das Gewehr!" tönt es von neuem. Es scheppert und
raschelt. Man spürt die Anspannung, die in der Luft liegt.
Umständlich zieht er den Ladestock heraus, greift in die Tasche
und zieht eine Patrone hervor.*

*Dann beißt er das Papier auf. Der bittere Geschmack des Pulvers
betäubt seinen Gaumen.*

Es geht gleich los - er weiß es.

*Am jenseitigen Horizont, direkt am Waldrand, blitzt es plötzlich in
einer Reihe auf.
Die Wölkchen der abgefeuerten Kanonen stieben wie weiße
Farbtupfer hervor. Dann orgelt es heran. Das Brausen wird in der
Luft zu einem Orkan.*

*Die erste Kanonenkugel spritzt vor ihm links in den Boden, fast
zeitgleich mit dem dumpfen Knall der Abschüsse. Sie prallt vom
Boden hoch, zischt direkt in die Reihen der Soldaten.*

*Wie eine Sense des Todes hält sie Ernte. Menschliche Leiber
werden von ihr zerrissen, hochgeschleudert, zerfetzt. Das Blut
pocht ihm in seiner Schläfe...diese Anspannung, diese
entsetzlichen Schreie der Soldaten!*

*Vor ihm kracht es wieder in die Erde. Die Erde zittert, bebt. Er
spürt es unter seinen Füßen. Moos, Dreck und Heidebuschwerk
spritzen ihm ins Gesicht. Die Soldaten werden langsam
unruhig. Ihr Leutnant schaut in ihre ernsten Gesichter.*

*"Haltet aus meine Soldaten! haltet aus!" Dabei zupft er mit
seiner Hand nervös am Schnurrbart, während er sein
scharrendes Pferd hart an die Zügel nimmt.*

*Dann lösen sich vor ihnen schwarze Schatten aus dem Wald. Es
sind Reiter. Sehr viele Reiter. Wie schwarze Finger einer Hand
greifen sie zangenartig nach der kleinen Brücke unten am Bach,
dort wo das französische Vorpostenbataillon steht. Wie schnell
sie sind. Der Soldat sieht das Blitzen ihrer Säbel in der Sonne. Er
hört das Geknatter der Musketen und die Schreie der
Getroffenen.*

Die schwarzen Reiter greifen wieder an, wirbeln im schnellen Galopp immer erneut in das französische Karree am Bach. Die Säbel sind gnadenlos. Sie schlagen alles nieder - immer wieder. Jeder Widerstand erstirbt unter ihren Klingen.

Eine neue Reihe weißer Wolken löst sich vom Waldrand. Der Soldat beißt die Zähne zusammen. Er zittert, möchte sich vergraben, tief eingraben in diese fremde Erde.

Dann zischt es schon heran. Einige Meter neben ihm klatscht die Stahlkugel direkt durch das Karree. Ein Zischen, gefolgt von einem schrecklichen dumpfen Aufprall. Das Geräusch, dieses grässliche Geräusch von brechenden Knochen, von Stahl auf Fleisch. Niemals zuvor hat er Menschen so schreien hören. Sie reißt eine rote Schneise des Verderbens. Eine ganze Reihe von Soldaten wird in einer Sekunde ausgelöscht. Gliedmaßen und Dreck wirbeln durch die Luft.

"Pflanzt auf das Bajonett!" In dem Toben und Schreien kann er die
Stimme genau heraushören. Er ist froh, dass er etwas tun kann. Das Warten ist kaum zu ertragen. Nur schemenhaft kann er das Getümmel am Bachlauf erkennen, alles ist in dem Rauch des Pulvers versunken.

Der Boden unter ihm fängt an zu vibrieren und vermischt sich mit dem Klappern seiner Zähne. Dann kann er sie kommen sehen. Ihre schwarzen Uniformen mit den schwarzen Tschakos. Das Schnauben der Pferde, das Schlagen ihrer Hufe. Immer schneller trommelt es heran. Wie eine dunkle Wand bricht es aus dem Nebel des Todes.

Hundertfach hatten sie es erprobt, jetzt ist die Stunde, in der sie es anwenden sollten.

"Feuerrrr!" Der Befehl geht im Feuertanz fast unter. Die mittlere Reihe schießt zuerst. Wie sie fallen, stürzen. Pferde begraben ihre Reiter. Doch schon sind sie da. Er schießt auf einen dieser Schatten - diese schwarzen Teufel. Deutlich kann er das Gesicht des Preußen erkennen. Er sieht seinen Oberlippenbart, der steil und wütend nach oben gezwirbelt ist. Verschwitzt und zornig, seine Pistole im Anschlag, in der anderen Hand den Säbel. Es blitzt auf und klatscht plötzlich bei seinem Nebenmann. Die Hände vorm Gesicht, kippt dieser blutüberströmt über.

Unser Soldat reißt das Gewehr nach vorne. Er will nicht sterben. Nicht jetzt, nicht hier. Es knattert wieder los, die dritte Reihe schießt. Seine Ohren sind betäubt. Die Reiter brechen durch die Linie, einfach durch die Leiber, durch die Schreie. Schon ist das Pferd über ihm, riesengroß und übermächtig. Seine Sehnen bewegen sich reflexartig. Er will sich wegrollen, will raus aus diesem Grauen. Da trifft ihn der Huf des Pferdes.

Alles wird schwarz in ihm, es wird dunkel und ruhig...so still und friedlich.

Eine warme Windböe streichelt mein Gesicht. Ich schätze die

Entfernung bis zum Ende des Ackers ab und stehe wieder auf. Der Sommerwind lässt immer wieder kleine Windhosen auf dem trockenen Acker entstehen. Fasziniert schaue ich ihnen zu, wie sie spielerisch über den Boden tanzen. So schnell wie sie gekommen sind, verschwinden sie auch wieder.
Kaum lasse ich den Plastikteller über den Boden pendeln, klingelt es erneut in meinem Kopfhörer. Diesmal steht eine "11" auf der Anzeigetafel des Bildschirmes.
Ich bleibe gelassen, Zahlen bis 15 sind in der Regel Stanniolpapier, Dosenverschlüsse oder Ähnliches. Also so ziemlich das Gegenteil von wertvoll.

Das Gerät misst im Prinzip die Veränderung des Magnetfeldes der Erde. Je leitfähiger der Gegenstand ist, desto größer ist die Störung des Magnetfeldes. Eine kleine Zahl lässt also auf einen geringen Edelmetallanteil schließen.

Dennoch wische ich wie gewohnt die ersten Zentimeter mit der Stiefelsohle beiseite. Jeden Moment erwarte ich das Aufblitzen der Folie in der Sonne. Doch es blitzt nichts auf. Ich gehe erneut in die Hocke und hebe mit dem Spatenblatt eine Handbreit Erde beiseite. Routiniert kreise ich den Teller über den Auswurf. Nichts! Ein kurzer Schwenk über das kleine Loch. Das Stanniolpapier ist offenbar noch in der Erde. Schnell ein Blick auf das Display.... "22".

Verteufelt, was ist das? Je tiefer, desto besser denke ich mir. Jetzt wird es spannend. Das Glück zwingen, Tim, das Glück zwingen!

Wieder gleitet mein Spatenblatt in den warmen Sand, diesmal jedoch tiefer. Der ausgehobene Haufen wächst an. Nach jedem Graben wird das Erdreich auf beiden Seiten kontrolliert, immer mit dem gleichen Ergebnis! Es liegt noch drin! Und es liegt sehr tief!

Die Zahl auf dem Display hat sich inzwischen bei 25 eingependelt. Ich weiß, dass eine 25 in dieser Tiefe noch wertvoller ist.

Eine Schweißperle löst sich von meiner Augenbraue und rinnt in meinen Augenwinkel. Es brennt. Ich wische mir mit dem Handrücken über meine Stirn und suche den Blick zu Henrik. Zuerst erkenne ich ihn gar nicht. Mit seinem grauen Parka ist er, in der Hocke sitzend, wie ein Chamäleon mit seiner Umgebung verschmolzen.

Er hat etwas ausgegraben und prüft den Fund. Er reibt den Gegenstand an seiner Hose, um ihn dann vor seinem Auge zu halten. Dann verschwindet das Objekt in seiner linken Parkatasche.

Ich kenne ihn und weiß, dass dort nur seine wertlosen Müllsachen landen.

Schnell widme ich mich wieder meinem Fundplatz. Diesmal drücke ich die Schaufel tief in das Erdreich. Der erdige, feuchte Geruch des Bodens strömt in meine Nase als ich den Erdklumpen neben mir wende. Mit einer geschickten Handbewegung husche ich mit dem Gerät darüber.

Ob ich diesmal Erfolg habe? Erlösend piept es, diesmal schrill und kurz! Vorsichtig hebe ich den Klumpen auseinander...da! Da sehe ich grüne Patina! Ein kleiner grün-glänzender Rand wird sichtbar!   Meine Finger sind auch schon zur Stelle. Etwas stolz halte ich die Münze in der Hand. Ganz vorsichtig streiche ich mit den Fingern über die patinierte Oberfläche. Ich kneife die Augen zusammen, um die kleine Schrift zu erkennen.

"1 Pfennig Scheide Münze 1790".

Auf der Rückseite prangt das Niedersächsische Pferd.

Volltreffer!

Die Münze ist vor der Schlacht geprägt worden. Bisher hatte ich zwei Ausschläge, zwei Funde und beide stammen eindeutig aus der Schlacht.

Man findet sehr häufig Münzen. Genau genommen liegen immer Münzen auf einen Acker.

Im Geiste habe ich mir dabei die löchrigen und zerschlissenen Beinkleider der Bauern vorgestellt, aus denen sie bei harter Arbeit purzelten. Oder es wurden alte Wander- und Spazierwege überpflügt, auf denen diese Hinterlassenschaften ihre etzte Ruhe fanden.

Vielleicht damals, als die feine Dame bei ihrem Sonntagsausflug zu dem alten Denkmal ihr Taschentuch aus dem seidenen Handtäschchen zog.
Dabei fiel ihr der 1914 geprägte Groschen zu Boden.
Oder vielleicht, als der mittelalterliche Landsknechtsohn im schnellen Ritt zur Schenke seinen ledernen Beutel mit den silbernen Talern verlor.

Ich kehre aus meinen Gedanken wieder zurück, als eine Hummel laut brummend an meinem Ohr vorbei surrt. Verflucht ist mir heiß! Ich schiebe meine Schirmmütze zurecht und wische mir über den Nacken.

Schnell sortiere ich meine Sachen und laufe die Ackerfurche weiter ab, als es im Kopfhörer laut wird.

Ich will den Spaten gerade wieder ansetzen, da habe ich plötzlich so ein Gefühl, einen Instinkt. Mich überkommt ein schlechtes Gewissen. Ich war die letzten Minuten abgelenkt, vertieft mit meinen Funden. Dadurch habe ich ihn völlig vergessen. Den Kontrollblick!

Schnell schaue ich hinter mich und zucke zusammen. Ich weiß, dass der Ärger nun vorprogrammiert ist.

Henrik, der stets ohne Kopfhörer sucht, hat ihn bereits kommen sehen. Er hat seine Sachen in den Sand gelegt und geht direkt auf den Traktor zu. Gute Miene zum bösen Spiel stapfe ich Henrik hinterher.

Der Bauer ist direkt bis auf den Acker gefahren. Durch seine Wendung hat er mit den großen Reifen eine tiefe Furche in den Boden gedreht. Unter einem Jaulen erstirbt der Motor. Die Tür springt auf und ich kann die massige Gestalt dahinter erkennen.

Wir lächeln ihn beide an, als er aus seinem Führerhaus springt und auf uns zu geht.

"Hey ihr twee! Wat mokt ihr denn hie auf mien Acker? Die Swiene heff mie dat letzte Vörjahr die ganzen Kartüffeln anfreten. Ick will hie meene Ruh hebben"

Ich starre in ein wettergegerbtes Gesicht. Seine blaue Latzhose wird von einem stattlichen Bauch getragen und aus seinem karierten Hemd wächst ein Büschel Haare heraus. Alles wirkt sehr abgetragen und verschlissen. Vor mir steht ein Mensch, der nur die Arbeit auf dem Feld kennt.

Henrik ist die Ruhe selbst. Er versucht zu beschwichtigen.

"Entschuldigen Sie, dass wir auf ihren Acker gegangen sind. Er ist abgeerntet und daher dachten wir, es würde Sie nicht stören".

Ein Paar stechend blaue Augen schauen uns abwechselnd an. Henrik lässt den Satz wirken und fährt dann fort.

"Wir sind Schatzsucher und wollen hier nach alten Sachen aus der Schlacht der Franzosen suchen. Die Löcher machen wir selbstverständlich immer wieder zu und alten Schrott den wir finden, holen wir im Gegenzug für Sie heraus".

Er öffnet seine linke Tasche und befördert ein paar rostige Teile ans Tageslicht. Der Bauer schaut ungläubig auf den Schrott. Im Hochdeutsch antwortet er.

"Da werdet ihr nichts mehr finden. Der alte Kalli war doch schon jahrelang hier gewesen. "

Sein Blick geht dabei ins Leere, als wollte er einen Punkt im Himmel fixieren.

"Ich glaube, sein Sohn hat ihn beerbt. Den habe ich hier auch schon gesehen. Ein bisschen verrückt war er ja schon, der Kalli. Wie er hier rumlief mit seiner Wünschelrute. Es hat ja auch ein böses Ende genommen mit ihm. Vom Grenzschutz ist er gekommen...ja und dann haben sie ihn in Rente geschickt, gleich nach der Vereinigung. Da hat er angefangen sich fürs Sondeln zu interessieren, hat er mal erzählt der Kalli."

"Sie meinen so ein Suchgerät wie wir es haben?", unterbreche ich ihn und zeige auf mein Gestänge im Sand.

"Nee, nee" , winkt er ab.

"Der hatte so einen gebogenen Draht, so ne Schlaufe aus Draht. Ausgelacht haben wir ihn in der Schenke. Manchmal setzte er sich abends dazu und wollte uns Geschichten erzählen. Kein Wort haben wir ihm geglaubt. Und er sagte dann, dass wir noch alle staunen werden, weil er etwas weiß aus der Franzosenzeit. Na ja, am Anfang war auch seine Frau mit dabei. Sie ging immer brav mit auf dem Acker und half ihm. Ja, die ist dann gestorben irgendwann. Krebs hatte die, glaube ich."

Er reibt sich kurz übers Kinn und fährt fort.

"Ja, er wurde dann immer komischer. Miene Fru hat ihn einmal sogar nachts gesehen, wie er hier vorne mit der Taschenlampe durch die Kiefern lief. Später hat er hier am Weg einen Wohnwagen aufgestellt. Der Bürgermeister hat ihm das erlaubt, hat er mir erzählt. Eines Tages hat er mich vom Traktor runter gerufen. Ganz wild hat er ausgesehen. Die Toten hätten mit ihm gesprochen hat er gesagt. Sie sollen ihm geflüstert haben, dass er hier weitersuchen soll. Deswegen kann er nicht mehr weg. Wegen der Geister hat er mir erzählt. Ja und dann haben sie ihn gefunden, so ne Woche später, glaube ich. Die Polizei war auch da und der Bürgermeister und die Leute von der Presse. Hier war richtig was los, das kann ich Ihnen sagen."

Er hält dabei den Zeigefinger nach oben.

"Was war denn passiert?", unterbricht ihn Henrik.

"Tot war er. Mausetot! Im Wohnwagen haben sie ihn gefunden. Herzschlag oder so. Da müsst ihr den Bürgermeister fragen. Ja, komisch war der Kalli."

Er greift mit der Hand in den losen Ackerboden und lässt den Sand durch die Finger gleiten.

"Trocken ist es, viel zu trocken".

Er dreht sich wieder zu uns.

„Macht mir hier nix kaputt Jungs und wenn ich eingesät habe, habt ihr hier so gar nichts zu suchen. Ja, hier braucht ihr eh nicht suchen. Ihr werdet hier nix finden. 8 Jahre hat der Kalli hier gesucht. Und nix hat er gefunden."

Er macht eine kurze Pause.

"Nur seinen Tod, den hat er gefunden!".

Der Bauer wendet sich ab und steigt in seinen Traktor. Der Motor jault wieder auf. Der Bauer verschwindet in einer Wolke von Sand und Staub.

Henrik und ich starren uns an.

Schließlich unterbreche ich die Stille.

"Was soll man davon halten, das ist ja eine wilde Geschichte. Die Ersten sind wir hier jedenfalls nicht".

Langsam trotte ich zu meinem Suchgerät.

"Das war auch nicht anders zu erwarten", murmelt mir Henrik herüber.

Wir nehmen unsere Suche wieder auf. Den halben Acker haben wir mittlerweile abgeschritten und langsam füllen sich unsere Taschen. Wir finden Schnallen, Gürtelschliessen, Knöpfe, Münzen und Kugeln. Ein ganzes Sammelsurium an Ausrüstungsstücken und Überbleibseln der Schlacht. Fehlen tut jedoch noch der direkte Nachweis darüber, wer hier damals gestanden hat.

Ich habe den Acker fast abgesucht, als mich das schon gewohnte Geräusch hochreißt. Ich will gerade den Spaten ansetzen und halte plötzlich inne. Vor mir auf der Ackerscholle liegt er ganz offen. Schnell ergreife ich den Knopf. Er ist wunderschön gearbeitet. Ein florales Muster fasst eine große "75" ein. Ich wische mit dem Finger über die grün patinierte Oberfläche.

75. Linienregiment der Franzosen! Endlich der Beweis. Ich schreie es fast heraus.

"Henrik, hier. Schau dir das an".

Wir treffen uns auf halben Weg. Er prüft den Fund und
sagt dann mit einer triumphierenden Stimme:

" Jaa, das ist es. Das 75. Linienregiment der Franzosen. Ich
habe darüber gelesen. Es waren ganz junge Burschen, die hier
oben verblutet sind. Das ist der Beweis Tim, sie waren hier
oben, genau an diesem Punkt".

Er drückt zum Beweis, dass sie an diesem Punkt standen einen
Stiefelabsatz in den Boden. Zufrieden stehen wir beide
andächtig in der Sommerbrise.

"Lass uns Pause machen Henrik, ich habe echt Durst und muss
endlich etwas trinken. Wie weit bist du denn gekommen? Zeig
mal, was du gefunden hast."

Wir stapfen zum Feldrand und lassen uns auf der Rasenkante
nieder.
Ich hole unsere Rucksäcke aus dem Auto. Das Picknick kann
beginnen. Henrik zieht eine Plastiktüte aus der Tasche und
breitet sie auf den Boden zwischen uns aus, sodass wir
vorsichtig unsere Funde darauf schütten können. Hier im
Schatten lässt es sich gut aushalten.

„Meine Güte", denke ich, den Blick auf die Tüte gerichtet. Es
ist ganz schön was zusammengekommen in den paar
Stunden. Zufrieden lasse ich mich auf den Boden plumpsen.
Ich bin durstig und hungrig, aber glücklich.

Langsam packe ich mein Stanniolpapier mit dem Brot aus.
Henrik schnippt eine Ameise von seinem Knie auf den Sand.

"Ich habe eine Idee, warte mal".

Er springt auf und verschwindet in den Kiefern. Nach fünf
Minuten kehrt er zurück und drückt mir eine Handvoll
armlanger Stöcker in die Hand. Ich schaue etwas verblüfft. Er
grinst mich an.

"Wir gehen jetzt nochmal auf den Acker und jeder von uns
steckt jeweils einen Stock in seine alten Fundlöcher, ich habe da
eine Idee".

Schon ist er in Richtung seiner Hälfte unterwegs. Ich stapfe
zurück. An dem dunkleren, feuchteren Sand erkennt man sofort
die Löcher. Wir hatten sie ja sorgfältig wieder verfüllt, doch es

dauert immer eine Weile, bis sie wieder die gleiche Farbe annehmen. Nach 10 Minuten habe ich meine 23 Löcher markiert.

Still stehen wir beide nebeneinander und betrachten unser Werk. Was wir dort sehen, hätten wir niemals erwartet.

Wie von Geisterhand ist vor uns ein altes Karree der Franzosen wieder zum Leben erwacht. Dort, wo sie einst standen und fielen.

Die Stöcker ragen fast symmetrisch in die Höhe und man kann deutlich das große Rechteck erkennen, das sie bilden.

Als wären nach fast 200 Jahren die Soldaten wieder aus dem Staub und Sand auferstanden. Als stünde die Armee der Stöcker erneut hier, um für ihren Bonaparte bereit zu sein. Henrik bricht als erster das Schweigen.

"Siehst Du Tim, man kann genau sehen, wo sie das Karree gebildet haben. Schau mal, sie müssen da runter marschiert sein. Dort müssen wir weitermachen".

Er zeigt mit seinem Spaten Richtung Norden. Ich zische die Luft durch die Lippen und deute mit dem Kinn auf die Ackerfläche vor mir.

"Hier haben ja noch mehr Karrees gestanden. Die müssen wir auch noch finden. Bis wir den Hügel hier abgesucht haben, wird das dauern".

Er nickt zustimmend.

Ein leichter Wind ist aufgekommen. Spielerisch fährt eine Böe durch Henriks Haare. Er nimmt seine Brille ab, putzt sie umständlich mit dem Ende seines T-Shirts und schaut mich fragend an.

"Es ist mir ein Rätsel, wieso diese Sachen hier so lange im Verborgenen liegen konnten"

"Du hast doch gehört Henrik, der Kalli hatte hier jahrelang die Oberhand gehabt. Außerdem denke ich, dass die Sucher hier immer falsch gesucht haben. Das Denkmal ist locker 500 Meter von uns entfernt. Sicherlich haben die Leute nur dort gesucht, weil sie glaubten, genau da wäre die Schlacht gewesen."

Er nickt stumm zurück.

"Da magst du recht haben. Glaubst du, der Kalli hat auch jahrelang an der falschen Stelle gesucht? "

Er setzt sich die Brille wieder auf.

"Mmh...wir werden sehen Henrik, wir werden sehen".

Wir sammeln unsere Stockarmee wieder ein und setzen unsere Suche auf dem Ackerstück weiter fort. Immer wieder bleibe ich stehen und mein Blick wendet sich dabei Richtung Norden, dorthin, wo das Karree geflohen ist. Der Acker fällt dort in einer Senke ab und wenn ich für einen kurzen Moment die Augen schließe und innehalte, kann ich sie hören, das Klappern ihrer Ausrüstung, das Stampfen ihrer Füße...

2

Marie steht vor ihm. Ihr blondes Haar fällt sanft über ihre zierlichen Schultern. In dieser Dunkelheit wirkt sie vor ihm wie ein leuchtender Engel. Wortlos streckt sie ihm ihre zarte, weiße Hand entgegen.

Sie zieht an ihm. Er will ihr antworten, doch aus seinem Mund kommen keine Worte. Er spürt ihren Druck, ihren Sog. Er will zu ihr, zu seiner Liebe. Doch er kann sich nicht bewegen. Seine Beine sind wie Blei. Immer stärker zieht und zerrt sie an ihm. Sie reißt an ihm, an seinem Arm und er fühlt sich so schrecklich hilflos dabei.

Dann hört er diesen unbeschreiblichen Lärm, es trommelt so fürchterlich an sein Ohr. Das Krachen, das Getöse um ihn, er will das nicht, er will zu seiner Marie.

Plötzlich reißt die Dunkelheit auf und er öffnet seine Augen. Der stechende Geruch verbrannten Pulvers zieht ihm in die Nase und lässt ihn unmittelbar zu sich kommen. Er sieht helle Rauchschwaden über seinem Kopf am Himmel vorbeiziehen.

„Steh auf Jacques! Komm, wir müssen weiter!"

Diese flehende, fast weinerliche Stimme zerrt an seinemTrommelfell. Sein Kamerad steht vor ihm und versucht ihn hochzuziehen. Schließlich nach endlosen Sekunden zieht er ihn auf seine wackeligen Beine. Er spürt das warme Rinnsal an seiner Stirn, das ihm von der Nase tropft. Er spürt den Schmerz, den Druck in seinen pochenden Schläfen.

Völlig benommen steht er auf, wackelt, wankt und sucht sein Gewehr. Erst jetzt nimmt er die Konturen seiner Umgebung wahr. Vor ihm türmt sich ein Berg von Leibern, Pferde mit zerrissenen Bäuchen, aus denen bläulich schimmernd die Gedärme hervorquellen, darunter und daneben tote Soldaten, Preußen und Franzosen. Ihre Beine und Arme seltsam verdreht. Sie liegen kreuz und quer, Freund und Feind nebeneinander im Tod vereint.

Ja, so viele tote Franzosen sieht er, ihre gebrochenen Augen starren ihn fragend an: „Jacques! Warum nur Jacques?!" Rufen sie ihm still zu. Angewidert wendet er sich ab. Das gesamte

Heideplateau ist in Rauch gehüllt, das dumpfe Rollen der Artillerie klingt nun ferner.

Ein Adjutant reitet heran, sein Tschako und sein rechter Ärmel hängen zerfetzt herab, das Messingschild des Regiments ist heruntergerissen. Die Augen und Nüstern des Pferdes sind weit aufgerissen und das Tier steigt immer wieder nervös in die Höhe.

„Auuufschließen! Los ihr Backfische! Setzt euch in Bewegung...wir müssen Anschluss halten!"

Sie versuchen sich zu beeilen, andere Versprengte folgen ihnen. Immer wieder stürzen sie über das struppige Heidekraut und richten sich nur mühsam wieder auf. Nur noch wenige Meter trennt sie von ihren Kameraden. Das zusammengeschrumpfte Karree ist schon über die Kuppe und wendet sich nach Norden zu, dem dunklen Waldrand entgegen, der ihre Rettung bedeutet.

„Sie werden wiederkommen, die Reiter Jacques...sie kommen bestimmt wieder! Wir müssen uns beeilen sonst sind wir verloren".

Kugeln zischen hell pfeifend über ihre Köpfe. Sie beschleunigen ihren Gang. Jacques bewegt sich mechanisch, er hört das Keuchen aus seinen Lungen, spürt das schnelle Klopfen seines Herzens. Es pumpt ihm bis zum Hals. Er kann keinen klaren Gedanken fassen, ein stechender Schmerz bohrt sich bei jedem Schritt in seinen Kopf.

Wieder knallt eine Salve der Musketen hinter ihnen los, der Feind ist ihnen scharf auf den Fersen und feuert direkt von der Kuppe auf sie herunter. Laut trällernd jault eine Kugel nur knapp an seinem Kopf vorbei.

Sie humpeln weiter. Es ist der reine Trieb. Der französische Soldat möchte leben und er läuft um sein Leben. Zurückbleiben bedeutet den Tod!

Dann vernehmen seine geschundenen Ohren dieses Geräusch. Es ist ein Zischen, ein langgezogenes Zischen. Schüchtern hebt er den Kopf in den Himmel und blinzelt in die rauchgeschwängerte Luft. Ein leuchtender Schweif zieht seine Bahn. Kometengleich kommt er immer näher, senkt sich plötzlich ab, direkt auf das Karree vor ihnen zu. Er zuckt *zusammen, wie ein gejagtes Tier geht er in die Knie und sucht Deckung.*

Eine ohrenbetäubende Explosion zerreißt die Luft, eine Welle des Druckes presst gegen seine Brust und nimmt ihm für einen Moment den Atem.

Die Rakete zerplatzt in der Luft zu einem Feuerball und spuckt seine bleierne Ladung aus. Wie sie laufen, fallen, schreien. Das Pferd des Adjutanten geht getroffen nach hinten in die Knie, fällt auf die Seite und begräbt seinen schreienden Reiter unter sich. Er stolpert weiter, den Hang hinunter, fällt über einen Kameraden, der sich am Kopf fasst und ihn wild hin und her schüttelt. Über und über mit Blut besudelt.

Er will das nicht sehen, das Grauen, das Sterben. Instinktiv fasst er sich im Laufen an den Hals, ergreift die Kette mit dem kleinen Kreuz aus Gold. Es ist noch da. Seine mit Schmutz verkrustete Hand umschließt es fest. Es wird ihn beschützen, wie es ihn immer beschützt hat und es wird ihn zurückbringen. Zurück zu seiner Marie!

Die Sonne steht schon tief und wirft ein zartes Tuch von tausenden Orangetönen über die Landschaft. Ein Krächzen erfüllt die Luft, die Saatkrähen ziehen über ihnen ihre Kreise, finden sich ein und sammeln sich über ihren Schlafbäumen. Mein Handgelenk beginnt zu schmerzen und ich stelle das Suchgerät an meiner Hüfte ab um die müden Knochen zu reiben. Ich werfe den Spaten lustlos in den Sand. Seit 20 Minuten bleibt mein Gerät still. Das Adrenalin weicht der Ernüchterung. Die Anspannung der letzten Stunden klopft mahnend an. Mein Blick geht über die Fläche, ich suche Henrik.

Ich sehe ihn völlig vertieft an einem Loch schaufeln. Mit der Hacke meines Stiefels zeichne ich eine gerade Linie in den Acker. Bis hierhin habe ich gesucht, es soll meine Markierung werden, an der ich mich später wieder orientieren kann. Dann zerre ich das Gerät wieder hoch und gehe damit pendelnd in seine Richtung. Es sind gut 100 Meter, die uns trennen.

Abwechselnd schaue ich auf Henrik und auf mein Display, das sich in der herabsenkenden Dunkelheit deutlich hellgrün leuchtend abzeichnet.

Dann, plötzlich, ein starkes Signal. Wie elektrisiert bleibe ich stehen. Ich bin einfach darüber hinweggegangen. Ich gehe einen Schritt zurück und lasse die Spule noch mal über meine Fußspuren im Sand pendeln. Da! Eine 55 springt mir von der Anzeige entgegen. Ich gehe in die Hocke. Die neue Körperhaltung tut mir gut und mein kleiner Spaten verschwindet geräuschlos in den Boden.

Ich spüre keine Müdigkeit mehr, alles ist wie weggewischt. Ein leichtes Kribbeln durchströmt mich. Mein Blick fixiert die frisch aufgeworfene Ackerscholle. Meine Finger bohren sich in die Erde. Wie ein Kamm gleiten sie durch den kühlen Sand. Mein Zeigefinger stößt auf etwas Hartes! Schnell ziehe ich meine Hand wieder heraus. Dunkelgrüne Patina leuchtet mich an.

Eine Krone, wunderschön gearbeitet, aus massivem Messing. Auf der Rückseite sind zwei Ösen zur Befestigung. Jeder französische Soldat hatte sie zusammen mit einem großen „N" auf der ledernen Patronentasche befestigt. Es ist die Krone Napoleons. Das Zeichen des Imperators, des Kaisers, der sich bei der Krönung dieses Symbol der Macht selbst aufsetzte.

Gespannt stehe ich auf und gehe nun die Fundstelle vom Mittelpunkt an zentimetergenau ab und lasse dabei den Teller hart über den Boden schleifen, ich will keinen Millimeter Suchtiefe verschenken. Der schwarze Teller hebt sich bei der eingesetzten Dunkelheit nun fast nicht mehr vom Untergrund ab. Ich verlasse mich ausschließlich auf mein Gehör. Jedes noch so feine Summen im Kopfhörer führt dazu, dass ich abbremse und den Teller in halber Geschwindigkeit noch einmal darüber laufen lasse.

Vergessen ist Henrik, vergessen die Krähen, die Schmerzen, die Müdigkeit. Ich spüre nur den Trieb zu suchen und zu finden. Keiner kann mich nun aufhalten. Ich bin jetzt eine Suchmaschine.

Ein kühler Wind kommt auf. Ich interessiere mich nicht für den Wind. Plötzlich halte ich ein, war da nicht eben eine Stimme? Eine raue Männerkehle? Ich stutze kurz, drehe mich um. Ich meine nun etwas zu hören, ganz leise.

Nichts, es ist nur eine Einbildung. Ich bin müde, habe lange nichts getrunken und fange schon an zu fantasieren. Da! Schon wieder! Deutlich höre ich ein Wispern. Es sind nun mehrere Stimmen. Angestrengt starre ich in die Dämmerung vor mir. Der Wanderweg vor dem Waldrand bleibt regungslos. Ich setze das Gerät wieder auf den Boden und spüre plötzlich eine Hand auf meiner Schulter. Erschrocken weiche ich einen Schritt zurück!

Henrik steht plötzlich vor mir. Fragend schaut er mich an, ein feines Lächeln umspielt seinen Mund.

„Alles in Ordnung bei dir Tim? Du guckst so, als hättest du einen Geist gesehen".

Sein Lachen durchbricht die Stille des Ackers. Meine Stimmen sind verschwunden. Ich sammle meine Gedanken und zeige Henrik freudig meine Krone.

„Fantastisch Tim! Das ist ein schöner Fund!".

Eingehend betrachtet er das Stück von allen Seiten und reicht es mir zufrieden zurück. Dann zeigt er mit dem Zeigefinger auf den Griff seines Spatens, der sich in einiger Entfernung, an der Silhouette des Ackers vom Horizont abhebt.

„Guck dir mal an, was ich dahinten gefunden habe".

Etwas umständlich kramt Henrik ein kleines Tütchen hervor, in dem zuvor Papiertaschentücher steckten. Er schüttet den Inhalt auf meine Handinnenfläche.

Ich betrachte die grün angelaufenen Messingbleche in meiner Hand. Die Ränder sind zackig oder zum Teil verdreht und zerknüllt. Durch die Dunkelheit versuche ich Details zu erkennen. Wie die Reste eines zylindrischen Bechers, der sich in viele Einzelteile zerlegt hat. Henrik unterbricht meine Gedanken.

„Ich habe bestimmt eine Stunde suchen müssen, bis ich fast alle Teile zusammen hatte. Es ist eine Congrevsche Rakete Tim! Sie haben die Raketen vom östlichen Waldrand da drüben abgefeuert. Die Wirkung muss schrecklich gewesen sein, ein Komet des Todes. Sie waren mit Pulver und gehackten Blei gefüllt".

Fast selbstverständlich hält mir Henrik einige Bleistücke entgegen. Ich betrachte sie näher.

„Gevrertelte Kugeln...die haben hier damals schon mit Schrapnell geschossen? Unglaublich oder?".

Und mit einer kleinen Pause fahre ich fort.

„Wir haben heute schon einige Beweise zusammengetragen...und das an einem einzigen Tag!".

Etwas behäbig beugt Henrik seinen Oberkörper, lösst umständlich den Klettverschluss seines Knieschützers, um ihn in der Seitentasche seines Parkas verschwinden zu lassen.

„Lass uns für heute Schluss machen Tim, mein Rücken macht mir echt zu schaffen und wir sehen jetzt auch nicht mehr viel".

Er streckt sich etwas und verschränkt dabei seine Arme in die Hüften.

Ich spüre nun den rauen Göhrde-Wind. Ganz still umfängt mich die kühle Böe. Ich schalte mein Gerät aus und ergreife den Spaten. Für mich ist es immer eine kleine Kapitulation, wenn ich die Sonde ausschalte. Es hat etwas Endgültiges, das ich nicht mag.

Einzelne Sterne blinken uns zu, als wir lautlos den Acker hinauf zum Auto gehen, das schemenhaft am dunklen Waldrand sichtbar wird.

Es ist so still, selbst die Kiefern des Waldes blicken stumm auf uns herab. Im Gehen zünde ich mir eine Zigarette an, ich habe sie mir heute redlich verdient. Mit jedem Zug leuchtet Henrik Rücken vor mir kurz auf.   Ich wende mich nochmal um, denke an die Stimmen und an das, was einst hier war, während sich meine Füße wie automatisch bewegen.

Mit einem Ruck öffnet sich die Heckklappe des Mercedes. Wir verstauen unsere Sachen ohne ein Wort miteinander zu reden. Dann legt Henrik die Automatik ein und fährt das Auto routiniert durch den schmalen Hohlweg bis zur alten Poststraße, zurück in die Welt der Gegenwart.

Ich spüre das weiche Leder der Sitze und merke, wie die Anspannung der Müdigkeit weicht. Dann reicht mir Henrik während der Fahrt eine Landkarte herüber, die er aus seiner Parka-Tasche gezogen hat.

„Hier Tim, trage bitte jeden deiner Funde heute da ein. Ich habe das vorhin auch schon gemacht. So können wir später alles genau festhalten. Das ist wichtig, um den Überblick zu behalten".

Und tippt mit dem Finger auf den unteren Rand der Karte ohne den Blick von der Fahrbahn zu wenden.

„Unten habe ich eine kleine Legende angefertigt, „K" für Knopf, einen Kreis für Kugel, ein „M" für Münze usw."

Dabei hat er sich die Brille auf seiner Nase zurechtgerückt und sieht von der Seite betrachtet wie ein Professor der Archäologie aus. Ich kann mir ein Schmunzeln über die Gewissenhaftigkeit dieses Menschen nicht verkneifen und versuche mich zu erinnern, um jeden Fund pflichtbewusst einzutragen.

Die alte preußische Karte füllt sich langsam und mit jedem neuen Eintrag wird sie dadurch ein Stück lebendiger. Sie zeigt den Verlauf einer Tragödie, sie zeigt den Tod so vieler Menschen an. Jeder Knopf wurde getragen von einem Soldaten, der ihn einst zuknöpfte in der Hoffnung auf Freiheit oder Sieg und in der Hoffnung, diesen Wahnsinn zu überleben.

Langsam aber sicher lüftet sich der Nebel der Geschichte und zeigt uns ein Bild der Vergangenheit, wie ihn noch nie ein Mensch zuvor gesehen hat.

Jeder hängt während der Fahrt seinen Gedanken nach. Als Henrik auf die Autobahn abbiegt, schaue ich ihn nachdenklich an.

„Sag mal, wenn ich das richtig gelesen habe, sind während der Schlacht damals über 1200 Soldaten gefallen. Was ist mit denen eigentlich geschehen? Wo sind die denn alle beerdigt worden? Die liegen doch sicherlich nicht bei dem Denkmal – oder?"

Ich schaue Henrik prüfend an.

„Das glaube ich auch nicht, die Menschen hatten doch damals Angst vor Seuchen und dann bei den Temperaturen. Sie hatten auch keine Zeit, da musste sicherlich alles ganz schnell gehen. Ich vermute...".

Henrik lässt eine Pause der Spannung, wie er es so gerne macht und fährt mit einem Flüsterton fort.

„…ich bin mir sicher, dass sie irgendwo eilig ein Massengrab ausgehoben haben. Ich habe nur keine Ahnung, wo das gewesen sein sollte. Es gibt darüber nirgends Aufzeichnungen. Die einzigen Berichte von Zeitzeugen gab es erst viele Wochen später und ich glaube sie sind nur eine Mischung aus Fiktion und wirklich Erlebten. Das damalige Geschehen ist buchstäblich im Rauch des Krieges verborgen geblieben".

Seine Stimme wird wieder etwas lauter.

„Wer fragt schon nach einer siegreichen Schlacht, wie alles im Nachhinein abgelaufen ist."

Wir schütteln uns einander die Hände, als mich Henrik eine Stunde später an meinem Auto absetzt. Zufrieden und mit etwas Stolz in den Augen schauen wir uns für einen Moment an. Es ist ein Band der Freundschaft, das uns seit vielen Jahren verbindet und uns immer wieder zu neuen Abenteuern führt. So manche Geschichte hat diese Freundschaft überstanden und wir wissen, dass wir am Anfang einer Neuen stehen.

„Jeder recherchiert in den nächsten Tagen, was er herausbekommen kann".

In seiner Stimme schwingt eindeutig Tatendrang.

„Und dann telefonieren wir noch einmal. Wir sollten nächstes Wochenende wieder los, wer weiß, welche Sucher auf die gleiche Idee kommen!"

Gedankenverloren fahre ich zurück. Es ist schon beinahe 23.00 Uhr, als ich Zuhause ankomme. Leise lasse ich die Haustür wieder ins Schloss fallen und sehe dann, dass im Wohnzimmer noch Licht brennt. Es ist vielmehr das unruhige Flackern des Fernsehers, der nervös das bunte Licht an die Fenster und Wände des Raumes reflektiert.

Nicole liegt wie ein dunkler Schatten reglos auf dem Sofa und starrt gebannt auf den fahlen Schein des Gerätes. Sie scheint mich gar nicht wahrgenommen zu haben.

Vorsichtig stelle ich das Suchgerät und den Rucksack in die Ecke des Flures und sehe, dass für einen kurzen Moment Bewegung in den Schatten kommt. Ich komme ihr zuvor.

„Na, wie war dein Tag heute? Alles in Ordnung bei Dir?"

Ohne den Blick abzuwenden antwortet sie trocken.

„So wie immer, das weißt du doch und abends war ich mit Sandra noch beim Italiener".

Sie schiebt sich das Kissen etwas umständlich in den Rücken, während sie sich dabei leicht aufrichtet, um ein Glas zu ergreifen, das vor ihr auf dem Couchtisch steht. Neben zerknüllten Schokoladenriegelpapier sehe ich eine halbvolle Flasche Wein.

„Und?", fragt sie gelangweilt, „...habt ihr Gold gefunden?"

Ihr Blick geht auf meine Hände, als wenn ich damit jeden Moment ein Säckchen mit Edelsteinen zum Vorschein bringen würde. Ich kenne ihre Ironie und gehe darauf nicht ein.

„Ich erzähle dir davon, falls es dich interessiert"

Nicoles Augen wandern wieder zum Bildschirm, als wäre ich gar nicht anwesend.

„Nachher vielleicht, jetzt kann ich nicht"

Kurz starre ich in ihre Augen, in denen sich die bunten Bilder widerspiegeln und bin enttäuscht darüber, dass sie sich so wenig für mein Leben interessiert.

„Ich gehe jetzt erst einmal in die Wanne, ich habe sie nötig".

Müde und erschöpft schäle ich mich aus meinen staub- und dreckverkrusteten Sachen, lasse das Badewasser ein und steige ins heiße, dampfende Nass.

Ich liege gerade dösend in der Wanne, als das Telefon im Wohnzimmer klingelt. Beinahe ausrutschend springe ich die Treppe herunter. Schnell hebe ich den Hörer ab. Henriks Stimme quäkt mir entgegen.

„Tim, du wirst es nicht glauben. Ich habe mir einmal eine alte Karte der Göhrde aus dem 18. Jahrhundert geschnappt und mit der preußischen Karte von 1910 verglichen. Ich wollte einfach mal die Wege und Örtlichkeiten vergleichen, um einen möglichen Fluchtweg vorauszuplanen. Ich habe dabei eine wirklich interessante Entdeckung gemacht. Guck mal bitte in dem Email-Fach, ich habe dir beide Karten abgescannt, dann telefonieren wir nochmal".

Neugierig starte ich meinen Computer und öffne die E-Mail von Henrik. Es geht mir alles zu langsam. Tatsächlich, er hat mir zwei Karten geschickt. Schnell drucke ich sie aus und versuche sie zu vergleichen. Die alte Karte von 1763 ist sehr einfach gezeichnet, nur größere Wege und Geländemarken sind eingetragen und die Größenverhältnisse sind verzerrt dargestellt. Einzig deutlich ist das große Heideplateau zu erkennen. In der Karte aus dem 20. Jahrhundert ist geradezu jeder Busch, jeder Wanderweg eingetragen...eine Meisterleistung deutscher Vermessungsarbeit. Ich ergreife das Telefon und wähle seine Nummer.

„Leg los, was hast du herausbekommen? Ich habe mir beide Karten nebeneinandergelegt".

„Hast Du eine Lampe in deiner Nähe Tim?"

„Ja natürlich, ich sitze doch nicht im Dunkeln! Mach zu Henrik, in bin gespannt wie `n Flitzebogen!".

„Dann lege die alte Karte über die Preußische und halte sie gegen das Licht. Du musst die Karten so drehen, dass die alte Poststraße bei Beiden Karten einigermaßen übereinstimmt".

Schnell schiebe ich die Landkarten wie zwei Pausblätter zusammen.

Der Verlauf der beiden Straßen lässt sich tatsächlich fast deckungsgleich übereinanderlegen.

„Tim, jetzt gucke auf der Preußen-Karte nach dem Hohlweg, den wir zum Göhrde Acker abgebogen sind!"

Mein Blick huscht hastig über das Papier. Da ist er! Er geht fast im rechten Winkel von der Hauptstraße ab, macht dann aber einen kleinen Bogen, um dann auf das Hoch-Plateau zu führen.

„Ja, ich habe gerade meinen Finger darauf, aber was willst du mir damit sagen? Ist das nicht die Strecke, die wir heute auch gefahren sind?".

„Jetzt schau dir die ganz alte Karte an, da wirst du sehen, dass dieser Hohlweg schnurgerade nach oben führt, ohne Ausbuchtung! Überlege mal Tim, ein Hohlweg ist der perfekte Platz, um ganz schnell ganz viele Tote verschwinden zu lassen. Einfach die Toten mit Pferdewagen aufladen und zum Abladeplatz fahren. Der Hohlweg ist ja quasi eine natürliche Rinne im Boden. Man hat vermutlich die ganzen Toten dort hineingeworfen, Erde darüber und fertig!"

In Henrik Stimme liegt tatsächlich so etwas wie ein kleiner Sieg. Es wäre in der Tat eine wahnsinnige Entdeckung, die nie jemand zuvor gemacht hat. Henrik Stimme reißt mich aus meinen Gedanken.

„Die Menschen waren damals sehr abergläubisch. Die Bauern hatten schlichtweg Angst, über die toten Soldaten zu fahren, das hätte Unglück und Missernten gebracht. So haben sie einen Bogen darum gemacht, Sie fuhren mit ihren Pferdewagen und Gespanne einfach um die Toten herum, um wieder auf den Hohlweg zu kommen. Dadurch ist ein neuer Weg und damit diese Beule im Weg entstanden."

„Dann müssen wir das beweisen Henrik, aber da kannst du schlecht am Tage buddeln. Die Leute könnten uns ohne Probleme von der Hauptstraße aus sehen, oder was meinst du?"

„Ich habe schon geschaut, nächsten Donnerstag haben wir Vollmond. Wir hätten somit genug Licht zum Graben und uns würde wohl kaum Jemand stören. Wenn wir also Freitagnacht, nach der Arbeitswoche unser Glück versuchen? Du weißt doch...das Glück, Tim, wir müssen es zwingen"

Ich kann sein Lächeln förmlich sehen. Ein Kribbeln macht sich in mir bemerkbar, ein leichtes Vibrieren. Das wäre ein Abenteuer.

Wir verabreden den Treffpunkt auf Freitag 23.00 am Parkplatz des Denkmals. Dort fallen wir am wenigsten auf, da es ein öffentlicher Parkplatz ist. Als Ausrüstung vereinbaren wir Spitzhacke, langer Spaten und eine Stirnlampe.

Es ist bereits nach Mitternacht, als Nicoles Umrisse im Dunkel des Schlafzimmers sichtbar werden. Vorsichtig rutscht sie unter die Bettdecke. Sie merkt nicht, dass ich noch wach bin, den Kopf voller Gedanken an das bevorstehende Abenteuer.

3

Eine gespenstige Ruhe liegt über dem Parkplatz. Ich drehe am Rad der Rückenlehne und schaue auf die phosphoreszierenden Zeiger meiner Armbanduhr. 23.10 Uhr. Ich wende mich im Auto kurz um und riskiere einen Blick durch das Seitenfenster. Noch ist nichts zu sehen.

Ich hatte eine anstrengende Arbeitswoche hinter mir und keinerlei Zeit oder Muße gehabt, um mich um die Geschehnisse hier vor 200 Jahren zu kümmern. Etwas skeptisch und nervös hatte ich die Ausrüstung in den Kofferraum gelegt. Ich kam mir etwas verlegen vor, hier heute den Spaten in womöglich geweihte Erde zu stechen. Ich hoffe, dass wir sicher sind mit dem, was wir tun, wenn es so weit ist.

Durch meine beschlagene Scheibe sehe ich zwei Lichter auf den Parkplatz abbiegen. Das muss er sein. Das Geräusch seines Motors erstirbt und ich steige ebenfalls aus. Wir gehen stumm aufeinander zu. Henrik ist kaum wiederzuerkennen. Er trägt einen schwarzen Overall, eine schwarze Schirmmütze und in seinem Gesicht erkenne ich anstatt seiner gewohnten Gesichtszüge nur das funkelnde Weiß seiner Augen.

„Hier Tim, nimm das und danach können wir los".

Er schüttelt meine Hand und steckt mir ein Feuerzeug und einen Weinflaschen-Korken zu.

„Schwärze dir damit dein Gesicht, sicher ist sicher!"

Ich habe nochmal recherchiert, in den 90er Jahren wurde hier feierlich ein Gedenkstein zum Gedächtnis der Toten von einst gesetzt. Alle waren damals da, der Bürgermeister, Orts -und Traditionsverbände, sogar eine Abordnung aus Frankreich. Hier! Schau dir das Foto an."

Er reicht mir ein Ausdruck der Tageszeitung vom 23.August 1992 entgegen. Ich erkenne das Denkmal im Hintergrund und die, für das Foto aufgestellte Festgesellschaft, deren Teilnehmer alle ernst in die Kamera schauen. Henrik tippt mit dem Zeigefinger auf eine große Person in der vordersten Reihe.

„Na! Weißt du, wer das da ist?"

„Du meinst, das ist der Kalli?"

Ungläubig schaue ich ihn an.

„Aber dann sind die Toten doch schon damals gefunden worden und der Kalli hat doch nicht vergeblich gesucht?"

Henrik schüttelt grinsend den Kopf

„Nein, er hat sie nie gefunden. Der Stein wurde nur gesetzt, damit endlich Ruhe in die Geschichte kommt. Im Bericht steht kein Wort davon, dass irgendetwas gefunden wurde, sondern nur, dass ein Gedenkstein anlässlich der Toten gesetzt wurde. Ein Symbol der Deutsch-Französischen Freundschaft...mehr nicht!"

Ein Motorengeräusch lässt uns beide aufhorchen. Auf der Straße neben uns kriechen lautstark zwei Lichter heran. Wir gehen an Henriks Fahrzeug etwas in Deckung und warten, bis der LKW weitergefahren ist.

Schnell zünde ich das Feuerzeug an und halte es gegen den Kork-Stopfen. Dann schwärze ich mein Gesicht und muss dabei unwillkürlich an meine Bundeswehrzeit denken. Damals war unser Motto „Tarnen und Täuschen". So groß ist der Unterschied zu unserem jetzigen Unternehmen nicht. Wird es gelingen? Ich spüre eine leichte Unruhe und Nervosität in mir aufsteigen. Die Flamme zittert am Korken.

Geräuschlos holen wir unsere Sachen und ich folge Henrik ins dunkle Unterholz der Kiefern. Es sind nur wenige kleine Wolken am Nachthimmel und der fast satte Mond wirft ein fahles weißes Licht über alles. Nachts fällt es einem viel schwerer, Entfernungen abzuschätzen und ich habe keinerlei Vorstellung, wie weit wir noch gehen müssen.

Mit einem lauten Knacken zerbricht ein morscher Ast unter meinen Füßen. Ich halte kurz an und habe das Gefühl, man müsste das Geräusch kilometerweit hören. Mein Suchgerät mit dem Kopfhörer habe ich mir auf den Rücken geschnallt, in jeder Hand halte ich ein Grabungswerkzeug. Langsam und vorsichtig auftretend schleichen wir durch den blassen Wald. In einiger Entfernung höre ich heiser einen Hund bellen.

„Verdammte Töle, verrate uns nur nicht", schießt es mir durch den Kopf.

Ich beginne unter meiner tarngefleckten Bundeswehrjacke zu schwitzen, meine Hände werden feucht und der Stiel der Spitzhacke rutscht mir immer wieder weg.

Wir erreichen endlich den Anfang des Hohlweges. Der Weg liegt in einem natürlichen Graben und führt fast gerade in Richtung des Plateaus.

Der Rand des Weges ist, meiner Schätzung nach, mindestens zwei Meter hoch und ich kann im Dunkeln einzelne, dickere Kiefern erkennen, die auf seinem Wall stehen. Wie durch eine Rinne, dem Weg folgend, gehen wir langsam höher.

Jetzt erst begreife ich Henriks Entdeckung, es ist so einfach, wenn man es weiß! Nach 100 Metern hält Henrik plötzlich an. Er schaut sich um, zeigt nach oben und flüstert mir zu.

„Siehst du, hier kommt die Kurve. Der Weg steigt hier nach rechts abbiegend plötzlich auf den Wall an. Wir werden hier erst einmal einen Längsstich machen."

Ich schaue etwas fragend in sein schwarz-verschmiertes Gesicht, während er fortfährt.

„Das heißt, dass wir einen schmalen tiefen Graben buddeln. Wir können so erkennen, ob hier Erde verfüllt wurde. Normalerweise hast du in der Natur eine Kiesschicht, auf der oben eine Schicht Muttererde liegt. Wurde jedoch großflächig gegraben, vermischen sich diese beiden Schichten. Das kann man anhand des Längsstiches erkennen und wir wissen, dass wir richtigliegen."

Er geht einige Schritte auf dem Wall. Ich folge ihm und wir beginnen an der Stelle, wo der Weg eigentlich weiterverlaufen sollte, das Unterholz vorsichtig zur Seite zu tragen. Ab und an knackt es, wenn wir versehentlich auf einen Ast treten. Als wir eine freie Fläche von etwa fünf Quadratmetern haben, setze ich das Spatenblatt an und drücke ihn mit meinen schweren Stiefeln tief in die Moosschicht, dessen feine Tropfen im Mondlicht wie kleine Perlen funkeln.

Henrik hat ebenfalls begonnen. Wir graben einen schmalen Gang, bis wir uns nach einiger Zeit in der Mitte treffen. Mühelos greift das Blatt die feuchte, helle Erde. Mein Spaten reicht mittlerweile fast bis zum Griff in das Loch. Zufrieden und verschwitzt stehen wir schließlich daneben.

Bisher ist alles ruhig verlaufen, ab und an hörte man das Knirschen des Sandes oder das Klappern des Stiefels gegen Metall. Um uns herrscht eine gespenstige Ruhe, selbst der Hund im Gehöft, das etwa einen Kilometer weit weg liegt, ist schlafen gegangen.

Wir gehen in die Hocke und starren in den frischen Graben. Ich schalte meine Stirnlampe an und beuge mich hinunter. Auch Henrik ist aufgeregt und tut es mir nach. Gebannt schauen wir an die Wand des Loches.

Deutlich sieht man den hellen Sand. Doch da! Die dunklen Schleifen und Flecken! Wie ein Marmorkuchen sieht die Wand aus. Das Muster verliert sich in der Tiefe. Der feuchte Geruch frischer Erde strömt uns entgegen.

„Das ist es Henrik! Du hast Recht gehabt."

Mein Flüstern wird zu einem lauten Gespräch.

„…ja, hier wurde eindeutig gegraben vor langer Zeit. Und da dies niemals Ackerfläche war und auch alte Bäume stehen, kann dies nur von damals stammen, von den Siegern. Und warum sollten sie hier auch graben, wozu? Hier sind keine Stellungen oder Gräben entstanden. Wir müssen einfach tiefer buddeln, dann wissen wir, was hier liegt."

Um sie herum tobt die Schlacht, ein Meer von Rauch und Pulverdampf. Schreie, Befehle, Explosionen und dazwischen die losbrechenden Salven der Musketen.

Als die beiden das Karree erreichen, fühlt sich der französische Soldat sicherer. Kameraden klopfen ihm auf die Schulter.

„Jacques! Wo kommst du denn her? Wir sahen dich fallen und dachten, es wäre um dich geschehen."

In all dem Ernst und der Verzweiflung sieht er zum ersten Mal wieder in freudige Gesichter.

Pierre, ein stämmiger Dunkelblonder aus der Provence, schiebt sein Tschako zurecht. Sein Kinnriemen, die Schuppenkette, hängt kraftlos herunter.

„Du hast ja noch offenbar alles beieinander" ,sagt der große Blonde und deutet auf einen Kameraden vor ihm. Sein halber Kopf ist umwickelt, nur ein dunkler Haarschopf guckt oben heraus, dunkelrote Flecken heben sich deutlich vom hellen Leinen ab.

„Ein Husaren-Säbel hat ihm das Ohr und die Hälfte seine Wange abgeschlagen...wir sind also noch gut dran Jacques!"

Der Einschlag einer Kanonenkugel wenige Meter neben dem Karree beendet jäh ihre Unterhaltung. Der Boden schwankt kurz unter ihren Füßen. Dann spritzt eine meterhohe Dreckfontäne hoch, gefolgt von einem ohrenbetäubenden Knall. Die Druckwelle reißt Jacques zu Boden.

"Mon Dieu, lieber Gott, lass es mich überstehen!"

Das Bein seines ebenfalls umgefallenen Hintermannes stampft wie ein nervöses Pferd immer wieder gegen seinen Tornister. Mühsam rappelt er sich wieder hoch und wendet sich um. Der Soldat liegt verdreht hinter ihm. Dort, wo einmal das Gesicht war, sieht Jacques nur eine einzige purpurfarbene Wunde, aus der in gleichmäßigen Abständen röchelnd schaumiges Blut pumpt.

Aufkommender Wind fegt für einen Moment die Rauchschwaden von der Heide. Jetzt sieht Jacques das ganze Ausmaß der Schlacht. Links von ihnen marschieren die Karrees des 93. und 95. Linienregiments. Sie stehen im schweren Abwehrkampf gegen die Linien der Deutsch-Russischen Legion, die bis auf 50 Meter herangekommen ist.

Deutlich kann man die grünen Jacken und schwarzen Tschakos der Feinde erkennen. Wie rasend feuern sie auf die Kameraden in den Karrees ein. Einzelne Soldaten fallen getroffen zur Seite, sacken in sich zusammen. Alles geht in einem Strudel von Lärm und Geschrei unter. Der Pulverdampf der Salven nimmt ihm erneut die Sicht.

Ein schneller Blick nach links bestätigt seine schlimmste Vermutung! Die Feinde versuchen den Sack um sie zuzumachen! Zwischen den Schwaden sieht er sie kommen!

Eine endlose Reihe rot-weißer Leiber stampft seitlich auf sie zu. Geschockt von diesem Anblick spürt er, wie sich seine Nackenhaare unter seinem roten Stehkragen aufstellen.

Es sind die Regimenter der Kings-German-Legion. Immer wieder blitzt das große Messing-Schild auf ihren Tschakos in der Sonne auf, wie als wollten sie ihn einschüchtern. Er ist ihnen schon einmal begegnet, damals im Mai und die Erinnerung an die Geschehnisse sind brutal und blutig.

Die Erschöpfung ist wie weggeblasen. Seine ganzen Sinne sind augenblicklich konzentriert. Der französische Soldat weiß, was ihn nun erwartet. Sein Offizier hebt den Säbel und lässt halten. Er kann ihn in dem Tosen nicht versteht, er sieht nur den Mund, der sich bewegt. Wie mechanisch lädt er sein Gewehr. Jacques sieht, wie seine Hände die Arbeit verrichten, von ganz alleine...er zieht sich in sein Inneres zurück und lauscht dem schnellen Schlag seines Herzens.

Pierre geht vor ihm in die Hocke, nervös fingert er am Hahn seiner Waffe. Die Rot-Weißen kommen immer näher, sie haben ihren Gang beschleunigt. Und wieder schnellt der Säbel in die Höhe. Sie legen an. Jacques zielt auf einen, sich schnell auf sie zu bewegenden Flecken.

Der Säbel des Offiziers fällt und er drückt mit seinen Kameraden den Abzug durch. Ein Donnern erfüllt die Luft! Die Salve ist raus. Eine weiße Pulverwolke stiebt aus dem Karree davon. Wie die Entladung seiner angestauten Gefühle. Der Lärm seines Schusses gibt ihm Mut. Vor ihm purzeln die feindlichen Soldaten getroffen in die Heide. Dann hört er sich lachen, er hört sein eigenes, irres Lachen. Es ist ein Lachen der Befreiung.

Der Feind stockt, bleibt stehen und legt schon an. Dann rattert es los. Hundert Musketen auf einmal. Bei Pierre klatscht es plötzlich auf, Blut und Gewebefetzen spritzen Jacques ins Gesicht. Er achtet nicht darauf, schnell reißt er sein Gewehr herunter, lädt erneut...schnell, merde...aller vite!...rapidement!

Schon sind sie da! Sein Gewehr ist schon wieder oben, er zielt nicht mehr, zu dicht sind sie schon heran. Der französische Soldat drückt einfach ab, in die Leiber. Dann steht einer vor ihm. Der Preuße schlägt den Kolben seines Gewehrs auf den Kopf des Kameraden rechts von ihm, dass es grauenhaft kracht. Blutüberströmt bricht dieser vor ihm zusammen. Jacques sticht mit dem Bajonett seines Gewehres zu, einfach auf das rote

Tuch der Jacke. Mit einem Schrei sackt der Preuße unter ihm weg.

Ein Stechen und ein Hauen, die Schreie, dieser Lärm und er mittendrin wie im Blutrausch. An seinem Kolben tropft es rot herunter. Er kann ihn riechen, diesen Geruch des Todes, dieser metallische Geruch des Blutes. Ein Zittern, ein Stampfen erfüllt den Boden. Reiter kommen.

„Nur keine Husaren jetzt, wir wären verloren!", denkt der französische Soldat. Doch dann sieht er im Augenwinkel ihre prächtig leuchtend blauen Farben. Es ist die Garde! Die Garde Imperial, die Garde ihres Kaisers! Endlich!

"Vive Napoleon...Sie holen uns raus...sie holen uns raus!", schreit unentwegt heiser ein blutverschmierter Kamerad neben ihm. Die rotblauen Tschakos mit dem goldenen Adler des Kaisers huschen an ihnen vorbei auf die Reihen der German-Legion zu.

Diese beginnen sich zurückzuziehen und einzuigeln. Voller Genugtuung sieht er die Reiter in das Karree springen. Wie sie mit ihren langen Lanzen auf die Legionäre einstechen!

Der Qualm hat das Schlachtfeld wieder fest im Griff und ihr Kommandeur nutzt die Gelegenheit, sich weiter vom Feind abzusetzen. Ihr Karree hat die Talsohle fast erreicht, immer wieder brechen einzelne Kameraden von Kugeln getroffen zusammen und bleiben wimmernd liegen. Er darf nicht halten. Sie haben keine Zeit mehr.

Vorne links sind schemenhaft einige Gehöfte zu erkennen. Sie marschieren darauf zu. In ihrem Schutz wollen sie weiter in Richtung des Waldes.

Ganz leicht gleitet das Blatt des Spatens in den hellen Kies des Bodens. Wir erweitern nach und nach unser Loch, bis wir eine Fläche von annähernd drei mal drei Metern haben. Mit einem lauten Schrei hebt sich ein Greifvogel, von uns gestört, in die Stille der Nacht. Ich halte kurz inne und horche in die

Dunkelheit. Nichts, alles ruhig. Eine Wolke hat sich vor den Mond geschoben und ich habe Mühe mich am Boden zu orientieren. Der Riemen meiner Stirnlampe drückt an der Stirn, während ich mir mit dem Handrücken über die schweißnasse Schläfe wische.

Der Aushub unseres Sandes wird am Rand immer höher und ich habe Schwierigkeiten, noch über den Rand sehen zu können. Das missfällt mir. Ich tippe Henrik vorsichtig an den Rücken.

"Henrik, wollen wir nicht abwechselnd graben, einer hält Wache und der andere hat mehr Platz zum Buddeln?"

Er starrt auf den größer werdenden Berg am Rand und nickt mir stumm zu. Mit einer Geschmeidigkeit, die ich ihm gar nicht zugetraut hätte, hebt er sich über den Grabenrand und verschwindet aus meinem Blickwinkel. Ich lausche wieder in die Nacht und setze meine Arbeit fort.

Der Schweiß rinnt mir inzwischen herunter, über den Nacken und über die Stirn. Meine Ungeduld ist kaum zu bändigen und ich grabe immer schneller. Es riecht nach Kies und nach meinem Schweiß. Immer tiefer bohre ich mich in die Erde.

Vielleicht ist hier gar nichts? Wir graben ja mehr oder weniger auf gut Glück. Und, wenn jetzt jemand kommt. Was dann...weglaufen? Ich kämpfe mit dem Spaten, dem Sand und mit meinen Gedanken. Die Unterarme beginnen zu schmerzen, immer höher muss der Sand geworfen werden. Ein Schatten erscheint am Loch.

"Los, gehe du raus, ich löse dich jetzt mal ab. Ich habe nichts gesehen, alles ruhig hier."

Mit Mühe ergreift er meinen Arm und zieht mich in die Höhe, an den Rand des Loches. Ich orientiere mich kurz und schiebe mich kauernd an eine Kiefer.

Mein Blick gleitet über die mondbeschienende Landschaft. Kalt und blass liegen die Äcker vor mir. Es wirkt wie ein eingefrorenes Bild, keine Bewegung, keine Regung. Meine Augen verfolgen den Sandweg, bis er sich im Dunkel des Horizontes verliert.

Plötzlich zucke ich kurz zusammen, da ist doch ein Schatten auf dem Acker und verkrampfe mich innerlich. Der ist bestimmt 500

Meter weit weg und war eben noch nicht da, ich bin mir sicher. Dann kneife ich die Augen etwas zusammen, versuche zu fokussieren. Ich spüre meine innere Unruhe. Der Schatten bewegt sich plötzlich und steht quer zu mir. Es ist ein Reh, ich atme hörbar erleichtert aus.

Nach 15 Minuten krieche ich zum Rand und schaue hinunter. Unsere Grube ist inzwischen fast mannstief. Nur mit äußerster Anstrengung kann ich meinem Freund raushelfen.

"Wir hätten eine Strickleiter mitnehmen sollen Henrik! Was meinst Du, wir sind schon so tief und haben nichts gefunden bisher. Sollen wir weiter graben?"

Er schaut nachdenklich ins Loch.

"Ich denke, wir geben uns noch eine Stunde"

Etwas frustriert schaut er in mein verschmiertes Gesicht.

"Mmh...ich werde jetzt in der Mitte des Loches in die Tiefe gehen, wenn hier tatsächlich etwas gelegen hat, müssen wir darauf stoßen."

Eigentlich glaube ich nicht mehr daran, etwas zu finden und habe mir dabei nur selbst Mut zugeredet. Träge springe ich hinab in die Grube. Meine Arme hängen kraftlos herunter und ich spüre ein bleiernes Gefühl der Müdigkeit in mir aufkommen. Ich konzentriere mich auf die Mitte und stoße meinen Spaten immer tiefer in das Loch.

Da! Plötzlich! Das Blatt stößt auf etwas Hartes, es klingt etwas hohl, fast hölzern. Ich schaue mich um, kein Baum ist in unmittelbarer Nähe, so tief kann doch keine Wurzel mehr verlaufen? Ich ziehe den Spaten heraus, grabe etwas daneben...und wieder stoße ich auf etwas Hartes. Das Adrenalin wird in mir frei, ich werfe den Spaten weg, grabe mit bloßen Händen weiter, wie ein Hund hocke ich vor meinem Loch und beginne zu graben.

Dann rieche ich es. Es riecht plötzlich anders, muffig, feucht. Ich kenne diesen Geruch und spüre den Triumph. Ich versuche den Namen Henrik zu flüstern, ich will nicht rufen. Er soll einfach kommen.

"Henriiiik....Henriiiik...schnell, komm her!"

Schnell springt er zu mir ins Loch, unsere Lampen leuchten in die Erde.

"Da Henrik!, da funkelt etwas!"

Wir stoßen mit unseren Köpfen zusammen. Da, ich kann es genau erkennen...eine Schnalle, eine silberfarbene Schnalle. Alles herum wird bei mir zu einem Tunnel, ich bin nach außen hin abgeschottet. Nur noch das, was vor mir passiert, nehme ich wahr.

Wir erweitern das Loch und ich greife vorsichtig hinein. Ich versuche, die Schnalle zu nehmen, hänge aber fest. Es ist Stoff, zart wie Papier. Während Henrik mit der Lampe leuchtet, hebe ich vorsichtig alles heraus.

"Es ist ein Leibriemen Henrik! Wahrscheinlich von einem Offizier, so filigran, wie die Schnalle gearbeitet ist."

Andächtig betrachten wir die Arbeit aus Silberblech. Ich leuchte wieder runter. Dann können wir es beide sehen und es läuft mir ein Schauer über den schweißnassen Rücken. Wir schauen auf die vermoderten Gebeine eines Toten! Die Knochen sind in der Erde weitestgehend vergangen, lediglich schwarze Schatten zeigen den genauen Verlauf der Knochen. Wir hören auf zu graben. Letztendlich haben wir es gewusst, als wir die Schnalle sahen. Jetzt hocken wir beide vor vollendeten Tatsachen.

"Henrik, was wollen wir machen? Ich habe etwas Skrupel, ich sage es dir ehrlich. Lass uns doch noch einen Teil der obersten Schicht freilegen um zu sehen, wer dort niedergelegt wurde. Und dann sollten wir sie in Frieden ruhen lassen oder was meinst Du?"

Er nickt stumm. Ich merke, dass es ihm auch nahegeht. Wir kennen diese Menschen nicht, aber es gibt uns nicht das Recht, ihr Grab zu schänden. Wir haben bei unseren Suchgängen schon so manchen toten Soldaten gefunden und haben sie ungeachtet der Nationalität immer mit Würde und Respekt behandelt.

Wir beginnen die oberste Schicht der Toten freizulegen. Henrik hat eine Bürste aus seiner Tasche gezaubert und fegt vorsichtig den letzten Sand herunter. Es ist schaurig und faszinierend zugleich. Die Stoffe und Riemen, ja sogar Stiefel haben sich noch erhalten. Wie Papier zusammengeklebt, liegen sie auf den

Schatten der Gebeine. Dickere Knochen sind zum Teil noch vorhanden und wirken im schaukelnden Licht der Stirnlampen grotesk und unwirklich.

Wir haben gerade vier Tote freigelegt, ich schaue kurz nach oben aus dem Loch und stutze plötzlich. War da nicht eben ein Lichtkegel am Baum? Oder war es nur die Stirnlampe? Augenblicklich knipse ich mein Licht aus. Ich rühre mich nicht und starre auf den Stamm, der etwa Fünf Meter von mir entfernt ist. Ganz leicht tippe ich Henrik an und gebe ihm zu verstehen, seine Lampe auszuschalten. Es ist absolut still um uns, nur unser Atem ist abwechselnd zu hören. Kein Zweifel! Ein kleiner Lichtschein pendelt über die Stämme. Wir hocken bewegungslos, wie elektrisiert.

Vorsichtig schiebe ich mich nach oben. Ich bedeute Henrik, eine Räuberleiter zu machen. Ganz behutsam, ganz langsam schiebe ich mich höher. Kalter Schweiß rinnt mir über die Stirn. Schnell wende ich mich zum Wald. Nichts! Mein Blick gleitet nach rechts in Richtung des Ackers und ich fahre zusammen! Unwillkürlich ducke ich mich wieder. Vor uns auf dem Weg sehe ich einen Menschen. Ganz sicher. Das Mondlicht lässt ihn in seinem Mantel groß und unwirklich erscheinen. In der Hand hält er eine Taschenlampe, die bei jedem Schritt hin- und herpendelt. Vorsichtig lasse ich mich wieder ins Loch fallen. Henrik starrt mich an.

"Verfluchte Scheiße Henrik, da ist jemand vorne auf dem Weg vor uns. Er kommt in unsere Richtung. Er hat eine Taschenlampe in der Hand. Keine Ahnung, wer das ist und was der will."

Ich schnappe kurz nach Luft

"...wenn der in unsere Richtung den Weg weitergeht, hat der uns! Wer rennt denn hier auch nachts lang? "

Vorsichtig werde ich wieder hochgeschoben und beobachte genau die Bewegung des Schattens. Ich schätze ihn als männlich ein und kann nun erkennen, dass er etwas in seiner anderen Hand hält. Dann schiebt sich wieder eine Wolke vor dem Mond, sodass ich nur noch einen Lichtkegel sehen kann.

Wir haben vereinbart, dass wir unser Versteck in dem Moment verlassen, wo er in unseren Wald einbiegt. Wir wollen dann auf kürzestem Weg zum Auto laufen um zu verhindern, dass er unsere Kennzeichen notieren kann.

Immer näher kommt der Schatten auf dem Weg. Es sind nur noch gut 50 Meter, die ihn bis zum Wald trennen. Meine Nerven sind bis aufs Äußerste gespannt. Henrik hat währenddessen damit begonnen, die Gebeine wieder mit Sand zu bedecken, ganz leise und vorsichtig verteilt er die Erde.

Kurz vorm Ende des Ackers bleibt der Schatten stehen und wendet sich um. Der Lichtkegel fliegt nochmal über meinen Kopf und ich rutsche unwillkürlich noch ein Stück tiefer. Dann geht der Mann auf die Ackerfläche vor ihm. Jetzt kann ich plötzlich erkennen, was er in seiner anderen Hand hält. Schnell krieche ich zu Henrik.

"Psst...Henrik, ich weiß, was er vorhat. Er hat eine Wünschelrute dabei und ist eben auf den Acker gegangen. Denkst du auch das, was ich jetzt denke?"

Ein Lächeln der Erleichterung strahlt Henrik entgegen.

Mit dem Oberkörper hat er sich gegen die Grabenwand gelehnt, der Spaten steckt vor ihm im Sand.

"Das kann nur Kallis Sohn sein! Puuh, dann haben wir nochmal Glück gehabt. Hoffentlich geht er auch den gleichen Weg zurück. Wir sollten hier alles leise wieder zu machen, sobald er wieder verschwunden ist. Ich frage mich, was er hier zu suchen hat."

Mit einem Blick zum Acker antworte ich flüsternd.

"Das scheint ein Familienfluch zu sein...oder die feste Überzeugung, etwas wirklich Bedeutendes finden zu wollen."

Endlos vergehen die Minuten im Wald. Der Mann sucht weiter auf dem Acker, Bahn für Bahn läuft er mit der Rute ab. Inzwischen sind Wolken aufgezogen, die den Mond dauerhaft verdecken. Nur die Taschenlampe verrät sein Dasein. Wir sind beruhigt, die Dunkelheit gibt uns jetzt Schutz, mehr brauchen wir nicht.

Ich denke über diesen Mann nach. Warum sucht er weiter? Sein Vater hat es jahrelang mehr oder weniger erfolglos getan. Was sucht er? Mit so einer Rute sind doch kleinere Objekte, so wie wir es können, gar nicht zu orten? Fragen über Fragen, die mich nicht loslassen. Am liebsten wäre ich aufgestanden, zu ihm gelaufen und hätte ihn gefragt. Eine abstruse Vorstellung ihn jetzt hier um diese Zeit zu befragen.

Nach über einer Stunde, lässt er plötzlich vom Acker ab, geht zum Sandweg und verschwindet langsam Richtung Norden zum Dorf. Ich helfe Henrik, wir schaufeln nun geräuschvoller das Loch wieder zu, verdichten den Sand und schütten am Ende dunkleren Mutterboden über die Stelle. Als letztes holen wir Moossoden und auf den Boden liegendes Geäst und verteilen es sorgsam über den gesamten Platz.

Erschöpft stehen wir daneben. Es ist so dunkel, dass ich gerade noch Henriks Arm sehen kann, der neben mir steht. Wir riskieren es, knipsen nochmal unsere Stirnlampen an, um uns zu vergewissern, dass alles so aussieht, wie wir es vorgefunden haben. Ich höre wieder den Hund im Dorf bellen, er scheint nicht lange geschlafen zu haben.

Langsam tastend, stolpern wir in der Dunkelheit zum Parkplatz. Wir sind beide fertig, müde, durstig und hungrig. Das Erlebte sitzt uns noch im Nacken, als wir die Autos erreichen. Nachdem alles wieder verstaut ist, trotte ich zu Henriks Wagen. Mein Blick fällt auf den staubigen Boden des Parkplatzes. Ich zögere kurz.

"Sag mal, waren die Traktorspuren hier vorhin auch schon gewesen, als wir kamen? Das sieht doch verdammt nach frischen Reifenspuren aus - oder?"

Henrik geht in die Hocke, knipst die Lampe an und streicht langsam über den Boden.

"Mmh...ich weiß auch nicht, jedenfalls gehen diese Spuren über meine Radspuren, schau mal! ist doch komisch – oder?"

Jetzt sehe ich es auch. Doch wir sind zu erschöpft, um uns darum zu kümmern. Es ist auch egal, parken darf hier jeder. Ich verabschiede mich von Henrik, gehe zum Auto und greife in die Jackentasche, um meinen Schlüssel wieder rauszuholen. Meine Finger ertasten etwas Dünnes und ich ziehe die silberne Schnalle heraus, die Gürtelschließe eines längst vergessenen Menschen.

4

Der Sommer in diesem Jahr ist außergewöhnlich heiß und trocken, es hat seit drei Wochen nicht geregnet und selbst diese 200 Jahre alte Eiche fängt langsam an, Spuren zu zeigen.

Mein Blick fliegt über den Garten, über den gelben trostlosen Rasen und wandert auf das Display meines Festnetztelefones. Ich kenne diese Nummer seit meinen 16. Lebensjahr und ich tippe sie automatisch.

„Hi Henrik, wie geht es dir? Hast Du den Wetterbericht gesehen? Morgen sollen es 28 Grad werden und ich sitze hier wie auf glühenden Kohlen. Ich weiß ja nicht, wie es dir geht aber meine Gedanken kreisen ständig um diese Schlacht und über das, was wir bisher erreicht haben. Lass uns doch morgen wieder los und diese Geschichte endlich weiter ausgraben."

Ich nutze die entstandene Pause, ergreife mein inzwischen handwarm gewordenes Bier und lasse den bitteren Saft die Kehle hinunter rinnen.

„Ja, ich habe auch schon daran gedacht…"

Plärrt es mir durch den Hörer entgegen.

„…wir sollten da weitermachen, wo wir vor vier Wochen aufgehört haben. Wenn wir runterfahren, können wir ja vorher in Lüneburg am Archiv vorbei, vielleicht bekommen wir da noch einige Informationen, die uns nützlich sein könnten"

Genüsslich schlürfe ich den Rest aus meiner Flasche, presse den Hörer fester an mein Ohr und stehe umständlich von meinem Gartenstuhl auf, um meinen Kühlschrank aufzusuchen. Ich habe heute einen nicht zu stillenden Durst.

„Im Archiv brauchen wir aber vorher einen Termin Henrik, und an den Wochenenden haben die zu, es sei denn wir düsen einfach in der Woche los. Ich rufe im Archiv mal an und versuche von der Arbeit freizubekommen – ok?"

Bewaffnet mit einer neuen grünen Flasche und dem Laptop wandere ich zurück an meinen schattigen Platz im Garten.

Schnell ist das Lüneburger Archiv im Internet gefunden. Ich klicke mich durch die Register des Stadtarchives:

„Der Lesesaal ist dienstags 8-16 Uhr, mittwochs 9-18 Uhr und donnerstags 9-18 Uhr geöffnet" steht dort in kursiv gestellten Buchstaben. Heute ist Sonntag, also am besten Dienstag, das Wetter wird schon noch mitmachen.

Schnell ein Drücken der Wahlwiederholungstaste, ein kurzes Gespräch mit Henrik und das Treffen nächste Woche ist vereinbart. Wir sind in solchen Dingen immer sehr unkompliziert, da wir wissen, dass uns bei der Suche immer die Zeit davonrennt. Viel zu schnell kommt der Winter und damit der Frost, der ein Graben in der hartgefrorenen Erde für uns unmöglich macht.

Ein wolkenloser Himmel spannt sich an diesem frühen Morgen über Lüneburg. Wir stehen Beide vor einem sauber weiß verputzen Haus der letzten Jahrhundertwende und schauen uns befriedigt an. „Stadtarchiv" prangt in gusseisernen Lettern über der großen Doppeltür. Voller Tatendrang und Wissensdurst treten wir ein und riechen den Duft von Linoleum und Bohnerwachs. Wir steuern auf einen großen Saal, dessen Stühle und Tische ausgereicht hätten, um eine ganze Turnhalle zu füllen. Am Ende des Saales thront ein etwas teureres Modell dieses Tisches und man erkennt beim Näherkommen eine zierliche Gestalt, die sich hinter einem Berg von Büchern verschanzt hat.

Eine freundliche Stimme mit einem brillenbewehrten Frauengesicht begrüßt uns. Sie ist Mitte 40, hat einen streng zusammengebundenen Pferdeschwanz und die starken Augengläser bestärken mich in dem Eindruck, dass diese Frau ihr Leben anstatt mit Menschen nur mit Büchern verbracht hatte.

„Guten Morgen die Herren, was kann ich für sie tun? Suchen Sie etwas Bestimmtes? Wenn Sie es wünschen suche ich Ihnen gerne die passenden Dokumente und Bücher heraus, sie müssen mir nur sagen, um was es geht"

Das war das Startsignal für Henrik, der bis eben ruhig neben mir gestanden und im Reingehen die meterlangen Bücherregale gemustert hat, um sich nun mit einem höflichen, geradezu bescheidenen Gesichtsausdruck vor ihr aufzubauen. Er holt tief Luft.

„Wir suchen Dokumente, Bücher und mikroverfilmtes Material aus der Zeit der Belagerung und Befreiung von den Franzosen ab Achtzehnhundertdreizehn aus der Region hier. Und bitte, wenn möglich, alle Geschehnisse, die damit im Zusammenhang stehen…"

Und fügt mit einem Schmunzeln hinzu.

„Wir nehmen einfach alles, was sie aus dieser Zeit haben!"

Ich erwarte augenblicklich einen Ohnmachtsanfall der Archivarin und betrachte voller Neugier das ungläubige, in Stirnfalten gelegte Gesicht.

„Sehr gerne meine Herren, wenn sie bitte so freundlich wären, schon einmal an einen der Tische Platz zu nehmen. Ich komme gleich wieder!"

Und im Weggehen flüstert sie uns mit einem Augenzwinkern zu, als hätten wir sie zu einem Eisbecher in dem Altlüneburger Café nebenan eingeladen:

„…danach hat mich schon sehr lange keiner mehr gefragt…"

Wir suchen uns einen etwas abgelegenen Schreibtisch am Rand des Raumes, unmittelbar an einer Bücherwand, um möglichst ungestört lesen zu können. Etwas nervös lege ich meine kleine Digitalkamera in meiner Jackentasche zurecht, mit der ich später noch Fotos von den wichtigsten Dokumenten machen möchte.

Nach einiger Zeit kehrt die Dame zufrieden zurück. Sie hat einen kleinen Rollwagen mitgebracht, dessen linkes, vorderes Rad bei jeder Umdrehung ein kleines Quietschen von sich gibt und auf dem sich mindestens 20 Bücher und einige Papptaschen befinden. Stolz erklärt sie uns die Fundstücke, uns wird schnell klar, dass wir einige Arbeit vor uns haben werden.

„Wir haben hier zunächst einige zeitgenössische Schriften und Zeitdokumente über die französische Besetzungszeit in Lüneburg und einige Berichte und Abhandlungen über die Schlacht in der Göhrde, dazu einige Aufzeichnungen über Materiallisten und requiriertes Gut der Franzosen in den umliegenden Dörfern und hier noch eine Mappe mit mikroverfilmten Zeitungsberichten zum Thema der Göhrdeschlacht."

Ich starre auf die dunkelbraune, abgegriffene Kartonpappe des Binders, während sich Henrik bereits einige Bücher gegriffen hat und sich seine kleine Brille dabei auf der Nase zurechtrückt.

„Bitte nehmen sie diese Handschuhe hier, bei den Zeitgenössischen Drucken möchten wir sie bitten diese zu tragen, damit unsere Dokumente nicht beschädigt werden."

Sie reicht uns jeder ein Paar weiße Baumwollhandschuhe, mit denen wir jetzt angezogen, wie zwei Zauberlehrlinge aussehen.

Wir haben unsere Arbeit aufgeteilt. Henrik bearbeitet die Schlachtberichte aus den jeweiligen Büchern und Dokumenten, während ich mich um die gefüllten Pappmappen und Mikroverfilmungen kümmere.

Vorsichtig öffne ich die erste Mappe und halte einen Stapel vergilbter Seiten in der Hand, auf denen in fast gestochener scharfer Tinte, listenartig, offenbar beschlagnahmtes und requiriertes Gut der Lüneburger Bürger und Bauern in Handschrift penibel aufgeführt ist.

"Excuse moi Henrik, aber kannst Du französisch? Schau dir das an, die haben wirklich jedes Fass und jeden Schinken akkurat aufgeführt! Fein säuberlich, Reihe für Reihe und Spalte für Spalte. Das Wort Réquisition kann ich mir ja noch denken, aber was da genau gestohlen wurde, kann ich wirklich nicht erkennen. Ich werde davon erst einmal Fotos machen, dann können wir das Zuhause in Ruhe übersetzen."

Langsam drehe ich mich Richtung Archivarin um. Sie ist in ihre Arbeit vertieft und wendet ihren Blick nicht von den, in ein sanftes Licht der Leselampe getauchten, Büchern auf ihrem Schreibtisch ab. Ich ziehe vorsichtig die Kamera aus der Tasche und klappe den Rücken des Pappkartonordners so hoch, dass ich unbeobachtet die Seiten abfotografieren kann.

Dann mache ich etwas, was ich bei alten Dokumenten grundsätzlich tue und ziehe aus meiner anderen Jackentasche eine kleine Schwarzlichtlampe heraus. Sie ist nur etwa handgroß und kann sehr nützlich sein, wenn es darum geht, etwas Licht ins Dunkel der Geschichte zu bringen.

Versteckt hinter meinem Sichtschutz lasse ich die Lampe über die Seiten gleiten. Bei den ersten Dokumenten bleibt alles normal, ich erkenne einzelne Fussel, Fingerabdrücke oder

Verunreinigungen. Dann ziehe ich mir eine Auflistung der requirierten Güter von der „*Brigade Pécheux*" aus dem Papierstapel und werde tatsächlich bei der dritten Seite fündig!

Überrascht schaue ich ein zweites Mal hin, doch diesmal genauer. Mein Herzschlag wird spürbar und ich habe das Gefühl, jeder Leser in diesem Saal müsste dieses schneller werdende Pochen ebenfalls bemerken.

In feinen, weißen Zügen, werden unter der bläulich scheinenden Lampe am Rand der Tabelle plötzlich einzelne Buchstaben und Ziffern sichtbar...

" *3/4 or ... 7/10 arg...500 Th...*" lese ich in geschnörkelter Schrift. Sie ist sehr blass und ich habe Mühe, sie zu abzufotografieren. Jemand hat sie damals mit einer besonderen Tinte geschrieben, die bewusst nicht sichtbar war und als Notiz für sich oder Mitwissern hinterlassen wurde. Ich stupse Henrik von der Seite an und flüstere ihm meine Entdeckung zu, er wirft einen konzentrierten Blick darauf und signalisiert mir still mit der Hand, einen Daumen nach oben.

Ich habe keine Zeit mehr, mich weiter damit zu beschäftigen, vor mir liegt noch ein riesiger Stapel Papiere und die Bibliothekarin fängt an, unsere Aktivitäten neugierig zu beobachten. Die Kamera habe ich bereits an Henrik abgegeben und verdrücke mich mit dem mikroverfilmten Material zu einem größeren Nebentisch hinter der Bücherwand, auf dem ein altertümlich wirkender Leseprojektor steht.

Mit einem Surren, leuchtet die graue Mattscheibe auf, schnell habe ich mich mit der Bedienung des Gerätes vertraut gemacht, wie man die einzelnen Folien einlegt und deren Vergrößerung richtig fokussiert. Schließlich schiebe ich die erste Folie der "Elbe-Göhrde-Tageszeitung" unter die Glasplatte.

Schnell überfliege ich die belanglosen Artikel über den geschichtlichen Hintergrund der Göhrde-Schlacht, bis ich nach einer halben Stunde auf einen Artikel vom 01.07.1991 stoße. Es zeigt den Bürgermeister Joachim Stinnes neben dem ehemaligen Grenzschutzoffizier a.D. Kalle Ölkers. Sie stehen mit strahlendem Gesichtern vor dem neueröffneten Heimatmuseum des Ortes und lächeln in die Kamera. Im weiteren Text geht es um die Eröffnung des Museums mit Exponaten aus der damaligen Schlacht und der Würdigung des Verdienstes von eben diesen Kalle Ölkers, unserem Kalli!

"Siehe mal an...unser Kalli." Zische ich durch die Zähne und gehe zurück zu unserem Platz, um Henrik die Kamera zu entreißen, die er mit einer Hand unter der Tischplatte fest hält.

"Du bekommst sie gleich wieder, ich habe da etwas Interessantes über unseren Kalli gefunden, so ein Spinner, wie der Bauer uns weis machen wollte war er wohl doch nicht, der Kalli."

Zurück am Lesegerät stöbere ich weiter und finde noch fünf weitere Artikel dieser Art. Der Bürgermeister mit Kalli vorm Gedenkstein, einige Monate später Beide zusammen bei einer Konferenz des Tourismusverbandes in Dahlenburg, dann wieder bei einem Bericht über dem Umbau und der Modernisierung des Heimatmuseums und zuletzt bei den Feierlichkeiten anlässlich des, von Henrik gezeigten Berichtes über die Einweihung des Gedenksteines mit den Franzosen. Die beiden schienen Freunde oder Partner gewesen zu sein oder sie profitierten zumindest voneinander.

Völlig in dieses Thema vertieft, hefte ich meinen Blick auf diesen grauen Bildschirm, schiebe Folie auf Folie durch und mache Fotos, ich spüre, dass da noch etwas kommen muss. Die Geschichte ist da noch nicht zu Ende.

Und dann werde ich fündig! In einem Artikel des Wochenblattes vom 16.09.1998 steht mit der Überschrift:

"Mann, tot im Wohnwagen aufgefunden!"

Ein Bericht über den Fund einer männlichen Leiche in der Göhrde. Und wieder ist Joachim Stinners mit auf dem Foto, diesmal im Gespräch mit einem Journalisten des Blattes. Im Hintergrund erkennt man den Wohnwagen, Absperrband der Polizei und diverse Einsatzfahrzeuge.

Nach geschlagenen drei Stunden sind wir endlich fertig. In den letzten Minuten, wir sind gerade beim Weglegen der Bücher, fällt mir versehentlich die Kamera zu Boden, was kurz dazu führt, dass sämtliche Anwesenden einschließlich der Archivarin in unsere Richtung schauen und die gute Dame ein wenig zerknirscht guckt, als wir mit dem quietschenden Wagen wieder bei ihr vorgefahren kommen.

Nachdem wir endlich wieder frische Luft atmen, schaue ich Henrik erwartungsvoll an. Wir gehen die paar Schritte zum

Parkplatz und meine Armbanduhr zeigte noch nicht einmal halb zwölf an, wir hätten also noch genug Zeit für unsere Göhrde.

"Lass uns gleich auf die Äcker fahren Henrik. Nach dem vielen Papier eben im Archiv brauche ich jetzt körperliche Betätigung an der frischen Luft... Erzähl mal, was du herausfinden konntest eben? Ich habe auf jeden Fall Neuigkeiten."

Ein Druck auf seinen Schlüssel öffnet die Wagentür.

„Ich habe mir die Schlachtberichte durchgelesen und festgestellt, dass letztendlich alle von dem jeweiligen vorherigen abgeschrieben und kopiert haben. Die ursprüngliche Version, die mehrere Wochen nach der Schlacht geschrieben wurde, ist nur sehr vage. Ich werde das alles mal Zuhause aufarbeiten müssen."

Spielerisch bugsiert Henrik das Fahrzeug aus der Parklücke und wir fahren mit hoher Geschwindigkeit und halboffenen Fenster an den schmucken Häuserfluchten der Lüneburger Altstadt vorbei. Die Sonne lacht uns von einem wolkenfreien Himmel entgegen, wir fühlen uns frei, voller Elan und Tatendrang.

Ein Grinsen können wir uns nicht verkneifen. Mit unseren Sonnenbrillen sehen wir wie zwei Detektive aus, auf der Suche nach dem heiligen Gral der Göhrde.

In einem dichten Vorhang aus Rauch und Qualm erreicht der französische Soldat mit seinen Kameraden die Senke, sie bietet ihnen etwas Schutz vor den Angriffen der Artillerie. Hinter der Senke geht es eine leichte Kuppe bergan und dahinter befinden sich die reetgedeckten Häuser und Gehöfte einiger Bauern. Ihr Offizier, ein Marineartillerist, zwirbelt sich nervös an seinem grauen Bärtchen und lässt das ganze Karree halten.

Er ist ein alter Haudegen und hätte normalerweise aufgrund seine Alters im letzten Sommer den Abschied nehmen müssen. Doch die „Grande Armee" braucht erfahrene Männer, so ist er geblieben, um diese jungen Rekruten auf den Krieg vorzubereiten. Es ist die Mischung aus Erfahrung und Fairness, die die Jungen zu ihm aufblicken lassen. Er ist ein Kamerad wie sie, und doch haben sie Respekt vor ihm. Er verlangt nichts, was er auch nicht selbst bereit wäre zu geben. Das imponiert ihnen. Da steht er vor ihnen, etwas erschöpft und doch fest im Sattel.

Er ist nicht vom blauen Blut, wie so viele ihrer Offiziere des Regiments. Sohn eines einfachen Fischer ist er, so wie sie Söhne von einfachen Bauern sind. Seine blaue Uniformjacke ist an der Seite blutdurchtränkt, ein Bajonettstich eines Preußen. Doch das stört ihn nicht, so wie es ihn nicht stört, dass bereits zwei seiner Pferde unter ihm weggeschossen wurden. In dem Getöse, dem Pfeifen der Kugeln über ihren Köpfen, dem Geschrei und Lärm der Schlacht, versucht er, eine Rede zu halten. Er redet auf sie ein, um ihnen Mut zu machen, denn er möchte, dass viele von ihnen durchkommen durch diese Schlacht, durch diesen wahnsinnigen Krieg.

Jacques hat die Botschaft verstanden. Durch die Häuser sollen sie brechen, in denen die Preußen wahrscheinlich schon warten. Nur dieser Weg ist der direkte Weg zum Wald und zu dem Dorfe Bleckede, wo sie in Sicherheit wären. Keine Zeit sollen sie verlieren und ihren ganzen Mut sollen sie zusammennehmen. Dieser junge, gerade einmal 20 Jahre alte französische Soldat hat es verstanden.

Sie bilden eine Dreierlinie und marschieren los. Jacques befindet sich diesmal im zweiten Glied, vor ihm ist ein wesentlich größerer Kamerad, der ihm die Sicht nach vorne versperrt. Der Tschako seines Vordermannes tanzt bei jedem Schritt hin und her. Aber genau das lässt Jacques zur Ruhe kommen. Er heftet seinen Blick fest an dieses Stück Filz und Leder und folgt ihm. Solange er diesen Tschako tanzen sieht weiß er, dass er lebt und dass er nicht getroffen ist.

Kaum haben sie die kleine Kuppe vor den Häusern erreicht, schlägt ihnen wildes Gewehrfeuer entgegen. Doch die Schüsse liegen zu hoch, hell trällernd jaulen die Kugeln über ihre Köpfe. Ihr Offizier setzt zum Sturm an.

„En avant marche!!...en avant marche!!"

Brüllt er sie mit rotem Kopf zornig an. Sein Pferd steigt dabei in die Höhe und die Vorderläufe schlagen wild aus. Dann rennen sie mit vorgehaltenem Gewehr los!

„Uaaaaahhhh" Donnert es aus ihren Kehlen.

Der Tschako schaukelt noch wilder und der französische Soldat rennt und brüllt. Der Tornister klappert auf seinem Rücken und er bemerkt gar nicht den Schuss der ihn von der Seite durchschlägt, durch die Schale mit Gänseschmalz und durch das, in Leinen gehüllte Stück Seife, dass sich seine Marie vom Munde abgespart hat.

Er rennt einfach weiter auf die Häuser zu, aus denen aus jeder Fensteröffnung geschossen wird. Immer toller wird das Schießen und Schreien, je näher sie kommen. Es vermischt sich zu einem Brei, zu einem Lärm des Krieges, der alles überdeckt.

Die Front der Bauernhäuser wird zu einem wabernden Gewitter aus Qualm und zuckenden Blitzen. Rasend aus Wut und Verzweiflung kämpfen ihre Verteidiger um jeden Meter Boden, den die Franzosen einnehmen.

Ein Geschoss trifft den Gewehrschaft seines Vordermannes und die feinen Holzsplitter treffen ihn an seiner Wange. Jacques wischt sich kurz über das Gesicht, seine Hand färbt sich rot und er rennt weiter, den Tschako immer vor Augen. Noch 20 Meter bis zu den Häusern, er kann sie sehen, die dunklen Fenster und wie es daraus knallt und dampft. Sein linker Nachbar geht in die Hocke, zielt auf eine der Öffnungen aus denen es blitzt.

Der Kamerad vor ihm bleibt plötzlich stehen, als wollte er sich nach etwas bücken und bricht zusammen. Jacques geht hinter ihm in die Hocke und schießt auf das Fenster im ersten Stock, so dass der Fensterrahmen zersplittert. Hektisch beißt er die nächste Patrone ab und lädt nach. Jetzt erst hört er das Röcheln vor ihm, glucksend und stöhnend liegt er da, sein Gesicht ist ganz fahl und gelb geworden...ein feiner roter Faden rinnt an seinem Mundwinkel herunter, der lederne Tschako liegt daneben im Gras und rührt sich nicht mehr - rührt sich nie mehr.

Er will sich aufrichten, weiterlaufen, noch 15 Meter. Da trifft ihn ein Schuss an der Schulter, reißt ihm die Schulterklappe weg, er fällt nach hinten. Schnell fasst er sich an. Nur ein Streifschuss, eine schwarze, sengende Spur zieht sich über den Stoff der Uniformjacke hinweg.

Der französische Soldat rafft sich zitternd auf, springt über den ersten Gartenzaun, schnell zur Tür. Dort stehen schon zwei

Kameraden, einer tritt gerade die Tür ein und will die Preußen rausholen, die auf seine Kameraden schießen.

Er verschwindet augenblicklich im Türrahmen und Jacques hört einen Knall im Haus, schnell springt er nach. Seine Augen müssen sich erst an das Dunkel des Raumes gewöhnen, eine mächtige Rauchwolke durchzieht die Wohnstube. Vor ihm auf den Boden sein Kamerad, der reglos in einer roten Lache liegt.

An der Wand gegenüber eine kleine Gestalt, die fieberhaft versucht ein Gewehr nachzuladen. Schnell zieht er seine Waffe hoch, legt an und stutzt… er will abdrücken, doch er kann nicht. Vor ihm steht trotzig ein Junge im grauen Leinenstoff. Er ist ein Bauernjunge, blonde Strähnen lugen aus seiner Mütze hervor, höchstens 10 Jahre alt und sein Gewehr ist größer als der kleine Bub selbst. Jacques lässt seine Waffe sinken und entreißt dem Kind das Gewehr.

„Mon dieu, idiot, pauvre fou!"

Und verabreicht ihm eine Ohrfeige, dass er wimmernd zurück in die Ecke fällt.

Vom oberen Stockwerk brechen plötzlich Schüsse, einer verfehlt nur knapp sein Ohr und schlägt krachend in die verputzte Wand neben ihm. Der andere trifft seinen anderen Kameraden am Türeingang, in die Hand. Im Dunkel der Treppe stehen zwei Schatten, sie hatten zum Glück, bei dem Dämmerlicht nur schlecht gezielt.

„Nur raus hier! Rapidement!"

Denkt er und läuft, seinen Kameraden stützend, auf die breite Dorfstraße.

Sein Blick geht suchend über die staubige Piste, doch er findet keinen Anschluss, auch sein Leutnant ist nirgendwo zu sehen und sein Gefährte hat inzwischen begonnen, sich seinen blutigen Stumpf zu verbinden. Jacques steht noch immer unschlüssig im Schatten eines Apfelbaumes. Wie, als wüsste er bereits die Antwort geht sein Blick zurück und er sieht im Umwenden seine Kameraden beim Rückzug! Sie klettern bereits zum Teil wieder über die Zäune der Vorgärten in Richtung der Heide. Was ist geschehen? Der französische Soldat versteht nicht, es hat sie doch so viel Blut gekostet!

Eine große gelbe Staubwolke nähert sich den Häusern, er spürt ein feines Vibrieren unter seinen Füßen und seine Pupillen weiten sich augenblicklich. Husaren! Nein...ihre Uniformen sind ganz schwarz, der Teufel kommt persönlich, ihn zu holen, wo er doch noch so jung ist und nicht sterben will! Ihre langen Säbel blitzen gefährlich in der Sonne. Es sind Lützower Jäger und sie nehmen Rache für die Plünderungen und die Jahre der Knechtschaft unter den Franzosen.

Jacques weiß das, er hat nie gestohlen, nur wenn das Knurren seines Magens so laut war, dass er nachts nicht schlafen konnte, wo doch sein junger Körper ständig Hunger und Durst hatte. Der junge Franzose weiß, dass sie ihn mit dem Säbel wie ein Schwein in zwei Hälften schlagen würden, wenn sie ihn erwischten.

Nun wird ihnen klar, warum sich ihr Regiment zurückzieht. Schnell machen beide kehrt und versuchen, sich zurück zu den eigenen Kameraden zu schlagen. Wie die Hasen, rennen sie um ihr Leben!

Doch die Reiter sind schneller, sie stürmen bereits über die Dorfstraße und beginnen sich fächerartig zu verteilen. Schon ist der Erste da und Jacques kann aus dem Augenwinkel wahrnehmen, wie sein Pferd schnaubend heran galoppiert. Schnell reißt er die Waffe herum und feuert auf den massigen Körper des Tieres. In einer Staubwolke bricht das Pferd zusammen und schleudert seinen Reiter dabei herunter.

Nur nicht umdrehen, nur schnell weiter! Denkt er und bleibt zu allem Unglück mit dem Gewehrriemen an einer Latte eines Holzzaunes hängen, während sein Kamerad schon ein paar Schritte vor ihm läuft. Alles in ihm arbeitet fieberhaft, die Sehnen, die Muskeln, die Reflexe. Sein Mund ist trocken und die Zunge klebt ihm bitter wie ein lebloses Stück Fleisch am Gaumen.

Wieder sind die Lützower heran, diesmal zwei Reiter, sie reiten im wilden Galopp fast parallel nebeneinander, springen über die Zäune und Hecken, ihnen auf der Heide hinterher. Das trampeln kommt immer näher, er hatte keine Möglichkeit gehabt, sein Gewehr nachzuladen und so bleibt ihm nur die Flucht nach vorne. Jacques beschleunigt sein Tempo, dass ihm der Schweiß nur so runter läuft. Dann sieht er in der vernebelten Heide einen kleinen Findling liegen und springt schnell dahinter in Deckung.

Ganz klein macht sich dieser französische Soldat, er kauert sich zusammen, schließt die Augen und fängt an zu beten. Das Vaterunser, so wie er es Zuhause, wie er es in der Schule gelernt hat. Sein Zuhause, seine Heimat ...ganz blass, es erscheint schon so weit weg, diese Zeit der Geborgenheit und des Friedens.

"...Notre Père qui es aux cieux! Que ton nom soit sanctifié, que ton..."

Die Reiter fegen vorbei und stürzen sich auf seinen Kameraden, der mit dem Bajonett seines Gewehres versucht, den Angriff abzuwehren. Sie haben ihn in die Zange genommen und schlagen von Beiden Seiten auf ihn ein. Jacques sieht entsetzt zu, wie er nach wenigen Säbelhieben zusammenbricht.

Sie wollen sich gerade in seine Richtung umwenden, da bricht aus dem Nebel eine Salve los, die den ersten Lützower mitsamt dem Pferd herunterreißen. Der zweite Jäger gibt die Sporen und verschwindet so schnell, wie er gekommen war. Jacques springt auf und läuft los, ein letztes Mal vorbei an seinem toten Kameraden, dessen Tornister und sein Rücken blauweiß leuchtend aus dem Heidekraut hervorschauen. Und er kehrt ein zweites Mal an diesem Tag in sein schützendes Karree zurück.

Gegen Mittag erreichen wir die hügelige Landschaft der Göhrde, wir biegen diesmal nicht in den Hohlweg ein, sondern fahren von hinten direkt an das Schlachtfeld heran. Zwischen einem kleinen Wäldchen und der Ackerfläche parkt Henrik rückwärts das Fahrzeug ein, ich springe heraus und tausche die kühle Innenraumluft, gegen die gehaltvolle warme Brise des Spätsommers.

Noch bevor Henrik aus dem Wagen ist, schleife ich bereits die Spule über den Acker und es dauert keine fünf Minuten bis mir mein Kopfhörer signalisiert, dass hier ein fetter Fund auf mich wartet.

Das Erste Signal eines Tages ist immer das Erlösendste und man hofft, dass das Füllhorn nun fortwährend über einem ausgeschüttet wird. Mit diesen Gedanken ramme ich den Spaten in den Boden und schütte den Klumpen vor meine Füße, kurz mit dem Schuh einmal durch die Erde und ich erblicke grün angelaufenes Metall. Drei Sekunden später halte ich einen Knopf in der Hand, selbst Teile des Nähfadens sind noch erhalten geblieben. Und wieder ein Knopf des 75. Linienregiments, das gibt es doch nicht!

Ich pfeife kurz in Henrik Richtung, der nun immerhin schon sein Gestänge vom Suchgerät zusammengeschraubt hat und interessiert zu mir herüberschaut.

„Die sind hier herunter geflohen, guck `mal, was ich gefunden habe! Da vorne vor der großen Senke war das."

Kurz halte ich meinen Fund hoch und zeige auf mein niedergelegtes Suchgerät im Sand. Ich weise kurz auf die beiden Backsteinhäuser 50 Meter entfernt.

„...wenn die `mal nicht in diese Richtung wollten, so hätten sie gut in die Niederung und den Wald flüchten können."

Wir fangen an, die Kuppe vor den Häusern systematisch, Meter für Meter und Zentimeter für Zentimeter abzusuchen und haben zu diesem Zweck mit dem Spaten ein großes Rechteck in den Sand des Ackers gezeichnet.

Beim Suchen auf dem Acker muss man allerdings wissen, dass in der Regel mit jedem neuen Pflügen auch neue Objekte hochgespült werden. Zudem macht es einen großen Unterschied für das Suchgerät, ob zum Beispiel eine Münze senkrecht im Boden steckt, mit dem dünnen Rand nach oben oder flach, waagerecht. Diese Münzen würden dann fast doppelt so tief angezeigt werden.

Die Kuppe ist ein echter Volltreffer und teilweise liegen die Funde so massiert, dass neben einem Fund noch ein weiteres Signal steckt. Ich gönne mir einen tiefen Schluck aus meiner Cola-Flasche und trotte zurück zum Fundplatz, es sind noch locker 25 Grad, obwohl es beinahe schon 18.00 ist.

Meine Jackentasche ist inzwischen so schwer mit Funden beladen, dass mein Arm beim Gehen dagegen schleift. Die besonderen Funde habe ich vorsichtig in Papiertaschentücher und in Tüten gewickelt und verwahre sie auf der anderen Seite der Jacke auf. Dabei handelt es sich um Silbermünzen,

Regimentsknöpfe, Waffenteile und persönliche Gegenstände der Soldaten wie Tonpfeifen, Amulette und Schmuckstücke. Auch Henrik macht fette Beute, jedes Mal wenn ich zu ihm herüberblicke, ist er am Graben. Wir beide suchen wie im Rausch und vergessen Zeit und Raum um uns herum.

Ich will gerade wieder das Loch zuschütten und lasse den Teller des Gerätes noch einmal pflichtgemäß rüber hinweglaufen um sicherzustellen, dass sich nichts mehr darin befindet, als ich ein schwaches Signal bekomme.

Manchmal bekommt man auch Fehlsignale, die von Erdmagnetischen Störungen herrühren. Also denke ich mir nichts dabei und husche nochmal und nochmal darüber, um genau das auszuschließen. Immer wieder bekomme ich dieses Signal, egal von welcher Seite ich schwinge. Ich bin mir jetzt sicher, hier unten liegt etwas und es liegt tief! Ich hebe mit dem Spaten ein größeres Rechteck aus und vertiefe das Loch. Wieder kommt das Gerät zum Einsatz…"gröööeck" tönt es schwach im Kopfhörer und im Display erkenne ich eine „47".

Eine Schweißperle tropft mir von der Nasenspitze ins Loch und versickert im braunen Sand. Ich werde unruhig und setze den Spaten so tief an, dass ich ihn mit dem Stiefel nicht weiter reintreten kann. Auf diese Weise steche ich viermal ins Loch und häufe die Erde daneben auf. Gerät rein und lauschen…"mööckk"…jetzt schon schärfer und vor allem lauter. Ich wechsle den Blick hastig auf meinen kleinen Bildschirm „81"! Das ist mindesten Silber! Vorsichtig taste ich mich mit dem Spaten in die Tiefe, ich bin sicherlich schon gut 70cm in der Erde. Noch schnell eine Schippe raus und dann das Gerät nochmal rein, ich kann es kaum erwarten…da, nichts! Mein Gerät bleibt stumm! Schnell taste ich mit dem Teller die Wände des Loches ab…wieder nichts! Es wird doch nicht schon draußen sein, ich habe in der losen Erde nichts entdeckt?!

Mit einer kurzen Handbewegung fliege ich mit der Sonde über die ausgehobene Erde und das laute Geräusch aus dem Lautsprechers prallt an mein Ohr! Ich versuche im Sand etwas zu erkennen…da, dieser schwarze Klumpen…jetzt erkenne ich eine Kette, die einzelnen Glieder sind matt schwarz, ich ziehe daran und halte eine große Taschenuhr in der Hand!

Ganz dunkel ist sie angelaufen, schwer ist sie, unglaublich schwer. Sie ist aus purem Silber und ich streiche vorsichtig mit der Hand über die Oberfläche, um sie vom Sand und Dreck zu befreien. Auf dem Deckel ist etwas eingraviert... „*B. G. 1809*" Ich versuche den Deckel zu öffnen, ganz langsam hebe ich ihn an, bewege ihn hin und her um das Material zu schonen. Dann gibt er langsam nach und ein strahlend weißes Zifferblatt wird sichtbar, etwas wasserfleckig aber noch gut. Diese Uhr eines Soldaten ist um 16.10 Uhr stehengeblieben. In feinen Lettern steht unterm Blatt „*Paris*"

Völlig beeindruckt von diesem Fund schaue ich rüber zu Henrik, doch er ist beschäftigt und ich will ihn jetzt nicht stören. Ich wickele vorsichtig alles in zwei Taschentücher und registriere in der Aufregung gar nicht den Geländewagen, der sich uns vom Sandweg kommend schnell nähert.

Wir schauen beide schreckhaft auf, als eine Wagentür zugeschlagen wird. Ein Mann löst sich vom Fahrzeug und geht mit vorsichtigen Schritten über die Ackerfläche auf uns zu. Er trägt trotz der hohen Temperaturen einen dünnen Sommermantel und ich kann beim Näherkommen seine Krawatte hin und her baumeln sehen. Uns trennen noch wenige Schritte während ich versuche, fieberhaft mit dem einen Fuß das riesige Loch zuzuschütten, ohne den Blick von ihm abzuwenden.

Der Mann streicht sich mit der Hand über die Haare, um seinen Seitenscheitel zu richten. Dann bleibt er vor uns stehen, schaut kurz über die Gerätschaften, die verteilt am Boden liegen, um mir dann in die Augen zu schauen.

„Darf ich mich vorstellen... Joachim Stinners ist mein Name und ich bin hier der Bürgermeister in der Gemeinde!"

5

Wie ein Fremdkörper wirkt er auf diesem Acker, mit seinem hellbeigen Mantel, seinem frisch gebügelten Hemd und seiner lustlos herunter baumelnden Krawatte. Wir schauen uns Beide an und ich erkenne einen spöttelnden Zug um seine Mundwinkel. Meine Augen blitzen verächtlich zurück. Dieser Mann ist mir auf Anhieb unsympathisch und ich weiß nicht, ob ich über diese Situation gerade lachen oder weinen soll.

„Ihr wisst schon, dass ihr hier nicht einfach suchen dürft? Ihr macht hier überall Löcher in die Erde und eine Erlaubnis habt ihr mit Sicherheit auch nicht – oder? Das wüsste ich nämlich."

Eine kleine Windböe wischt dabei seine gescheitelten Haare wieder in sein Gesicht, so dass er diesmal etwas hektischer mit den Fingern dazwischen greift. Er will gerade wieder zu einem neuen Satz ausholen, als ich ihn mit einem Lächeln unterbreche.

„Herr Stinners, wir machen selbstverständlich jedes einzelne Loch wieder zu und holen sogar den Schrott aus dem Acker, den der Bauer nur stören würde. Außerdem fragen wir die Landwirte natürlich, ob sie etwas dagegen haben, wenn wir auf ihr Land gehen…"

Ich weiß natürlich, dass ich bei diesem Satz gelogen habe, aber es hört sich so einfach gut an und passt genau zu unserem harmlosen Auftreten. Henrik und ich wollen unsere Rolle natürlich perfekt spielen.

„Aha, sehr interessant…und warum habt ihr mich nicht gefragt?"

Seine Wangen nehmen bei diesem Satz eine leicht rötliche Färbung an.

„Wie meinen Sie das? Warum sollten wir Sie denn fragen?"

Henrik mischt sich in das Gespräch ein. Er hat sein Suchgerät gegen den in den Boden gesteckten Spaten gelehnt und rückt sich mit dem Zeigefinger seine Brille zurecht.

„Ganz einfach Junger Mann! Weil mir der Acker, auf dem ihr gerade steht gehört! Und das schon in dritter Generation! Ihr hättet mich fragen müssen... und? Habt ihr das?"

Seine roten Flecken im Gesicht werden immer größer.

Henrik und ich schauen uns Beide an, damit hatten wir nicht gerechnet und es wirft ein völlig neues Licht auf den Bürgermeister. Im Geiste sah ich ihn beim Recherchieren der Berichte in den Wochenblättern immer hinter einen schweren Eichenschreibtisch in seinem Büro im Stadtamt. Und nun steht dieser feine Pinkel vor mir und redet von Ackerbau und Landwirtschaft in dritter Generation. Ich hole zum Gegenschlag aus.

„...sagen Sie Herr Stinners, der Kalli, Sie wissen schon...der hier jahrelang über die Äcker geschlurft ist. Hatte der damals eine Erlaubnis von Ihnen, hier Suchen zu dürfen?"

So ganz wohl fühle ich mich nicht, den Spieß nun umgedreht zu haben und schaue etwas verlegen zu Henrik, der gespannt seine Reaktion abwartet.

Für einen Moment wirkt der Bürgermeister wie versteinert, eingefroren ist sein Blick auf den Acker geheftet. Einige Sekunden verharrt er in dieser Position, als würde er angestrengt nachdenken und unter seiner wettergebräunten Gesichtshaut werden die Kaumuskel sichtbar.

„Der Kalli und ich waren viele Jahre gut befreundet. Ich weiß ja nicht, wo ihr eure Informationen herhabt aber da könnt ihr fragen, wen ihr wollt. Er durfte hier Suchen und hat mir im Gegenzug geholfen, den Fremdenverkehr ein wenig anzukurbeln. Ihr könnt euch vorstellen, so ein kleines Nest hier, ein paar Ponyhöfe und Gasthäuser, mehr ist hier nicht. Da kann es unser kleinen Gemeinde nicht schaden, wenn `mal ein paar Touristen unsere Gasthöfe und Fremdenzimmer besuchen. Tja..."

Mit einer weiten Armbewegung holt er aus, während sein Blick über den Horizont wandert, bis er nach einigen Sekunden mahnend den Zeigefinger hebt.

„Hier ist damals unter Napoleon Geschichte geschrieben worden! Ja, genau hier auf diesem Boden, unter unseren

Füßen...na ja, das wisst ihr sicherlich schon, sonst wärt ihr ja nicht hier oder?"

Kurz hält er inne und schaut uns abwechselnd prüfend an.

„Lasst mal sehen, zeigt doch mal her, was ihr bisher gefunden habt? Ihr sucht doch sicherlich schon lange mit den Dingern, habe ich recht?"

Sein Blick bohrt sich stechend in mein Auge

„Mir scheint, dass ihr Erfahrung habt mit diesen Dingstabumsta-Geräten, diesen Suchersonden, das sehe ich euch doch an".

Er greift dabei mit einer Hand an den Schaumstoffgriff meines Gerätes.

„Ihr seid schon komische Leute, die sich den ganzen Tag so um die Ohren hauen ...mmh...ich mache euch einen Vorschlag, weil heute so ein schönes Wetter ist und ich mir vorgenommen habe, mich nicht zu ärgern. Vielleicht mache ich jetzt auch einen Fehler damit, egal "

Etwas umständlich kratzt er sich am Hinterkopf

„Ihr dürft hier suchen und falls euch Jemand anspricht und blöde fragt, nennt ihr meinen Namen – ok?!"

Er lässt eine kleine Pause und schaut wieder in unsere verdutzten Gesichter.

„Eine Bedingung habe ich allerdings...könnt ihr euch ja denken, ich bin schließlich auch ein Geschäftsmann. Ich möchte, dass ihr mir Bericht abstattet, was ihr so gefunden habt. Wir haben im Ort so eine Art Heimatmuseum. Der Kalli hat das früher nebenbei betrieben, es war eigentlich immer ganz gut besucht und ab -und an hat er ne kleine Ausstellung mit Vortrag gemacht. Den Dorfleuten und den Touristen hat das gut gefallen, die standen geradezu Schlange vor dem Eingang."

Ein kleines Lächeln huscht über sein Gesicht und gibt für einen kurzen Moment seine weißen, makellosen Zähne frei, bevor sein Gesicht wieder einfriert.

„Vielleicht habt ihr ja Lust und stellt ein paar eurer Funde dort aus. Sie bleiben selbstverständlich euer Eigentum und ihr könnt sie danach wieder mit nach Hause nehmen...was haltet ihr davon?"

Es entsteht eine peinliche Pause von mehreren Sekunden, bevor ich mich als erster wieder gefasst habe.

„Das klingt ja alles sehr interessant und es kommt sicherlich nicht so häufig vor, dass uns ein solcher Vorschlag gemacht wird Herr Stinners...aber sie werden auch verstehen, dass wir uns vorher noch einmal Gedanken darüber machen möchten."

Mit dem letzten Satz gleitet mein Blick rüber zu Henrik, der seine Hände inzwischen in den Hosentaschen vergraben hat. Dann wendet er sich dem Bürgermeister zu.

„Existiert dieses Heimatmuseum mit den Funden eigentlich noch?"

„Natürlich! Wir haben im Stadtrat ernsthaft die Überlegung gehabt, das Ganze wieder für die Öffentlichkeit zugänglich zu machen. Es gab da nach dem Tod von Kalli einiges diesbezüglich mit den Angehörigen zu regeln. Dies ist aber nun geschehen und wir können nun endlich wieder in die Zukunft schauen."

„Gut, wo können wir Sie denn telefonisch erreichen, wenn wir uns entschieden haben?"

Wortlos greift der Bürgermeister in die Innentasche seines Mantels und befördert einen kleinen Notizblock mit Miniatur-Bleistift ans Tageslicht. Mit einer schnellen Bewegung feuchtet er die Spitze des Stiftes mit dem Mund an, kritzelt umständlich einige Zahlen auf das Papier, bevor er Henrik den Zettel reicht.

„Das ist die Nummer meiner Sekretärin, sie weiß in der Regel, wo ich bin. Ansonsten könnt ihr abends auch auf meinen Hof kommen"

Er zeigt dabei mit dem Zeigefinger auf ein rotes Backsteinhaus, welches in einiger Entfernung, in der Wärme flimmernd, am Acker liegt.

„Vor dem Hund müsst ihr keine Angst haben, der beißt eigentlich nicht und meine Frau, na, die ist auch ganz umgänglich."

Ein heiseres Lachen begleitet seinen Satz, er dreht sich um und hebt zum Abschied noch einmal seine Hand.

„Und macht mir hier keine Schande...denkt bitte immer daran und ruft mich einfach an, wenn etwas los ist!"

Eilig entfernt er sich von uns, jeder Schritt von ihm wird von einer kleinen Staubwolke begleitet, bis er sein Auto erreicht hat, einsteigt und mit aufheulendem Motor davonfährt.

Mit einem eleganten Schwung breitet Marie die große Wolldecke aus und lässt sie langsam ins hohe Gras sinken. Sie nimmt schweigsam den Korb, stellt ihn behutsam in die Mitte der Decke und setzt sich dann mit einem leichten Seufzer nieder. Auf ihrer Stirn haben sich kleine Falten gebildet und sie schaut gelegentlich zu Jacques herüber, um zu sehen, was er gerade denkt. Dann hält sie es nicht mehr aus.

„Ich persönlich pfeife auf ein Land, wo man die Familienväter nimmt, nachdem man ihre Söhne weggenommen hat! Mein lieber Bruder steht doch nun schon seit zwei Jahren im Feld und nun wollen sie auch meinen Herrn Vater holen. Das ist doch nicht gerecht lieber Jacques? Ich bin nicht für Kriege, besonders nicht für solche, bei denen hunderttausende von Männern ihr Leben für den Ruhm eines einzigen verlieren!"

Eine Träne rinnt an der Wange herunter und sie kneift aus Wut und Verzweiflung ihre Augen zusammen.

„Jacques, wenn ich an deiner Stelle wäre, würde ich in die Schweiz gehen, ich könnte dich dort ab und an besuchen und wir wären eine Zeit zusammen. Mit Gottes Hilfe wird das alles irgendwann ein Ende haben und du könntest an den Hof deines Vaters zurückkehren. Die Menschen werden tüchtige Burschen nach dem Krieg brauchen, so glaube mir doch mein Lieber!"

Schweigend saß er da, die Hände auf die Knie gestützt und lauschte ihren Worten. Nun nimmt er ihre Hand, die sie tief in ihren Schoß vergraben hat und hält sie an seine Wange.

„Du weißt, dass sie dich alleine für diese Gedanken ins Gefängnis bringen können. Ich würde mich und meine Familie in große Gefahr bringen und wir würden alles verlieren, was uns lieb und teuer ist".

Gedankenverloren zupft er ein Gänseblümchen heraus.

„Gerade gestern bekam ich einen Brief von meinen treuen Freund Jules. Du weißt doch, ich habe dir von ihm erzählt, er wurde vor einem Monat eingezogen. Sie haben ihn in den Norden Deutschlands in ein Bataillon nach Hamburg versetzt und er schreibt mir, wie ruhig und gemächlich seine Tage dort seien. Er ist in Garnison und ohne Gefahr. Du siehst meine liebe Marie, es ist nicht immer alles so in Not und Verderben, wie es dir deine geschwätzigen Nachbarinnen weiß machen wollen! Ich werde meine Dienstzeit dort absitzen, es wird uns an nichts mangeln und komme dann gesund und munter wieder zu dir zurück. Du wirst sehen. Und von dem ersparten Sold kann ich uns endlich das Stück Land hinter der Mühle am Teich kaufen, dass du doch immer so geliebt hast".

So gerne möchte sie Jacques Worten glauben, eng hat sie sich an ihn heran geschmiegt, ihr Kopf ruht auf seiner Brust während er mit einer Hand durch ihr offenes Haar fährt.

Über ihnen strahlt der Himmel so unendlich weit und blau, einige Wolken ziehen wie an einem Band gezogen langsam vorüber und verdunsten unter der Kraft der Juni-Sonne, noch ehe sie den Horizont erreicht haben.

Er schaut über ihre Picknickdecke hinüber auf die weißen Fliederbüsche, die in voller Blüte stehen. Einige Blüten sind schon verwelkt und er beobachtet den kleinen Schwarm von Spatzen, der spielerisch darin herumturnt.

„Ach Marie, meine Liebste. Wären wir doch so frei wie diese Vöglein hier, dann könnten wir fliegen wohin es uns beliebt, ich würde dir ein schönes Nest bauen, wir wären glücklich bis an das Ende unserer Tage, das verspreche ich dir!"

Er lacht dabei und gibt ihr einen Kuss auf die Stirn. Sie dreht sich zu ihm hoch, ergreift den auf der Decke liegenden seidenen

Sonnenhut und stülpt ihn mit einem Kichern auf seine schwarzen Haarbüschel.

„Ich glaube, die Sonne hat dir dein Gemüt verbrannt, ich müsste wohl eher Angst haben, dass du mir nicht eines Tages davonfliegst, mein süßer Spatz!"

Sie hat sich zurechtgesetzt und packt langsam den Inhalt des Korbes sorgsam auf der Decke aus.

„Schau her Liebster! Die Dörrwurst magst du doch so gerne, Maman hat sie extra für dich heute Morgen eingepackt!"

Stolz hält sie das Leinentuch mit der Wurst hoch. Jacques greift unterdes in den Korb und zieht eine Flasche hervor.

„Der gute Rebensaft wird mir in Deutschland fehlen. Da musst du mir unbedingt etwas nachschicken, sobald ich dir die Garnison mitteilen kann. Die Preußen sollen da oben ja nur Bier saufen, die Banausen. Ja, deine liebe Mutter ist immer sehr gut und fürsorglich zu mir, ich wünschte, ich hätte eine solche damals gehabt als Kind".

Er schenkt ein Glas halbvoll und reicht es Marie. Sie ergreift das gefüllte Kristall beinahe liebevoll und prostet ihm mit einem Augenaufschlag zu.

„Lass uns anstoßen mein lieber Jacques, auf Gottes Gnaden, auf friedlichere Tage und auf unsere Liebe!"

Ihre Blicke treffen sich.

„Ja, darauf wollen wir trinken mon Chèri! à Chanté!"

Nachdem die Flasche fast geleert ist, fühlen sich beide befreiter. Sie haben sich gemeinsam auf die Decke gelegt und blicken, Kopf an Kopf den Wattebäuschen nach, die vom Wind getrieben, über sie hinwegziehen.

„Da! Sieh nur! Die dicke Wolke sieht doch wie Tante Adelais aus, wenn sie mit ihrem Waschkorb im Hof steht"

Er antwortet ihr mit einem Kichern und nimmt ihren Zeigefinger, um eine weitere Wolke auszuwählen.

*„Und die da schaut wie der kleine Spitz vom Nachbarhof aus,
wenn er uns morgens immer wach bellt"*

*Lachend rollen sie sich ineinander und sie umfasst mit beiden
Händen sanft seine Wangen.*

*„Küss mich einfach Jacques, küss mich jetzt und hier, denn ich
bin gerade glücklich mit dir"*

*Die Sonne hat die Wipfel der Bäume bereits erreicht, als sie sich
voneinander lösen und ihre Sachen zusammenpacken. Still,
Hand in Hand gehen sie gemeinsam den Sandweg hinauf zu
Maries elterlichen Hof. Leise knirscht der Sand unter ihren
Schritten und Jacques hat das Gefühl, dass er sich mit jedem
Schritt ein Stück weiter von ihr entfernt.*

*Unter der alten Linde vor dem Haus hält er plötzlich an, umfasst
ihre Taille, um sie an sich zu ziehen. Er schaut tief in ihre blauen
Augen, die ihn sonst so vergnügt anschauen und sieht, dass sie
geweint hat.*

*„Sei nicht traurig Marie, ich werde dir schreiben, sobald wir in
Karlsruhe Quartier bezogen haben. Meine Gedanken werden
immer bei dir sein und du musst dir keine Sorgen machen..."*

Sie lässt ihn nicht ausreden, nimmt seine Hand und küsst sie.

„Warte mein Liebster, ich habe noch etwas für dich!"

*Daraufhin rennt sie mit eiligen Schritt zum Hof und verschwindet
im Torbogen des Hauses. Als sie wieder in die Abendsonne tritt,
hält sie etwas in ihrer Hand.*

„Mach die Augen zu und erst wieder auf, wenn ich es dir sage!"

*Jacques spürt einen weichen Stoff an seinem Hals und als er die
Augen wieder öffnen darf, sieht er den wundervollen Schal, den
ihm Marie umgelegt hat.*

*„Oh...danke Liebste! Was für ein schöner Stoff das ist, so weich
und fein, wo hast du ihn nur herbekommen? Und das in dieser
Zeit? Man könnte meinen, er kommt aus Paris!"*

„Kommt er auch!"

Verkündigt sie stolz und ihr altgewohntes Lächeln strahlt in an.

„Onkel Pierre hat ihn letzten Monat von seiner Geschäftsreise mitgebracht, ich hatte ihn darum gebeten und du weißt ja, wie geschickt ich im Nähen bin"

Seine Hände umschließen ihren Hals als er sie küsst.

„Ich verspreche dir, ich werde mir kein Loch hinein brennen lassen und auch kein Bajonettstich soll ihn zerreißen. Beide werden wir ganz und unbeschadet zurück kommen...ich verspreche es dir!

Er drückt sie zum Abschied an sich und küsst ihr ein letztes Mal auf die Wange, dann reißt er sich los, er spürt wie sich ihr Körper dagegen wehrt und wie sehr sie mit den Tränen zu kämpfen hat.

Als er das hölzerne Tor am Zaun erreicht hat, wendet er sich noch einmal um und winkt ihr zu. So zerbrechlich wirkt sie da, wie sie dort steht an der Veranda und ihre Hand zum Abschied hebt. Er beschleunigt seinen Gang und verschwindet im Dunkel der Schatten der Bäume.

Ich schaue Henrik belustigt an. Er hat mit seinem Blick die davonfahrende Staubwolke verfolgt und kommt mir mit einigen Schritten entgegen.

"Was soll man davon halten Henrik, ich glaube, er ist einfach nur ein Spinner. Warum sollte er sich dafür interessieren, was wir hier finden? Ich kapiere es nicht, warum erteilt er uns quasi eine Generalvollmacht hier suchen zu dürfen? Erkläre es mir. Entweder weiß der mehr als er uns sagen will oder er hat einfach nur ne Schraube locker im Kopf."

"Du hast ihn doch gehört, er möchte, dass wir den Fremdenverkehr ankurbeln, indem wir Kallis Erbe übernehmen. Aber ich glaube ihm da auch nicht so recht. Ich denke, wir sollten uns die Funde im Heimatmuseum einmal anschauen und ihn tatsächlich auch mal auf seinem Bauernhof aufsuchen. Vielleicht bekommen wir ja so mehr heraus..."

Er macht eine kurze Pause indem er seine Brille abnimmt und mit dem Zipfel seines T-Shirts die Gläser putzt.

"...was ich nicht verstehe ist, dass so ziemlich alle Leute Kallis Suche für Spinnerei halten und ausgerechnet der Bürgermeister, ein logisch, rational denkender Mensch, der Meinung ist, dass er wertvolle Arbeit geleistet hat? Ich bin mir da ziemlich sicher, dass hier etwas verschwiegen wird...wie auch immer, wir machen hier erst einmal weiter und kümmern uns später um ihn."

"Und was meinst du, machen wir mit seinem Vorschlag, dass wir ihm zukünftig alle Funde zeigen sollen?"

Henrik hat sich die Brille wieder aufgesetzt und schaut mich mit einem langen Grinsen an.

"...hach, da machen wir natürlich nichts! Wenn er fragen sollte, ziehen wir ein paar wertlose Kugeln und den Schrott vom Ackers aus unserer Tasche."

Bevor ich weitersuchen will, zeige ich Henrik noch voller Stolz meine gefundene Taschenuhr und wir beschließen, die Anhöhe noch einmal zentimetergenau abzusuchen.

Nach zwei Stunden und diversen neuen Funden beschließen wir Pause zu machen und lassen uns zufrieden und erschöpft auf den Rand des Ackers fallen. Die Sonne hat noch unglaublich viel Kraft um diese Tageszeit. Nur ab und an weht ein erfrischender Wind um unsere sonnenverbrannten Köpfe und ich wische mir wiederholt mit meinem schmutzigen Handrücken über Stirn und Nacken, um das kribbelige Gefühl von Schweiß und Sand loszuwerden.

Gemäß unserem Ritual werden alle wertvollen Funde vor uns auf ein Tuch ausgebreitet, jeder prüft die Sachen des anderen und wir diskutieren und staunen über die Stücke, die zuvor fast 200 Jahre in der Erde lagen.

Dann zieht Henrik seine Karte aus der Jackentasche, macht darauf einige Notizen und breitet sie vorsichtig auf den Ackerkrumen aus.

"Hier! Schau dir das einmal an."

Er hat den Stängel eines Eichenblattes abgebrochen und benutzt ihn als Zeigestock.

"Wir sind jetzt hier und haben die meisten Funde auf der kleinen Anhöhe und in der Senke vor den Häusern gemacht"

Sein Stöckchen umkreist die vielen kleinen Punkte und Kreuze, die die Fundstellen markieren.

"...dann endet es abrupt, nix, gar nichts mehr, wie abgeschnitten, als wäre ihr Weitermarsch hier abgeschlagen worden!"

Ich nicke ihm zu und tippe mit dem Zeigefinger auf einen anderen Punkt in der Karte.

"Und ab hier Henrik, finden wir wieder Sachen...es scheint, als wären sie hier in diese Richtung geflohen, weiter an diesen kleinen Berg hier vorbei, Richtung Waldrand...komm, lass uns da weitersuchen!"

Langsam erheben wir uns wieder und haben Beide das Gefühl, Blei in den Beinen zu haben, das lange Sitzen war keine gute Idee gewesen. Ich zeige auf eine leichte Rinne zwischen zwei Äckern, die in einen kleinen Wanderweg mündet, der von wilden Apfelbäumen gesäumt wird.

"Schau!"

Rufe ich Henrik im Vorbeigehen zu.

"Den Weg habe ich auch auf der alten Karte gesehen, wenn es ihn also damals schon gab, dann sind sie hier sicherlich lang marschiert!"

Über eine Stunde laufen wir sorgsam Bahn für Bahn ab und nähern uns dabei immer weiter der kleinen Apfelbaumallee. Was wir in der Zeit an Funden machen, lässt uns erschauern über das Drama, dass sich hier abgespielt haben muss!

Das, was wir an Kugeln finden, sind zu 90 Prozent reine Trefferkugeln, das heißt, sie haben ihr Ziel damals nicht verfehlt. Teilweise sind sie völlig verformt, je nachdem ob sie Fleisch,

Knochen oder hartes Metall getroffen haben. Manche diese Geschosse sind durch die Wucht beim Aufprall wie kleine Pfannkuchen platt geschlagen, andere waren erst durch weiches Gewebe gedrungen und sind dann auf feste Knochen gestoßen. Jede Kugel, die wir heraus befördern hat ihre eigene, hässliche Geschichte und zeugt von dem Gemetzel, dass hier in kürzester Zeit stattgefunden hat.

Dann finden wir Ausrüstungsgegenstände und private Dinge der Franzosen aber keines dieser Teile ist ganz geblieben. Verdrehte Tabakspfeifendeckel, zerrissene Gürtelschließen, eine zerbrochene Säbelklinge, die noch in dem Messinggefäß, dem Griffstück des Säbels hängt, abgerissene Waffenteile, seltsam verformte Bleche und so weiter. Das geht in einem fort, alles ist völlig zerstört und vernichtet.

Ich ziehe gerade Reitersporen mit einer wunderschönen grünen Patina aus der Erde und zeige sie Henrik.

„Sieh dir das an, auch sie ist durch den Druck einer Explosion oder ähnliches völlig verbogen...schade, es wäre ein schöner Fund gewesen"

Henrik nickt stumm und hält sich den Fund dicht ans Auge, um ihn zu untersuchen.

„Hier müssen die Franzosen auf engstem Raum zusammengeschossen worden sein, meine Funde sind da nicht besser".

Er angelt vorsichtig ein völlig zusammengefaltetes Mützenemblem eines französischen Tschakos aus einer Brottüte und reicht es mir. Wir werden still.

Eigentlich ist man als Schatzsucher lediglich auf der Suche nach Schätzen und das persönliche Schicksal, dass sich womöglich dahinter verbirgt lässt einen kalt, solange der Wert des gefundenen Objektes stimmt.

Der eigentliche Fund wird numismatisch taxiert, Angebot und Nachfrage regeln den finanziellen Wert und Preis. Häufig liegen so viele Jahre zwischen dem damaligen Gebrauch und dem heutigen Auffinden, dass der Gegenstand völlig abstrakt wird. Man sieht etwas Ähnliches in einem Fachbuch und findet es dann irgendwann in der Erde - fertig.

Dies ist mir häufiger gerade bei einzelnen Münzen passiert. Da denkt kein Mensch daran, in welcher Geldbörse er lag, wer ihn seinerzeit bei sich trug und welche Gedanken den Besitzer plagten, als er ihn verlor. Es geht dann rein um den Marktwert und den Erhaltungszustand der Münze, mehr nicht.

Aber hier in der Göhrde ist alles ganz anders. Ich stehe mit Henrik auf dem Acker und spüre, dass hier etwas völlig Neues mit uns passiert. Jeder Fund den wir machen wird mit den Geschehnissen der Menschen in Verbindung gebracht. Aus den gemachten Funden rekonstruieren wir das menschliche Leid, dass sich zu unseren Füßen abgespielt hat.

Die Geschichte des Menschen steht plötzlich bei uns im Mittelpunkt und die Funde, die häufig nur ihren Wert durch den Umstand des Geschehens haben, dokumentieren das, was den Soldaten damals widerfahren ist.

Es berührt uns plötzlich, was hier vor 200 Jahren passiert ist und die ganzen Dinge die wir aus der Erde befördern, bekommen für mich und Henrik eher einen emotionalen Wert.

Die Sonne ist bereits hinter dem kleinen Berg verschwunden, der wie eine kleine Burg über das Gelände herrscht. Sie scheint durch die vielen kleinen Buchen, die sich darauf befinden und wirft einen rötlichen Fächer auf das Gesicht meines Freundes.

Ich blicke hinüber zu den Apfelbäumen, zu dem Weg, der damals den Weg in die Freiheit, in die Sicherheit bedeutete. Eine junge Frau geht mit ihren beiden Hunden friedlich Spazieren, sie schaut ein wenig misstrauisch und pfeift eines ihrer Tiere zurück, als dieser in unsere Richtung laufen will.

„Lass uns zurück fahren Tim, es war heute ein langer Tag gewesen und die Sachen liegen nächste Woche auch noch in der Erde".

Ich nicke ihm zu und wir trotten nebeneinander den Weg über den Acker zurück zum Auto. Ich bin diesmal zu faul die Sonde über den Boden zu pendeln, obwohl ich schon die tollsten Sachen auf diese Weise gefunden habe. Wie bei einem Film lasse ich die Geschehnisse des Tages in meinem Kopf noch einmal Revue passieren, wir haben einige neue Entdeckungen gemacht, die wir in aller Ruhe auswerten müssen.

Im Halbdunkel öffne ich die Kofferraumklappe des Kombi und schiebe vorsichtig Spaten und Suchgerät hinein. Ein bleiernes Gefühl erfüllt meine Glieder, ich spüre wie die Müdigkeit meinen Körper umfängt und sacke wohlig in den weichen Beifahrersitz. Nach Stunden kann ich zufrieden meine Augen schließen und einfach loslassen.

Henrik lenkt wortlos sein Fahrzeug über die Landstraße. Noch einmal leuchten die Kumuluswolken über unseren Köpfen blass rosa auf, bevor die Wälder und Felder endgültig in hunderten von Grautönen versinken.

Leise plärrt die Melodie eines bekannten Songs, als mich Henrik mit einem ungewohnten Unterton anspricht.

„Wie läuft es eigentlich jetzt bei euch Zuhause, ist inzwischen wieder alles gut?"

Ich starre auf das bernsteinfarbene Display des Radios und antworte ihm emotionslos.

„Sie ist nicht mehr so wie früher Henrik, ich weiß nicht wieso es so ist und sie lässt ja auch nicht mit sich darüber reden…"

Er antwortet tröstend.

„Vielleicht ist es nur eine Phase bei ihr"

„…das will ich hoffen. Ich weiß nur, dass es so nicht weitergehen kann…"

Und füge mit einem leichten Seufzer an.

„…ich werde mit ihr reden müssen!"

Es wird still im Auto. Ich versuche meine Gedanken wieder in die Göhrde zu lenken, doch es gelingt mir nicht mehr. Ich bin im Geiste wieder Zuhause, bei Nicole, meinen Sorgen und Nöten.

Das Suchen macht süchtig, das war von Anfang an so bei mir. Es kann aber auch zu einer Flucht vor der Wirklichkeit werden.

6

Vertrauen macht stark, sagt man. Solange der französische Soldat den Sieg vor Augen hat, kämpft er mit seinen Kameraden verbissen und mutig. Sie halten zusammen, wie die Finger einer Hand. Der Wille ihrer Vorgesetzten ist Gesetz und macht sie einig und stark. Sie wissen, dass gerade dieser Wille ihnen den Sieg bringen kann.

Aber wehe, sie müssen sich zurückziehen! Bei einem Rückzug denkt jeder nur noch an sich, sie selbst kennen dann keine Befehle mehr.

Als der französische Soldat seine eigenen Reihen erreicht hat, bricht diese Ordnung gerade auseinander. Er sieht den „Alten" schemenhaft durch den Qualm auf und ab reiten, er hört ihn, wie er auf seine Soldaten einredet, wie er versucht, sie zu Raison zu bringen. Sie, die immer zu ihm aufblickten! Auch die Offiziere tanzen wie wilde Hummeln um das Karree und versuchen ihre Kameraden zur Gegenwehr und Ordnung zu ermutigen.

Schon brechen erste Reihen von preußischen Soldaten durch den Nebel der Schlacht, sie gehen in die Hocke und richten dabei ihre Gewehre nach vorne.

Jacques weiß, was dies nun für sie bedeutet, er kennt das „rollende Feuer" der Preußen! Durch geschicktes Abwechseln von Schießen und Laden wird ein nahezu durchgehendes, ein rollendes Feuern erzeugt. Während die erste Reihe schießt, schreitet die zweite Reihe vor und die dritte Reihe lädt nach. Dieses Feuer ist mörderisch! Es ist alles vernichtend. Was noch übrig bleibt, wird im Nahkampf erledigt.

„Ausgerechnet jetzt!" Durchzuckt es ihn. Jetzt, wo alles in heilloser Auflösung scheint, wo keine geordnete Gegenwehr mehr zu erwarten ist.

Jacques lädt fieberhaft das Gewehr und gibt wahllos seinen Schuss auf die Reihen der feindlichen Soldaten ab. Er spürt wieder seine Angst, die an seinem schweißnassen Rücken hochkriecht und über den Nacken direkt in den Kopf wandert. Alles verspannt und verkrampft sich in ihm und seine Hand zittert derart beim Nachladen, dass es ihm nur mit Mühe gelingt, das Pulver ordentlich auf die Pfanne des Gewehrschlosses zu schütten. Wenn er leben will, muss er schnell sein. Ein glühender Hagel aus Blei reißt die ersten Lücken in die wankende Front der Franzosen.

Die Preußen schwingen ihre Sense und halten reichlich Ernte unter den Franzosen. Jacques sieht sie getroffen fallen, wie sie im Augenblick des Todes ihre Arme hochreißen oder kopfüber, einfach wie Mehlsäcke umkippen. Sie fallen übereinander, im Laufen oder im Stehen. Das Schreien, das Schießen, es tönt zu einem Lärm, den er niemals mehr in seinem Leben vergessen kann.

Er läuft los und reißt im Rennen seinen Tornister herunter, der ihn nur behindert. Ein Schuss klatscht vor seinem Fuß in die Erde, laut trällernd jagt der Querschläger davon. Der französische Soldat beschleunigt seinen Gang, er rennt durch den Qualm, vorbei an den Haufen der Gefallenen, die unwirklich verrenkt auf den Boden liegen. Deutsche Stimmen dringen an sein geschundenes Ohr, sie sind ganz nah...schnell Jacques! Vite dénué!

Plötzlich hält ihn etwas fest, er will seinen Fuß losreißen und bemerkt einen Kameraden, der am Bein stark blutend auf dem Heidekraut liegt und mit der Hand nach seinem Hosenbein greift.

„Kamerad! Bleib doch! Lass mich nicht hier liegen...hilf mir, sie werden mich töten, wenn sie mich hier finden! Ich gebe dir alles was du willst, nur lass mich bitte nicht liegen!"

Während Jacques einen kurzen Blick in Richtung der deutschen Stimmen wirft, kniet er sich zu seinem verletzten Kameraden herunter. Das Gewehr hat er sich schnell übergehängt und versucht krampfhaft den Oberkörper des Verletzten hochzuziehen. Laut aufstöhnend und kurz vor der Ohnmacht sinkt der Franzose mit verdrehten Augen wieder herunter. Jacques wird langsam ungeduldig, er gibt ihm eine leichte Ohrfeige und brüllt ihn im Lärm an.

„Merde! Du musst mir helfen Kamerad, halte dich an meinen Schultern fest, ich will versuchen, dich hochzuziehen."

Die fremden Stimmen aus dem Nebel kommen immer näher und vereinzelt surren bedrohlich einzelne Kugeln an ihnen vorbei.

Mit letzter Kraft krallt er sich in Jacques Schultern fest, seine Fingernägel bohren sich in seinen Stoff. Er versucht ihn noch einmal auf die Beine zu bringen. Da sieht er den blanken, weißen Knochen des Oberschenkels, der sich grässlich aus dem blutgetränkten Stoff bohrt. Das ganze Schienenbein samt Knie hängt in einem roten Brei leblos herunter. Nur ein einzelner Blutstrahl spritzt pumpend aus der klaffenden Wunde.

Jacques zuckt schaudernd und angewidert zusammen. Er weiß im Stillen, dass er mit ihm keine Chance hat, jemals zu entkommen. Mitleidig schaut er in die fast schwarzen Augen des Verwundeten, der sich wie ein kleiner Junge um seinen Körper geklammert hat. Die Haut in seinem schwitzigen Gesicht ist schon ganz gelb und blass geworden. Er weiß, dieser Soldat steht kurz vor der Schwelle des Todes.

Starr und überrascht reißt der tödlich verletzte nochmals seine Augen auf, seine Finger bohren sich noch einmal fester in Jacques Rücken...dann erschlafft sein Körper und die Hände lassen los. Vorsichtig legt er ihn zurück auf den Boden, der unter den Einschlag der Kanonenkugeln leicht erzittert.

Mit einer Hand streicht er über die Lider der gebrochenen Augen und schließt sie für immer. Dann durchsucht er die Munitionstasche des Toten, nimmt die Patronen mit, die er schnell greifen kann, reißt dabei sein Gewehr vom Rücken und rennt auf das dunkle Band des Waldes zu, dass sich nur einige hundert Meter vor ihm abzeichnet.

Pferdegetrampel nähert sich plötzlich von hinten und lässt Jacques zusammenfahren. Jäh reißt er den Kopf nach hinten und versucht instinktiv Deckung zu nehmen. Seine, vom Pulverqualm, entzündeten Augen spähen durch die Schwaden, die über das Schlachtfeld ziehen.

Die versprengten Soldaten vor ihm humpeln fluchend in jede Deckung, die sich ihnen bietet. Ein Busch, eine Krüppelkiefer, eine Mulde...egal, sie pressen sich schutzsuchend an den Boden.

Nur noch einige wenige von ihnen haben noch ein Gewehr oder einen Säbel. Andere legen sich dicht an die Toten oder sogar darunter und hoffen so, ihrem Schicksal noch einmal entgehen zu können.

Ein französischer Offizier, dessen Uniformkleider in Fetzen und Streifen vom Körper hängen, steht kerzengerade auf der freien Pläne und richtet seine Pistole auf den vermuteten Feind. Wie bei einem Duell steht er ungerührt da ... wie eingefroren erwartet er sein Ende. Kameraden rufen ihm etwas zu, doch er hört nicht.

Jacques kann seinen Blick nicht von diesem Bild abwenden und wie in Zeitlupe sieht er die Husaren auf ihren schlanken Pferden hervor stürmen. Auf ihren Tschakos prangt einschüchternd ein großer Totenkopf mit gekreuzten Knochen, der sich deutlich mit den vielen silber-blitzenden Knöpfen von der schwarzen Uniform abhebt.

Sie preschen über die Fläche auf den französischen Offizier zu. Er sieht die kleine weiße Rauchwolke, die sich von der Pistole des Franzosen löst...die Reiter donnern weiter...einfach weiter über den Franzosen, als wäre er ein räudiger Hund.

In Jacques steigt eine Wut hoch, eine Wut der Verzweiflung. Verbissen hebt er das Gewehr, hält an und drückt ab. Ein Husar kippt rücklings vom Pferd. Die Reiter fächern auseinander. Hektisch zieht Jacques die nächste Patrone aus der Tasche, er kann sehen, wie seine Kameraden in den Deckungen das Feuer erwidern. Doch die Reiter sind schnell an sie heran, zu schnell, um einen neuen Schuss anbringen zu können. Die Säbelklingen fliegen nach unten und er kann sehen, wie einem Franzosen die Wange mit einem Hieb abgeschlagen wird.

„Es hat keinen Zweck mehr! Wir müssen hier raus, der Wald bietet die einzige Deckung gegen diese Teufel."

Auf dem verqualmten Schlachtfeld wird es langsam dunkel, ein feiner Nieselregen hat eingesetzt und im Laufen hebt der französische Soldat sein verkrustetes Gesicht in den Himmel, um das kühle Nass zu empfangen.

Alle Einheiten befinden sich in der Auflösung und preschen zum Wald vor. Ein langer Tross von Panjewagen ist in einem kleinen Hohlweg steckengeblieben, die Pferde des vordersten Wagens sind zusammengeschossen worden und der Kutscher versucht mit einigen Soldaten hektisch die toten Rösser von der Fahrgasse zu ziehen.

Jacques kann sehen, wie die Fahrer verzweifelt versuchen, links und rechts des Weges auszubrechen, panisch gewordene Pferde *gehen durch, Wagen stürzen um und begraben Soldaten unter sich. Eine Panik hat alle ergriffen.*

Die Husaren finden reichlich Beute in diesem Durcheinander. Sie stürzen sich teilweise zu dritt auf einzelne Soldaten, um sie ohne Gnade niederzumachen. Grässliche Szenen spielen sich vor seinen Augen ab und der französische Soldat rennt durch sie hindurch, wie durch eine aufgebaute Theaterkulisse.

Mit völlig ausgepumpten Lungen erreicht er den Hohlweg, an dem rechts und links Verwundete Franzosen liegen, die nicht mehr weiterkönnen. Sie liegen so, wie sie aus Erschöpfung oder Verwundung hingefallen sind und flehen jeden Kutscher an, sie mitzunehmen. Plötzlich brechen die letzten Reste der glorreichen napoleonischen Artillerie vorbei, er sieht die Fahrer unermüdlich die Peitsche auf die ausgemergelten Zugpferde einschlagen. Auch sie wollen sich in Sicherheit bringen.

Die schweren Geschütze ziehen sie in halsbrecherischer Fahrt hinter sich her. So donnern sie den Hohlweg runter und der große Stau von Soldaten und Wagen versucht eilig Platz vor ihnen zu machen. Die erschöpften, gejagten Soldaten drehen sich erschrocken um und spritzen hastig an den Rand. Nur die Verwundeten...die schaffen es nicht mehr. Sie heben flehend ihre Hände, als könnten sie so die durchgeschwitzten Rappen mit ihren schaumigen Nüstern noch aufhalten.

Jacques hört das Krachen...das Krachen ihrer Knochen, in dem Moment, wo die schweren Wagenräder sie erfassen. Er kann nicht mehr hinschauen, es ist zu viel, es ist genug Leid ...es reicht für ein ganzes Leben.

Mit einem leichten Klacken lege ich den Schalter der großen Schreibtischlampe um. Vor mir liegt ein kleiner Berg an ausgedruckten Seiten. Ich weiß zunächst gar nicht wo ich anfangen soll und schiebe, unschlüssig darüber, wonach ich eigentlich suchen soll, jedes Blatt über das nächste. Ich hatte alle Fotos ausgedruckt, um so eine bessere Übersicht zu haben.

Dann halte ich die Blätter mit den Requirierungslisten der Franzosen in den Händen und suche in den Seiten. Da! Sie sind noch da, die verschnörkelten Zeichen und Kürzel, die so geheimnisvoll versteckt wurden.

Wer mit Geheimschrift schreibt, hat etwas zu verbergen, so viel steht fest. Auch scheint es von der gleichen Person geschrieben worden zu sein, denn sämtliche Schnörkel haben den gleichen nach oben verlaufenen Bogen.

Mit einem schnellen Griff ziehe ich meinen gelben Französisch-Deutsch-Duden aus dem Regal. Den, der mich früher in der Schule immer so geärgert hat. Etwas hektisch blättere ich in den dünnen Seiten...

"K, L, M.....N....da, O... opéra, opérant, opérationnel, opéret...or ! Das ist es! Gold! Gold heißt es!"

Damit hatte ich nicht gerechnet und durchsuche nochmals die Listen nach dem Kürzel. Zwischen all den Weizen -und Mehlsäcken, den Fässern mit Öl, Bier und Schwarzpulver, den Hühnern, halben Schweinen und Rinderschinken komme ich insgesamt auf 65 or.

"65 Kilogramm? Pfund oder Münzen?"

Ein Kribbeln erfasst mich bei dem Gedanken. Bei der Abkürzung "arg." wird es schon schwieriger. Ich finde keine passende Übersetzung. Schließlich wird es mir zu blöd und ich suche daher einfach in der französischen Übersetzung nach dem Wort für Silber. Und siehe da, "argent" prangt es in kleinen schwarzen Buchstaben im Duden. Schnell addiere ich die Zahlen zusammen und errechne insgesamt 87 arg.

"Heidewitzka! hier haben wir ja einen echten zusammengeklauten Schatz der Franzosen!"

Ein Grinsen huscht über meine Gesichtszüge. Ich versuche ruhig zu bleiben...was haben wir denn eigentlich? Es sind lediglich Listen über requiriertes Gut der Franzosen. Plünderungen waren damals an der Tagesordnung und man hat in Kriegen sicherlich auch kein Halt gemacht vor den Kirchenschätzen und reich gefüllten Schatzkammern der besetzten Gebiete. Reiche Kaufleute gab es im Lüneburger Raum genug und den Bauern nahm man das weg, was sie besaßen...Hühner, Schweine und Getreide.

Das einzige, was mich in diesem Falle wirklich wundert, ist die Tatsache, dass es offenbar heimlich geschehen ist, zumindest bei dem wertvollen Edelmetall und, dass es sich nur um Listen vom Regiment "Pecheux" handelt. Denn genau dieser Kommandeur befehligte die Bataillone, die in der Göhrde verbluteten.

Offenbar hat Jemand damals versucht, diese Beute für sich zu beanspruchen, vorbei an der napoleonischen Kriegsmaschinerie und damit sozusagen in die eigene Tasche.

Die Zeiger meiner Armbanduhr wandern auf kurz nach 23.00 Uhr. Ich greife zum Telefonhörer und klingle Henrik aus dem Bett. Etwas verschlafen hebt er ab, wird aber nach meiner Erzählung schnell wieder munter.

"...und übrigens Henrik, bei der Abkürzung "th." habe ich mir echt die Zähne ausgebissen. Ne halbe Stunde habe ich hin -und her überlegt. Es kann sich ja letztendlich auch nur um etwas edelmetallhaltiges handeln. Was denkst Du?"

Eine ungewohnte Ruhe entsteht im Hörer. Ich presse die Muschel stärker an mein Ohr, um nichts zu verpassen.

"Das ist ja ne tolle Geschichte. Ich denke, es werden mehrere Mitwisser gewesen sein. Alleine der Transport des Edelmetalls! Das kannste ja nicht mal eben in der Rocktasche verschwinden lassen. Vielleicht waren es Offiziere gewesen, sie waren bei der Requirierung zugegen, gaben womöglich die Befehle, es zu tun. In den Listen wurde es dann verschwiegen. Wir haben doch keinerlei Listen gefunden, wo diese Edelmetalle offen aufgeführt waren - oder Tim?"

Ich habe mir eine Zigarette angesteckt und wandere dabei mit dem Telefon auf meiner Terrasse auf- und ab.

"Nein, zumindest haben wir darüber keine. Wahrscheinlich war es ein geplantes Unternehmen. Sie heckten den Plan vorher gemeinsam aus, bestachen die Schreiber des Regiments und hofften so, ein kleines Vermögen zu horten. Der verlorene Krieg zeichnete sich langsam ab und sie hätten dann ein gutes Auskommen in den harten Jahren nach dem Krieg gehabt..."

Ich denke kurz nach und unterbreche Henrik, der gerade zu einem neuen Satz ansetzt.

"...Mensch Henrik, wenn wir die Namen der Offiziere wüssten, die damals im Regiment Pecheux dienten und vor der Schlacht in der Region ihren Dienst verrichteten und sie dann mit den Gefallenenlisten vergleichen würden...mmh...dann wüssten wir unter Umständen, ob welche von ihnen überhaupt die Möglichkeit hatten, den vermeintlichen Schatz in Sicherheit zu bringen oder ob sie als heimliche Mitwisser einfach gefallen sind!"

"Das ist eine gute Idee Tim! Ich habe die Gefallenenlisten hier und die Namen der Offiziere des Regiments bekomme ich über die Unterlagen des Heer-Lagers, dass damals in Lüneburg biwakierte heraus...mir ist eben übrigens eingefallen, was die Abkürzung "th." bedeutet!"

Ein brummiges Lachen schnarrt durch den Hörer.

"...die Abkürzung steht für "Thaler" ! Die Jungs haben sich offenbar auch noch an den Portemonnaies der Bürger zu schaffen gemacht"

Ich sprinte zurück in mein Arbeitszimmer und tippe die Zahlen in den Taschenrechner.

"...hörst Du Henrik? 1577 Thaler!! Stell dir bitte einmal vor, was für ein Vermögen das ist!"

Meine Stimme vibriert und ich merke, dass auch Henrik eine leichte Nervosität ergriffen hat. Wir haben uns in Rage geredet und sprudeln nun voller Ideen. Gutgelaunt antwortet er.

"Wir müssten auch in Erfahrung bringen, wer eigentlich von den Versprengten überhaupt Bleckede erreicht hat...ob der Schatz überhaupt da angekommen oder in die Hände der Feinde gefallen ist"

Zum ersten Mal fiel das Wort "Schatz". Ich spüre, wie das Adrenalin durch meine Adern schießt. Etwas hastig fahre ich dazwischen.

"...und mich würde auch interessieren, inwieweit unser Kalli von der Sache wusste, er hat sich ja immerhin Jahre mit der Schlacht beschäftigt. Wer weiß, vielleicht gibt es ja sogar noch Unterlagen in dem ominösen Heimatmuseum, die uns in der Sache weiterhelfen könnten... Ich habe eine Idee, ich fahre morgen nach der Arbeit mal nach Lüneburg ins Archiv und frage explizit nach Berichten über Bleckede aus der Zeit"

"Gute Idee, wobei wir eigentlich die Unterlagen bei unserem Besuch schon bekommen hätten, wenn sie uns wirklich alles aus der Zeit ausgegeben hat. Versuche einfach dein Glück, wir können danach ja noch einmal telefonieren. Ich habe mit den Offizierslisten erst einmal genug zu tun. Schlaf gut, bis morgen"

Zufrieden über die neue Entdeckung lege ich auf. Meine Gedanken kreisen auch noch eine Stunde, nachdem ich ins Bett gegangen bin, in meinem Kopf herum. Ich komme einfach nicht zur Ruhe. Plötzlich springe ich vom Bett hoch, taste schnell nach der Nachtischlampe, irgendetwas fällt dabei herunter und Nicole dreht sich murmelnd auf die andere Seite. Ich schleiche ins Arbeitszimmer und durchwühle die unzähligen Blätter, die verteilt auf dem Schreibtisch und dem Fußboden liegen.

"Hach...da ist es!"

Ich habe den Ausdruck mit dem Artikel des Wochenblattes in der Hand, falte in säuberlich zusammen und stecke ihn in meine Jackentasche, die an der Garderobe hängt.

Noch etwas aufgeregt falle ich im Bett in einen traumlosen, tiefen Schlaf und steige am nächsten Morgen mit einem Thermobecher voller frischem Kaffee, gutgelaunt ins Auto.

Tiefliegende Regenwolken begleiten mich auf dem Weg nach Lüneburg und ein frischer, kühler Wind empfängt mich eine Stunde später, als ich mit leichtem Schwung die Fahrertür schließe. Ich nehme vom Wetter kaum Notiz und lenke meine Schritte in die große Halle des Stadtarchives. Zu sehr bin ich in Gedanken versunken, ich habe eine Vermutung und möchte diese nun bestätigt wissen.

"Guten Tag Frau....ähm..."

"Meier-Sülfeld ist mein Name, wie kann ich Ihnen helfen, suchen sie etwas besti...?"

Sie blickt über ihre Augengläser in mein Gesicht und endet abrupt mit dem Satz in dem Moment, an dem sie mich plötzlich wiederzuerkennen scheint.

"...sie waren doch neulich schon einmal hier, mit ihrem Bekannten...warten Sie...mmh....die Befreiungskriege - richtig?"

Ich setze mich vor ihr auf einen der städtischen Lehnstühle der Postmoderne und lächele sie gespielt verlegen an.

"Richtig! Wir schreiben an einem Buch über die Göhrde-Schlacht und suchen nach Informationen. Ich habe da einmal eine Frage an Sie..."

Ich will gerade Luft holen und den Zettel aus meiner Jackentasche herausfischen, da unterbricht sie mich. Vorsichtig rückt sie mit ihrem Stuhl näher und kommt mir mit ihrem Kopf ganz nahe.

"Ich habe gleich gewusst, wer sie sind...!"

Flüstert sie mir mit einem geheimnisvollen Unterton zu. Ich spüre mein Herz klopfen und mir wird gerade etwas mulmig zumute.

"...auch letzte Woche, als mich abends dieser Mann anrief!"

"Dieser Mann?"

Wiederhole ich fragend.

"...ja, ich wollte hier gerade das Licht ausmachen und abschließen, da klingelte das Telefon. Eine mir unbekannte Stimme meinte, es wäre wichtig und erzählte mir davon, dass sich hier zwei Journalisten herumtrieben, die nach Dokumenten aus der Göhrdeschlacht fragen würden..."

Etwas aufgeregt rückt sie noch dichter an den Tisch heran, so dass ich ihr blumiges Parfüm wahrnehmen kann.

"...und ich sollte denen auf gar keinen Fall Unterlagen aushändigen, da es sich um Betrüger handeln würde, die lediglich ein ganzes Dorf schlechtmachen wollten. Ich habe da gar nicht mehr hingehört...wo kommen wir denn da hin! Ich erklärte ihm, dass wir ein öffentliches Archiv wären und ich mir da nichts vorschreiben lasse. Da wurde er pampig und hat einfach aufgelegt."

Sie sieht die Überraschung in meinem Gesicht und legt beschwichtigend ihre Hand auf meinen Arm.

"...aber machen Sie sich keine Gedanken, ich finde es gut, wenn man sich für die Geschichte interessiert und ich werde Ihnen das gesetzlich verankerte Recht nicht verwehren!"

"Das ist außerordentlich freundlich von Ihnen, wir sind weder Journalisten noch Betrüger. Aber, wenn man ein Buch schreibt, sollte man auch anständig recherchieren - nicht wahr? Und sie haben keine Ahnung, wer sie da angerufen hat? Klingt ja unheimlich. Mmh..."

Ich ziehe die Fotokopie des Artikels aus meiner Jackentasche und lege sie der Archivarin auf den Tisch.

"...sagen Sie, kennen Sie diesen Mann in der Mitte hier? War der schon mal hier in Ihrem Archiv gewesen?"

und tippe mit dem Zeigefinger auf einen großen Mann in einer Gruppe von Menschen. Still betrachtet sie das Foto des Wochenblattes und wendet sich mir zu.

"Ja, den kenne ich...ich weiß es deswegen so genau, weil er mir damals erzählte, es gehe um eine Familiengeschichte und es wäre für ihn sehr wichtig, sämtliche Dokumente aus dieser Zeit zu bekommen. Solche Anfragen sind ja doch eher selten hier..."

Dabei tippt sie immer wieder auf das Foto und reicht es mir schließlich zurück.

"...ach ja, er war bestimmt eine Zeitlang jede Woche hier...und das komische daran ist, dass er sich eigentlich für die gleichen Sachen interessiert hat, wie Sie es tun...der schreibt wohl auch ein Buch darüber - was?"

Kleine Fältchen haben sich um ihre Augen gebildet, während sie fragend über den Brillenrand schaut.

"Nein...er lebt leider inzwischen nicht mehr, hat sich aber für die Geschichte in der Göhrde sehr interessiert. Wir wollten einfach wissen, ob er seine Quellen auch von hier bezog, schließlich müssen wir uns an jede Möglichkeit der Informationsbeschaffung klammern, wie an einem Strohhalm..."

Und füge mit einem Grinsen hinzu.

"...Zeitzeugen gibt es ja nun nicht mehr!"

Während ich die Zeitungskopie zusammenfalte und wieder in meine Jackentasche verschwinden lasse, schaue ich sie noch einmal prüfend an.

"...darf ich fragen, was für eine Familienangelegenheit er meinte oder hat er darüber gar nicht weiter gesprochen?"

"Nein, er sagte lediglich, soweit ich mich erinnern kann, dass es sich um längst verstorbene Verwandtschaft handeln würde, die wohl ihre Wurzeln in Frankreich hatten..."

Ich zucke bei diesem Satz etwas zusammen und versuche eiligst, meine Überraschung zu verbergen, die mir sicherlich ins Gesicht geschrieben steht. Ich verabschiede mich schnell und rufe ihr im Wegdrehen zu.

"Vielen Dank für alles, wir sehen uns sicherlich noch einmal wieder"

Sie nickt wortlos und wendet sich einem Besucher zu, der mit einem Wagen voller Büchern an ihr Pult gefahren kommt.

Erst als ich auf die Bundesstraße fahre, fällt mir ein, dass ich ganz vergessen habe, nach den Unterlagen über Bleckede zu fragen. Egal, ich habe eine andere Idee und beschleunige mein Fahrzeug unter den grauen Regenschleier dieses Tages.

Meine Mutter predigte mir früher als Kind immer mit einem leichten Unterton, dass ich eine zu ausgeprägte Fantasie hätte. Aber genau das ist es, was ein Schatzsucher haben muss, wenn er Erfolg haben will. Er muss in die verschiedenen Rollen der Personen springen können, auch wenn es zunächst albern erscheint.

So stehe ich mit meinem Fahrzeug von dem mächtigen Waldrand, der sich vor mir auftut. Ich habe das Auto am Ackerrand abgestellt, direkt an der kleinen Apfelbaumallee, die fast schnurgerade zum Eingang des Waldes führt.

Ich stemme mich gegen den frischen Nordwind, der mir den feinen Nieselregen, wie eine feine Gischt ins Gesicht sprüht. Noch wenige Schritte, dann habe ich den Eichenwald erreicht. Der sandige Weg führt am letzten Acker vorbei, mit einer leichten Steigung direkt in den dunklen Schatten der Bäume.

Vor mir erheben sich wie Portale, zwei mächtige Eichen. Ich schätze ihr Alter auf mindestens 400 Jahre, ich kann sie mit beiden Armen nicht umfassen.

Im Geiste sehe ich die verlorenen Regimenter, die Versprengten, wie sie im Schutz der Dunkelheit den Weg in den Wald nehmen, vorbei an diesen Eichen. So stehe ich davor. Doch war es so? Sehe ich nicht nur das, was ich sehen will? Vielleicht sind sie einen völlig anderen Weg gegangen.

Verunsichert stapfe ich am Waldrand entlang und suche nach weiteren Eingängen. Wie ein grünes Band zieht sich der Wald am rotbraunen Acker entlang und verliert sich im grau des Regens. Ohne Suchgerät fühle ich mich etwas nackt und spähe neugierig ins Unterholz in der Hoffnung, etwas plötzlich zu entdecken, was zuvor keiner entdeckt hat.

Vergebens, alles sieht so aus, als wäre hier nie, aber auch wirklich nie etwas von Bedeutung passiert. Enttäuscht verliere ich die Lust und will schon zum Fahrzeug umkehren, da sehe hinter Brombeer- und Brennnesselgestrüpp eine Art Pfad, zumindest ist nicht viel mehr davon übriggeblieben. Aber man sieht größere, ältere Bäume, die diesen kleinen Weg mit etwas Abstand säumen. Ich markiere die Entdeckung auf meinen GPS-Tracker und steige nun zufriedener in mein Auto, ich werde Henrik einiges zu berichten haben.

Als ich gerade wieder auf die Hauptstraße abbiegen will, sehe ich ihn am Rande des großen Ackers stehen. Wie ein Gespenst steht er plötzlich da. Sein grauer Parka fällt in der verregneten Umgebung gar nicht auf. Die Kapuze ist tief in sein Gesicht gezogen. Genau kann ich den kleinen Klappspaten in seiner rechten Hand erkennen. Langsam und etwas benommen fahre ich an ihm vorbei. Für einen Moment treffen sich unsere Blicke und obwohl wir uns nicht persönlich kennen, wissen wir voneinander Bescheid.

Ich spüre es sofort, es ist der Mann mit der Wünschelrute, der Mann, der nachts auf den Acker herumschlich und uns beinahe entdeckt hätte. Was mag er von mir in diesem Moment denken? Ob er weiß, wer wir sind? Vielleicht sollte ich anhalten, aussteigen und einfach mit ihm reden?

Für einen kurzen Augenblick erscheint es mir als eine gute Möglichkeit, die Sache ein für alle Mal aufzuklären. Wir könnten gemeinsam das Rätsel lösen oder sollte ich lieber erst Henrik um Rat fragen? Noch immer sehe ich ihn im Innenspiegel, wie er sich umdreht und mir nachstarrt.

Mit einem Ruck kommt mein Fahrzeug zum Stehen. Ich reiße die Tür auf und springe heraus.

„Hallo…warten sie doch bitte einmal, ich möchte sie gerne etwas fragen!"

Meine Blicke sind auf die graue Gestalt geheftet, die immer noch reglos am Wegesrand steht. Sein Handschuh hat den Spaten fest umklammert. Dann sehe ich plötzlich Leben in die Person kommen, er wendet sich von mir ab, geht über die Ackerfläche weg, fast rechtwinkelig und ich beschleunige meinen Gang.

„…so warten Sie doch, ich möchte nur mit Ihnen reden…" Schreie ich ihm nach.

In dem Regennebel klingt meine Stimme hohl und leer, als würde ich mit mir selbst reden. Die graue Gestalt wird immer schneller, schon springt sie über die großen Schollen und Furchen des Ackers.

Frustriert gebe ich schließlich auf und werde langsamer. Er hat eine Senke erreicht und entschwindet so meinen Blicken. Ich schlurfe genervt den Weg zurück zum Auto. Vielleicht ist es so besser, denke ich und drehe den Schlüssel in meinem Zündschloss um.

7

Jacques hat die ersten Bäume schon erreicht, da wendet er sich noch einmal um. Wie in einem tosenden Meer erblickt er das ganze Ausmaß der Schlacht. Die Formationen der Feinde haben sie zangenartig von Osten, Süden und Westen umzingelt und drücken von allen Seiten nach.

Die Regimentsfahnen in den feindlichen Karrees flattern nervös im Wind, so schieben sich die Phalanx der Preußen, Russen und Engländer immer näher zum Wald. Dazwischen die Scharen von Reitern, im heftigen Kampf mit den Resten der Kaiserlichen Garde, die sich noch verbissen wehrt. Immer wieder sammeln sich die Kavalleristen, um dann wieder anzugreifen.

Der kleine Weg zum Wald ist immer noch völlig verstopft, wie in einem Trichter münden hier die französischen Reste der „Grand Armee". Einzelne Fuhrwerke haben Feuer gefangen, Jacques hört im Lärm die verzweifelten Schreie und Rufe der Kameraden und plötzlich, wie bei einem Ameisenhaufen, strömen die Soldaten von einem der Wagen weg, der in hellen Flammen steht. Jacques kann den Grund nicht genau erkennen, er ist zu weit weg entfernt.

Da zerreißt eine ohrenbetäubende Explosion die Szenerie. Eine mächtige gelb-rote Stichflamme schießt haushoch empor und beleuchtet für einen Moment gespenstisch die Gesichter der Soldaten am Waldrand. Eine Druckwelle erfasst ihn und er wirft sich instinktiv zu Boden.

Pferde, Leiber, Wagenteile, Dreck, alles wird wie von Geisterhand durch die Luft geschleudert. Ein mächtiger weißer Rauchpilz steigt wie aus der Pfeife eines Riesen am Himmel empor. Der Hall der gewaltigen Explosion verhallt in der Ferne. Für Sekunden verharrt das ganze Schlachtfeld in dem Lärm, als würden sie alle für einen Moment innehalten.

„Mon dieu! Ein Munitionswagen..."

Wispert ein schnurrbärtiger Soldat neben ihm, der seinen Arm in einer verdreckten Schlinge trägt, während sich Jacques abwendet und in das Unterholz des Waldes tritt. Seine geblendeten Augen müssen sich erst an das Dunkel des Waldes gewöhnen. Vorsichtig tastet er sich durch das Gewirr von Ästen und umherliegenden Baumstämmen.

Schemenhaft kann er die Reihen der Soldaten erkennen, die sich im Halbdunkel der Bäume verlieren. Manche von ihnen halten sich am Rock des Vordermannes fest, um so nicht den Anschluss zu verlieren. Krachend schlagen erste Kugeln in das feste Holz der Eichen und vereinzelt zischen einzelne Geschosse gefährlich dicht an ihm vorbei, es klingt, als würde man Papierseiten zerreißen. Jacques stolpert weiter in das Unterholz.

Er weiß nur zu gut, dass diese Bäume weder die Reiter noch die Fußsoldaten aufhalten werden, nur, wenn er versucht, sich nach Bleckede durchzuschlagen, wird er Chance haben, diesen Alptraum zu überleben.

Mit diesen Gedanken erreicht der französische Soldat einen etwas größeren Waldweg, der sich als dunkleres Band von der übrigen Umgebung abhebt. Auch hier herrscht noch ein heilloses Chaos, in dem sich dicht gedrängt der Lindwurm der französischen Armee durchschleppt. Immer wieder stockt die Kolonne und einzelne Soldaten strömen rechts und links des Weges vorbei.

Jacques kennt nur die ungefähre Richtung, die er nach Bleckede einschlagen muss und es gibt in dieser Dunkelheit kaum einen Orientierungspunkt, nach dem er sich richten könnte. Eine leichte Panik steigt in ihm auf und er beschließt, sich ungefähr parallel des großen Weges zu halten, der ja letztendlich wieder aus dem Wald raus führen muss.

Immer wieder gerät er ins Stolpern und strauchelnd bleibt er mit der Jacke, dem Gewehr oder dem Hosenbein an den spitzen Ästen der Fichten und Tannen hängen, die sich als grüne Wand plötzlich vor ihm auftun. Seit einer halben Stunde ist er bestimmt schon so unterwegs, er fällt, steht auf, klettert über Stämme, die sich wie schwarze Schranken vor ihm abzeichnen, nur weiter, immer weiter!

Noch kann er das Geräusch der zahllosen Männer und Pferde hören, die sich klappernd und schlurfend auf dem Weg bewegen. Es sind französische Stimmen, die an sein Ohr dringen, sie wirken wie eine Melodie, die ihn beruhigt. Es sind die Seinigen und er teilt mit ihnen das gleiche Schicksal.

Nicht allein zu sein in diesem Chaos gibt ihm auf paradoxe Weise Mut und neuen Lebenswillen. Jacques weiß, dass eine schwierige Situation erst dann hoffnungslos wird, wenn man sich selbst aufgibt.

Erschöpft setzt er sich auf einen Baumstumpf, der mit seiner moosbewachsenen Fläche ein angenehmes Kissen bildet. Mit dem Rücken lehnt er sich an einen der Stämme der Fichten. Sein Gewehr stellt er geladen an die Seite.

Jacques schließt die Augen, nur für einen Moment...er horcht seinem Herzschlag, nur ein kleines Weilchen ruhen möchte er, nur ein Viertelstündchen. Die Geräusche um ihn herum werden dumpfer und verschwimmen schließlich zu einem ruhigen Wispern in der Ferne.

Henrik schaut mich etwas skeptisch von der Seite an, während ich das Auto auf den Feldweg lenke.

„44 Offiziere waren im Regiment Pecheux, ich habe mir die Seiten immer wieder und immer wieder angesehen. 23 Offiziere sind unter den Gefallenenlisten, zumindest auf denen, die ich auftreiben konnte..."

Er raschelt dabei mit den Blättern in seiner Mappe.

„19 französische Offiziere sind als Gefangene registriert. Sie wurden auf dem Schlachtfeld aufgelesen und waren zum größten Teil verwundet. Damals wurden sie im nahegelegenen Göhrde-Schloss behandelt und interniert. Ich habe die Daten von einem Freund aus dem Landesmuseum in Hannover bekommen...es war nicht einfach, daran zu kommen, das kannst du dir sicherlich vorstellen..."

Ein leichtes Lächeln legt sich auf sein Gesicht und er fährt fort.

„...es bleiben demnach zwei Offiziere, die nirgendwo auftauchen. Außerdem, wenn wir wirklich annehmen, dass das, was du herausgefunden hast bedeutet, dass Kalli französische Vorfahren hatte und diese offenbar in Verbindung mit der

Göhrde Schlacht stehen, dann könnte dieses ja wiederum mit unserer Schatzgeschichte in Verbindung stehen. Wir sollten das unbedingt klären!"

"Henrik! und dann könnte mein Mann vom Straßenrand neulich und die Person, die nachts über die Äcker geschlichen ist, ein und dieselbe Person sein...nämlich Kallis Sohn, der ja hier offenbar schon öfters gesehen wurde."

Er hat seine Brille abgesetzt und fixiert einen Punkt in der Ferne.

"Genau! Und ihn müssen wir uns schnappen...und den Bürgermeister gleich mit. Ich werde das Gefühl nicht los, dass der ebenfalls Wind von der Sache bekommen hat und deswegen so scharf auf die Fundergebnisse ist..."

Ich schaue ihn prüfend an.

"Aber meinst du es ist eine gute Idee? Nicht, dass wir beim Bürgermeister schlafende Hunde wecken...offen gestanden möchte ich den Stinners hier nicht zum Feind haben."

„Du meinst, er könnte uns das Suchen hier verbieten? Tim, irgendwie ergibt das mit dem Bürgermeister keinen Sinn. Wenn er etwas wüsste, könnte er doch mit Leichtigkeit alleine auf die Suche gehen?"

„Wieso? Er wartet, bis wir das finden, was er sucht und schlägt dann mit seiner bürgermeisterlichen Gewalt zu!"

„Genau...oder er sorgt dafür, dass wir genau in der falschen Ecke suchen, ich sage es ja, wir sollten ihn einfach aufsuchen und sehen, wie er sich uns gegenüber verhält, vielleicht verrät er sich ja irgendwie."

Ich parke wie zuvor mein Fahrzeug an der Apfelbaumallee und gehe die paar Schritte mit Henrik hoch zum Waldrand, vorbei an den alten Eichen und stehe ein paar Minuten später im Farndickicht, um ihm die Reste des zugewachsenen Weges zu zeigen. Schnell haben wir unsere Suchgeräte freigemacht und pendeln mit den Tellern über den laubbedeckten Boden.

Das Suchen im Wald erfordert eine besondere Sorgfalt. Durch die Laub- und Nadelschichten wird das Signal abgemildert und dadurch die Suchtiefe verringert. Außerdem fehlt hier der Pflug des Bauern, der jahrzehntelang die Erde durchwühlt und damit die Objekte der Geschichte nach oben befördert.

In meinen Ohrmuscheln bleibt es still, ich schiebe den Kopfhörer zur Seite und schiele in Henriks Richtung. Der Wald hat seine eigenen Geräusche, es ist so, als würde man in eine andere Welt treten. Wie durch ein riesiges Stück Watte ist man von der Außenwelt abgeschirmt. Mein Blick fällt etwas schüchtern auf die riesigen Zeugen der Geschichte und etwas gedankenverloren beobachte ich dabei den frühen Herbstwind bei seinem Spiel mit den raschelnden Blättern der Eichen in den Kronen der stolzen Bäume.

Der Geruch von feuchtem Moos und Laub umfängt mich, es ist diese Mischung aus frischer Luft und vergangenem Holz, die mich so einnimmt und anzieht. Tief atmend sauge ich sie ein, während erste Sonnenstrahlen den Boden des Waldes berühren und dabei triumphierend einen silbernen Streifen durch den dampfenden Nebel ziehen. Ein Eichelhäher hat uns erspäht und schimpft uns aus, aufgeregt fliegt er von Krone zu Krone und verrät uns warnend an die Bewohner des Waldes.

Henrik schaut in meine Richtung und schüttelt dann seinen Kopf, also auch nichts! Wir müssen tiefer in den Wald hinein. Schleifend ziehe ich die Sonde über den Boden, hier zählt jeder Zentimeter. Da! Endlich! Erlösend piepst das erste Signal im Ohr.

Wenn man lange Zeit nichts findet, fühlt man sich wie eine Batterie, die langsam ausläuft. Ideen, die zuvor noch erfolgversprechend waren, werden dann innerhalb weniger Minuten niedergemacht, man frustriert und verwirft. Wenn aber das Gerät losbrüllt, dann meint man bereits den Schatz der Nibelungen gefunden zu haben, es ist nur logisch, dass die Kette des Glücks nun nicht mehr abreißen kann.

Beides ist natürlich verkehrt, dies lehrt einem die Erfahrung und dennoch sitzt man allzu gerne diesen Trugbildern auf. So grabe ich nun und ich weiß, dass es von Bedeutung ist, falls wir wirklich vorhaben sollten, den Fluchtweg mit seinen Geheimnissen zu entdecken.

In dem Moment, als meine Finger sich in den feuchten Sand bohren, weiß ich Bescheid und reibe voller Stolz den silbernen, bauchigen Knopf eines Husaren in den Fingern. Schnell pfeife ich Henrik an, dadurch aufgeschreckt, sucht unser Eichelhäher das Weite.

Er schaut herüber, ich halte den Knopf hoch und rufe nur.

„Husar!"

Wie, als würde man den Gang herunterschalten, suchen wir beide nun gewissenhafter. Das Umfeld des Weges wird nun akribisch genau abgesucht. Jeder sucht für sich, in seiner eigenen Welt vertieft. Als Lohn dafür, füllen sich unsere Taschen langsam mit unseren „Klassikern": Knöpfe, Münzen, Schnallen und kleinen persönlichen Gegenständen.

Nach zwei Stunden schauen wir uns verdutzt an. Wir haben an die 40 Sachen gefunden und sind dabei keine 20 Meter weit gekommen.

„Hast du alles hier vorne gefunden?"

Henrik schaut dabei prüfend auf meine kleine Plastiktüte, auf die ich alles ausgebreitet habe.

„Ja, eigentlich alles von hier vorne am Weganfang bis zu den Eichen da hinten."

Dabei zeige ich auf einige Eichenstämme, die wie Barken den Weg umsäumen.

"Okay, ich habe eigentlich nur parallel davon gesucht, es scheint so, als wenn die Funde an einer Stelle massiert liegen...ich habe da eine Vermutung!"

Wir werfen unsere Geräte noch einmal an und erhöhen den Radius um fast 50 Meter. Nichts! Nicht ein Signal! Etwas ratlos schaue ich ihn an.

"Das kann doch eigentlich nicht sein, wenn hier hunderte von Soldaten durchgezogen sind? Und dann würde es bedeuten, dass hier an unserer Stelle ein großer Haufen von Soldaten stand..."

Ich komme nicht dazu, meinen Satz zu beenden.

"...oder lag! Tim! Hier lag ein Haufen von Soldaten! Sie haben nach der Schlacht die Toten eingesammelt und an Knotenpunkten von Wegen abgelegt. Später haben Fuhrwerke die Leichen dann abgefahren..."

Ich lege die Stirn in Falten.

"...stimmt, und beim Aufladen fielen dann die Sachen aus den Taschen oder es riss dabei ein Knopf ab. Du hast aber recht, es ist die einzige logische Erklärung und wir haben ja schon einige dieser Stellen auch auf dem Acker gefunden."

Trotz der Funde sind wir etwas enttäuscht. Wir hofften auf eine neue Entdeckung und fanden nur das bereits bekannte. Mit gemischten Gefühlen laufen wir mit unseren Geräten links und rechts des Waldrandes und hoffen auf ein kleines Wunder. Ich schaue auf die Uhr und gehe mit Gerät und Spaten in der Hand zu Henrik, der sich bestimmt schon über 300 Meter in entgegengesetzter Richtung von mir wegbewegt hat.

"Henrik, warte mal...erzähl, wie ist es bei Dir? Hast Du irgendetwas entdeckt? Wir haben schon 17.00 Uhr durch und ich finde, wir sollten lieber nochmal in die Tiefe des Waldes gehen und da an den großen Waldwegen suchen, hier finden wir ja doch nichts..."

Henrik dreht sich erschrocken um.

"Waas! schon so spät...Mist, wir müssen los, ich habe vorhin vergessen, es dir zu sagen, ich habe einen wichtigen Termin um 19.00 Uhr, den will und darf ich nicht verpassen."

So gehen wir dann schweigsam zurück zum Wagen, jeder hängt seinen Gedanken nach und die Euphorie des Morgens ist gänzlich in uns verschwunden.

Wir sind mit dem Fahrzeug noch nicht auf den Hauptweg abgebogen, da nehme ich aus den Augenwinkeln wahr, wie Henrik seine Brille abgenommen hat und scheinbar aus dem Seitenfenster versucht, etwas zu lokalisieren.

"Das gibt es doch gar nicht! Tim, schnell! Schau doch `mal, wer da aus dem Wald tritt...das ist er doch - oder?"

Ich verlangsame meine Fahrt und schiebe meinen Kopf über Henrik Schulter. Es gibt Menschen, da reicht es, wenn man nur ihre Silhouette sieht, egal ob es dunkel oder hell ist, man erkennt sie sofort an ihrem Gang. Jeder Mensch hat einen sich eigenen Gang, er ist unverwechselbar. So auch der von Kallis Sohn!

Schnell habe ich das Auto gewendet, jäh heult der Dieselmotor auf und ich biege ab, Richtung Wald, vorbei an den Ackerflächen.

"Los! Gib Gas, den schnappen wir uns jetzt."

Ich denke gar nicht weiter nach, beschleunige auf den Feldweg und versuche dabei den kleinen Punkt am Waldrand nicht aus den Augen zu lassen. Der kleine graue Punkt wird langsam zu einem Strich, dann zu einem Balken, der sich eiligst aufmacht, über den Acker zu flüchten.

„Los Tim...auf den Acker...scheiß darauf, diesmal lassen wir ihn nicht entwischen."

Mit einem Ruck und unter dem Ächzen der Achsen schüttelt uns das Fahrzeug auf die grauen Schollen des Ackers. Der Balken läuft und hat schon die halbe Strecke bis zur Straße erreicht. Jetzt erst sehe ich das kleine Auto, dass dort etwas versteckt, abgestellt wurde.

Wie mit einem Fadenkreuz halte ich mein Ziel in der Mitte der Frontscheibe und schaue etwas beunruhigt auf die graue Staubwolke, die sich in meinem Innenspiegel abzeichnet.

„Versuche mit dem Fahrzeug etwas unterhalb zu kommen, dann lässt du mich raus und ich versuche ihm den Weg abzuschneiden."

Ich ziehe etwas nach links und mein Ziel rutscht auf die rechte Seite meiner Frontscheibe, die Staubwolke, die uns umhüllt wird immer größer und der SUV schlingert schon gefährlich auf den weichen Ackerboden hin und her. Dann gibt er mir ein Zeichen, ich trete auf die Bremse, Henrik springt aus dem Fahrzeug und verschwindet in der braunen Sandwolke.

Ich kann durch den Staub noch erkennen, dass er versucht, direkt auf Kallis Sohn zuzulaufen. Der wiederum schlägt wie ein Hase einen rechtwinkeligen Haken und läuft nun parallel zu seinem geparkten Auto.

Ich gebe Gas und mit durchdrehenden Reifen rutsche ich über den frisch gepflügten Boden. Schon habe die Straße erreicht, ein Ruck geht durch das Fahrzeug und meine vier Antriebsreifen greifen wieder. Schnell habe ich sein geparktes Auto erreicht, bremse jäh ab und lasse meinem Wagen direkt vor seinem halten, damit er nicht einfach wegfahren kann.

Nachdem ich aus dem Fahrzeug gestiegen bin laufe ich ebenfalls auf dem Acker, unserem grauen Parkaträger entgegen. Henrik von oben und ich von unten, er darf uns nicht entkommen! Dann passiert etwas, was ich nicht erwartet hätte. Er bemerkt seine aussichtslose Lage und bleibt einfach stehen, den kleinen Spaten, den ich in seiner Hand erkennen kann, lässt er kapitulierend in den Sand fallen.

Ich erreiche ihn mit Henrik fast gleichzeitig, finster schaut er zu uns herüber und ich kann ihn mir zum ersten Mal genauer ansehen. Auf Anfang Zwanzig würde ich ihn schätzen und unter seinem blonden Haarbüschel schaut mich giftig ein blassblaues Augenpaar an. Sein Gesicht wirkt hager, so wie sein ganzes Äußeres eher drahtig als muskulös wirkt. Nervös schielt er uns abwechselnd an.

„Was wollt ihr! Ihr Schweine! Lasst mich in Ruhe! Ich weiß genau, dass ihr euch hier ständig herumtreibt! War ja klar, dass euch der beknackte Stinners schickt...diese feige Sau...die Drecksarbeit lässt er andere machen!"

In seiner Wut fliegt etwas Spucke aus seinem Mund.

„... sagt diesem Mörder, dass er sich hier verpissen kann...ich darf hier machen was ich will und ihr werdet mich nicht ein Stück davon abbringen...ich weiß genug, um diese Dreckssau in den Knast zu bringen...sagt ihm das, diesem fetten Schwein!"

Wie versteinert stehen wir stumm daneben. Wir hatten ja mit allem möglichen gerechnet, damit aber nun wirklich nicht. Henrik erhebt als erster das Wort.

„Ganz ruhig, der Stinners hat uns nicht geschickt. Wir interessieren uns für die Schlacht, die hier damals stattfand...wahrscheinlich machen wir wohl letztendlich das Gleiche, wie das, was sie hier tun – oder?"

Er lässt seinen letzten Satz wirken und schaut ihm dabei prüfend in die Augen. Etwas verblüfft antwortet er.

„...warum lasst ihr mich dann nicht in Ruhe, ich habe euch schon ein paar Mal beobachtet, mir ist schon klar, was ihr hier macht. Ihr geht mir hier langsam alle auf den Sack. Also, was wollt hr von mir?"

Er schickt sich an, sich von uns wegzudrehen. Ich weiß, was er vorhat und schalte mich in das Gespräch ein.

„Nun lauf doch nicht gleich weg. Wir können den Bürgermeister auch nicht leiden, wir denken, dass er ein falsches Spiel treibt, mit Dir und auch mit uns..."

Der Junge bleibt stehen, dreht sich langsam zu mir um und fängt an mich von oben nach unten zu mustern.

„...aber dafür brauchen wir deine Hilfe! Du bist doch der geistige Erbe deines Vaters und wir möchten auch nicht, dass sich der Stinners womöglich etwas unter den Nagel reißt, was ihm nicht zusteht..."

Ich lasse eine kleine Pause um zu sehen, wie er reagiert. Seine Augen verengen sich leicht und bilden nun zwei Schlitze, die mich durchgehend fixieren.

„...lass uns zusammen das Ding drehen und der Stinners zieht eine lange Nase...was hältst du davon?"

Die innere Anspannung scheint zu bröckeln, langsam schiebt er seine Kapuze zurück und stellt sich nun etwas bequemer hin. Plötzlich reicht er mir seine Hand. Etwas verblüfft starre ich auf seinen Handrücken.

„Ich heiße Lars."

Zwei Reihen vergilbter Zähne strahlen mich an.

Mit festen Griff ergreife ich seine Hand und geradezu feierlich schauen wir uns dabei in die Augen.

„...und ich bin Tim."

Henrik tritt hinzu und klopft uns mit einem breiten Grinsen auf die Schultern.

„Und ich bin der Henrik...wir werden das Kind zusammen schon richtig schaukeln, lasst es uns hiermit besiegeln!"

Noch eine Weile stehen wir so auf dem Acker. Wir sind alle auf unsere Art erleichtert. Lars will unbedingt unsere Suchgeräte sehen und er zeigt uns im Gegenzug seine metallene Wünschelrute, die wir staunend, wie ein Ding aus einer anderen Welt, eingehend betrachten.

Henrik tippt mahnend an seine Armbanduhr.

„Tim, ich muss los...komme eh schon zu spät. Lass uns doch nächsten Samstag hier wieder treffen – ok?"

Lars reicht uns seine Hand zur Verabschiedung.

„Gute Idee, wir werden noch einiges zu besprechen haben, ich kann Euch dann auch einmal etwas zu meiner alten Familiengeschichte erzählen"

Und fügt mit einem Lächeln hinzu

„...wenn ihr das nicht eh alles schon herausbekommen habt..."

Die Sonne hat ihren Bogen schon fast bis zum Horizont vollzogen und hinterlässt uns zum Abschied ein Firmament in Rosa und Orangetönen. Mein Blick gleitet noch einmal über den, von unseren Reifenspuren zerpflügten Feld und ich hoffe in Gedanken, dass wir unsere Verfolgungsjagd nicht auf dem Erbgrund des Bürgermeisters abgehalten haben.

Ich kann meinen Gedanken nicht zu Ende spinnen, da mich Henrik jäh unterbricht.

„Tim, du hast hiermit die Erlaubnis, dein Gaspedal heute bis zum Karosserieboden durchzutreten, also gib Gummi – ich muss los!"

Während ich mit leicht quietschenden Reifen die Kurve zur Bundesstraße nehme schaue ich auf Henriks Profil. Er hat umständlich sein altes Handy heraus gekramt und tippt hektisch eine Nummer ein, die er von einem zusammengefalteten Papier abliest.

„Hallo? ...spreche ich mit Herrn Schlüter...Hauptkommissar Schlüter? Es tut mir leid, ich werde mich um eine Stunde verspäten, mir ist etwas dazwischengekommen, ich erkläre es ihnen später, verzeihen sie! ...es bleibt dabei? Zum Kronenhirsch? ...ah okay, sie sind schon da...ich werde mich beeilen, bis dann...ja...tschüss...bis gleich."

Ich kann das Klicken am anderen Ende vernehmen und mein neugieriger Blick huscht für einen Moment über sein Gesicht.

Henrik legt sein breitestes Grinsen auf.

„Ich wollte es dir nicht gleich sagen, es sollte eine echte Überraschung werden…"

Die Pause ist gerade unerträglich.

„Los…erzähl, sonst mache ich hier ne Vollbremsung und du kannst dann zu deinem Hirsch zu Fuß laufen."

„Mmh…du weißt doch, dass ich ab und an Militaria verkaufe an Sammler und so. Na ja, ich hab da seit Jahren so einen Polizeisammler. Er ist selbst Polizist und bestellt, wie gesagt, seit vielen Jahren regelmäßig bei mir. Als ich letzte Woche wieder mit ihm telefonierte, kam das Gespräch auf seine aktuelle Dienstelle, eigentlich spricht er sonst nicht darüber. Du wirst es nicht glauben, wo er zurzeit eingesetzt ist?"

„Ich wette um ein Bier, dass du es mir gleich erzählen wirst…"

„…er ist in der Polizeiinspektion Lüneburg, genauer gesagt im Polizeikommissariat Lüchow eingeteilt. Da ist mir echt beinahe der Kaffeebecher umgekippt. Etwas umständlich hab ich ihm dann erklärt, dass ich unbedingt die Akte zu einem bestimmten Todesfall einsehen möchte. Im Gegenzug hätte ich ein paar seltene Polizeitschakos aus den frühen 30er Jahren extrem günstig abzugeben…"

Und mit einem brummigen Kichern fügt er hinzu:

„…ich wusste, dass er die Dinger seit Jahren haben will. Kurzum, er sagte mir dann, dass er mir keine Unterlagen aushändigen darf, das kann ihm den Kopf kosten…aber ich darf sie einsehen, wenn er dabei ist. Daher das Treffen gleich!"

„Holla die Waldfee! Henrik, da haste mal wieder nen Volltreffer gelandet!"

Ich merke, dass ich plötzlich beginne, sehr schnell zu reden.

„Man! Da bin ich aber gespannt, ob das wirklich alles so war, wie es in den paar Zeilen des Wochenblattes stand, wer weiß, was da wirklich passiert ist."

Als wollte ich meinen kleinen Teil zum Erfolg beitragen, beschleunige ich den Motor so, dass die Wälder und Felder des Wendlandes wie ein schwarzes Band vorbei rasen.

„Wie sagst du immer so schön…man muss das Glück zwingen! Zwingen muss man es!"

8

Marie hat es schwer dieser Tage. Jeden Morgen erfasst sie eine leichte Unruhe, wenn sie sich zu ihrer Mutter an den Küchentisch setzt, um ihre warme Milch aus der Tonschale zu trinken. Etwas benommen schaut sie abwechselnd auf das kleine Blumenmuster der Schüssel und dem Gesicht ihrer Maman, die sie mit einem Lächeln tröstend begrüßt.

Die kleine, aber saubere Küche liegt im Dampf des kochenden Wassers und die Sonnenstrahlen, die durch die schnörkelige Halbgardine des Fensters scheinen, werfen durch den Nebel einen weichen Schein auf das feingeschnittene Gesicht ihrer Mutter.

Jeden Morgen beginnt Marie das Gespräch mit einer harmlosen Frage, um den wahren Grund ihres Gespräches nicht gleich erkennen zu lassen. Ihre Mutter kennt dieses Spiel schon, es geht nun schon so seit 14 Tagen.

„Maman, ich habe gestern unten am Bach mit Onkel Pierre gesprochen, er ist ja so tüchtig und meint, dass er es bis zum Winter schaffen wird, das Holz am Weiher zu schlagen. Wäre das nicht ein großer Gewinn für uns? Was meinst Du liebe Maman, wird der Holzpreis dieses Jahr denn noch steigen?

„Ja mein Schatz, er ist schon ein rechter Mann, mein Herr Bruder. Wir können den Herrgott dafür danken, dass er mit seinem steifen Bein nicht ins Feld muss, um sein Blut für Frankreich zu lassen...hier nützt er uns allen mehr und wir können die gewonnenen Silberstücke im Winter gut gebrauchen..."

Etwas nachdenklich geworden schaut sie dabei verloren aus dem Fenster.

„...die Preise für Brot und Fleisch werden immer teurer, mal ganz abgesehen von den Dingen, die wir auch sonst für unsere Hauswirtschaft brauchen..."

Sie hält kurz inne, um dann weiter die geschnittenen Möhren und Bohnen in den Topf zu geben.

„…war eigentlich Monsieur Tradet schon da gewesen? Du würdest es mir doch sofort sagen Maman, wenn ich eine Nachricht von ihm bekäme?"

Mit einem Ausdruck der Hoffnung blickt sie dabei auf das kleine Eichenholzschränkchen, auf den leeren Platz neben der Obstschale, wo ihre Mutter die Post hinzulegen pflegt. Natürlich hatte sie schon beim Heruntergehen darauf geschaut aber vielleicht hatte ihre Mutter dieses eine Mal die Briefe woanders abgelegt.

„Ich würde dir sofort Bescheid geben und es tut mir leid, dass es dich so quält, noch nichts von ihm zu hören…"

Vorsichtig legt sie das Küchenmesser mit dem Horngriff beiseite und drückt die Hände sanft auf die Schultern ihrer Tochter.

„…es geht ihm sicherlich gut…die Grand Armee hat genug Verpflegung für all ihre Soldaten und auch so viele erfahrene Kämpfer in ihren Reihen…sie werden auf deinen Jacques achtgeben!"

„Aber warum schreibt er dann nicht? Hat die Grand Armee keine Schreibgriffel und kein Papier mehr?? Ein paar Zeilen hätten doch gereicht?!"

In Maries Stimme mischt sich Verzweiflung und sie versucht vergebens ihre Wut und Enttäuschung zu verbergen.

„…seit nunmehr drei Monaten höre ich gar nichts mehr von ihm! Ich habe letzte Woche Antoine gefragt, sein Bruder Jules ist doch in Hambourg stationiert und er hat mir erzählt, dass seines Bruders Brief durch die Zensur gekommen sei, obwohl er schrieb, dass es jetzt Unruhe gäbe, da es zu Plänkeleien und Aufständen gekommen sei und er glaube, dass es zu einer großen Schlacht kommen werde…"

Sie hält den Zipfel ihres Rockes vor ihrem Mund und versucht, ein Schluchzen zu unterdrücken.

„…ich habe Angst um ihn, Maman!"

Mit ihrer kleinen, weißen Faust schlägt sie auf das karierte Tischtuch des Eichentisches, dass sich eine Träne von ihrer Wange löst und dabei mit einem Hüpfer in die Schale der Milch tropft.

Jacques erwacht durch einen leichten Stoß, sein Gewehr war vom Baumstamm gerutscht und ihm glücklicherweise nur gegen den Rücken gefallen. Instinktiv umfasst er es und zieht den Schaft vorsichtig über seine Beine.

Um ihn herum herrscht absolute Finsternis und vereinzelt dringt das schallende Echo von Gewehrschüssen an sein Ohr. Er erkennt es sofort am Klang, die Schüsse kommen nicht vom Schlachtfeld, sie kommen aus der Tiefe des Waldes!

Eine Panik überkommt ihn plötzlich! „Wo bin ich hier? Wo ist der Feind, wo sind meine Kameraden? Wenn sie mich hier finden, die Husaren...sie werden mich einfach tot hauen!"

Schnell springt er auf und spürt die Schmerzen in seinen Gliedern. Ihm tut alles weh. Wie, als hätte er schwere Gewichte an seinen Füßen, strauchelt er einige Meter knackend durch das Unterholz. Jetzt erst bemerkt er auch das Unwohlsein im Magen, es hat sich innerlich alles verkrampft in ihm. Seit fast zwei Tagen hatte er nicht mehr richtig gegessen und auch nur wenig getrunken. Seine geschwollene und nutzlose Zunge klebt wie ein totes Stück Fleisch in seinem Mund.

Der französische Soldat stützt sich an den Stamm einer Fichte und versucht fieberhaft nachzudenken. Er schaut nach oben und sucht das Sternenfirmament. Ein leichter Schein des Feuers spiegelt sich matt in den Wolkenfetzen über ihm und einzelne Tropfen, die das Astwerk passiert haben, benetzen seine heiße Stirn.

Jacques wendet sich vom Feuerschein ab und geht weiter in die vermutete nördliche Richtung, irgendwann muss er ja den Wald passiert haben und dann kann er immer noch überlegen, wie es weitergeht.

Seine Hand gleitet vorsichtig um einen Buchenstamm...er hat es damals gelernt, als Kind, als sie viel in den Wäldern der Vogesen gespielt haben. Die moosbewachsene Seite führt nach Norden.

Die Schießerei im Wald schwillt wieder an, unheimlich hallen die Schüsse in der Dunkelheit nach und je weiter Jacques in dieser Richtung vordringt, desto stärker wird der Lärm.

Ein kurzes gelbes Aufflackern erhellt die Dunkelheit und das Brechen eines Schusses schlägt an sein Ohr. Vorsichtig lässt er sich in auf den feuchten Boden fallen. Und da, wie im Lichte eines Blitzes zuckt es auf! Ein zweiter Schuss. Jetzt kann er die Umrisse von Männern sehen, etwa 50 Meter entfernt, sie stehen im Kampf mit anderen Schatten. Deutlich hört er die Schreie und das Kampfgetümmel vor ihm...da! ein Wiehern! Pferde...Husaren!

Unwillkürlich presst er sich stärker an den Boden. Nur keine falsche Bewegung jetzt! Er hört das wilde Pochen seines Herzens und greift an das Lederband um seinen Hals. Seine Hand umfasst Maries Kreuz...

„Mon Cheri, lass mich dich wiedersehen...lass es mich überstehen...nicht jetzt! So kurz vor dem Ziel."

So ganz dicht auf dem Boden spürt er das Zittern, dass ihn erfasst hat. Sein ganzer Leib schüttelt sich, so dass er das Gefühl hat, keine Kontrolle mehr über ihn zu haben. Die Strapazen der letzten Stunden, die Anspannung, die Angst...es zerrt alles an seinem Körper und dieser fängt an dagegen zu rebellieren.

Vorsichtig ergreift seine rechte Hand ein großes Eichenblatt, in dem sich etwas Regenwasser gesammelt hat und mit zittrigen Händen saugt er gierig den kühlen Trunk herunter. Er will gerade ein zweites Blatt ergreifen, da nimmt er ganz dicht einen Schatten wahr. Zwischen den Baumstämmen kann er für einen Moment die scharfkantigen Umrisse eines Tschakos gegen den helleren Nachthimmel erkennen.

Der französische Soldat hält den Atem an! Der Lärm vor ihm verlagert sich etwas, so dass er sich mehr auf den Schatten, keine 10 Meter neben ihm konzentrieren kann. Freund oder Feind? Die Antwort entscheidet über sein Leben und langsam zieht er den Kolben seines Gewehres gegen die Schulter. Hoffentlich ist das Pulver nicht nass geworden, er hat das Gewehr zuletzt vor Stunden kontrolliert.

Genau vernimmt er das Knacken eines Astes vor ihm. Der Schatten kommt immer näher...vielleicht noch acht Meter, sechs...Jacques ist zu allem bereit...vielleicht doch lieber lautlos das Messer, er tastet vorsichtig an die Lederscheide unter seinem zerrissenen Rock. Die Hand greift ins Leere!

„Merde! Mon Dieu."

Er muss es irgendwo verloren haben. Was spielt es für eine Rolle, wenn er in wenigen Sekunden tot ist...

Drei Meter...jetzt kann er die Umrisse der Gestalt genau erkennen...trägt er nicht eine helle Hose? Mit einem viel zu lauten Knacken rastet das Feuersteinschloss von Jacques ein...der Schatten hält inne, zögert ganz kurz, setzt aber seinen Gang weiter fort. Er hält die Anspannung nicht mehr aus.

„Restez! Halt! Stehenbleiben oder es knallt!"

Der Schattenmann zuckt in sich zusammen, lässt etwas fallen und reißt die Hände hoch.

Schon ist Jacques auf den Beinen und drückt die Mündung seines Gewehres derart fest an die Brust des Gefangenen, dass dieser aufstöhnt.

Der französische Soldat blickt in das Weiß von zwei weit aufgerissenen Augen. Jetzt erkennt er auch das Tschakoblech in Messing mit dem Adler ihres Kaisers – Gott sei Dank, ein Franzose!

„Bist du verrückt? Was schleichst du hier herum Kamerad, ich hätte dich wie ein Hase abknallen können?!...warum hast du nichts gesagt?"

Jacques zieht ihn dabei an seiner geöffneten Uniformjacke runter auf den Boden. Der Franzose zittert wie Espenlaub und hält vor Schreck noch immer seine Arme in die Höhe, schnaufend strömt ihm sein pumpender Atem entgegen.

Langsam beruhigen sich beide wieder und hocken so einige Minuten stumm und bewegungslos nebeneinander auf dem nassen Waldboden. Der Franzose bricht als erster das Schweigen.

„Ich habe dich erst bemerkt, als ich dein Gewehr auf meiner Brust spürte...ich dachte, jetzt ist es vorbei..."

Mit einem tiefen Zug atmet er durch

„...mein Name ist übrigens Alois..."

Und nach einer kurzen Pause fährt er flüsternd fort.

„...ich komme aus dem 95. ...sie haben uns völlig aufgerieben auf der Heide. Sie haben uns mit Kartätschen und diesen Raketen beharkt, es war die Hölle auf Erden...ich war schon bei Austerlitz und Bautzen dabei aber so etwas habe ich noch nicht erlebt...wir sind einfach verblutet..."

Jacques hat sich hinter einen Baumstamm gekauert und bedeutet mit dem Zeigefinger an den Mund, dass er leise sein möchte. Dabei zeigt er mit einem Blick in Richtung der Stelle, wo vor einigen Minuten noch das Kampfgetümmel zu hören war. Alois kriecht ganz dicht an Jacques Ohr.

„...lass uns rechts davon vorbei schleichen, ich weiß, dass da eine Rinne im Boden ist, da kommen wir gedeckt und sicher an den Soldaten vorbei...die Preußen haben, soweit ich das sehen konnte, alle größeren Waldwege gesperrt und die Husaren versuchen noch reichlich Beute zu machen."

„Dann los...krieche du voran, ich sehe hier nur schwarz vor den Augen und den Preußen da vorne möchte ich nicht in die Hände fallen."

Alois hebt kurz den Kopf etwas höher, um über das Geäst schauen zu können und schiebt sich dann langsam nach vorne in die Dunkelheit des Waldes. Er folgt ihm mit einem Meter Abstand, sein Gewehr griffbereit.

Der Regen ist wieder etwas stärker geworden, das kalte Nass tropft an seinem Tschako herunter und rinnt ihm unangenehm in den Nacken. Seine Uniformjacke klebt nass und schwer an seinem Körper, es beginnt ihn zu frösteln und das lange Liegen auf dem feuchten Waldboden hat sein Übriges dazu beigetragen.

Sollte er anfangen Hoffnung zu schöpfen, durfte er es wagen daran zu glauben, es unbeschadet zu überstehen? Noch waren sie nicht durch den Wald, noch waren sie nicht in Bleckede im Lager bei den Kameraden. Wie viele mögen es von ihnen geschafft haben und wie viele lagen still und kalt da draußen in der Heide.

Sein Blick geht zurück, und mit ihm seine Gedanken, es kommt ihm wie ein nicht endender Alptraum vor. Im Geiste sieht er die Gesichter der Kameraden, Pierre, Jule, Antoine...er sah ihre Gesichter, fahl und grau, mit offenen Mund und aufgerissenen Augen, wie sie tot dalagen. Sie hatten Frau und Kinder daheim, sie hatten Pläne und Wünsche für die Zukunft...jetzt sind sie für immer begraben in einem erkalteten Körper.

Schnell wischt er diese Gedanken beiseite, vor ihm ist Alois und mit ihm der Weg zurück in das Leben.

Wir sind gerade in die Ortschaft eingebogen und mein Scheinwerferlicht zieht einen hellen Schein über die verputzten Häuser der Hauptstraße, als ich mich anschicke, auf den nur schwach beleuchteten Parkplatz des Gasthofes abzubiegen.

Ich hatte versucht, während der Fahrt noch einige Minuten für Henrik herauszufahren und dabei mit Schmunzeln registriert, wie er immer ruhiger wurde und sich schließlich mit einer Hand am Haltegriff und der anderen auf der Armlehne festhielt, um die schnellen Kurvenbewegungen auszugleichen. Egal, wir waren fünf Minuten eher da und das war es, was im Moment zählte.

„Du wartest hier im Auto...ich glaube, er fühlt sich womöglich in die Zange genommen, wenn wir da zu zweit rein stürmen."

„Aber vier Ohren hören mehr!"

Wende ich etwas enttäuscht ein.

„Ich habe ihn aber von dir nichts erzählt...zu mir hat er Vertrauen, mich kennt er schon einige Jahre, wir wollen lieber nicht riskieren, das zu zerstören."

Und während er die Beifahrertür öffnet.

„…stell dir doch mal vor, was für ein unglaublicher Zufall! Wir werden nie dichter an den Informationen sein…es sei denn, wir wären Kalli höchstpersönlich!"

Ein Schmunzeln umspielt kurz seinen Mund. Ein kurzer Blick zu mir und schon ist er in der Eingangstür des Gasthofes verschwunden und lässt mich mit meinen Gedanken alleine.

Mit einer kurbelnden Bewegung drehe ich die Rückenlehne meines Sitzes langsam in die Liegeposition und schließe dabei die Augen. Es geht mir gut, ich mache es mir im Sitz bequem, komme langsam zur Ruhe und lasse den zu Ende gehenden Tag wie einen kleinen Kinotrailer vor meinem inneren Auge ablaufen.

Ich hätte das mit Lars nie für möglich gehalten, er scheint zudem ein umgänglicher Typ zu sein, man darf ihn wahrscheinlich nur nicht ärgern. Innerlich lache in bei den Gedanken, wie er die ganzen letzten Male Reißaus vor uns genommen hat. Letztendlich geschah es ja nur aus einem Grund und der hieß: Herr Stinners. Woher kam seine Wut? Er nannte ihn einen „Mörder" Meinte er das nur im übertragenen Sinne? Der Bürgermeister mag ein unsympathischer Mensch sein…aber ein Mörder? Ich kann es mir nicht vorstellen.

Irgendetwas muss zwischen den Beiden vorgefallen sein…und der Schlüssel hierfür scheint Lars Vater gewesen zu sein. Immerhin waren sie offenbar eine Zeitlang enge Freunde. Irgendwann muss dann der Bruch gekommen sein. Vielleicht im Zusammenhang mit seiner älteren Familiengeschichte? Alles nur Vermutungen.

Genauso verhält er sich mit der Göhrde Schlacht, die Geschichtsbücher und unsere Funde enden hier vor dem Wald. Als wäre das Theaterstück hier zu Ende gewesen und der Vorhang einfach gefallen. Das Puzzlestück der Flucht, womöglich mit dem Schatz korrupter Offiziere haben wir noch nicht gefunden. Und auch hier endet unser roter Faden bei Kalli…ist er womöglich unser fehlendes Puzzleteil? Alles wieder nur Vermutungen!

Mit dem meinem Ellenbogen wische ich mir über meine schweißangetrocknete Stirn. Henrik und ich sind eigentlich ständig nur am Vermuten, kommt es mir in den Sinn. Etwas unzufrieden mit alledem drücke ich lustlos am Radioknopf…ich kann mich jetzt nicht richtig konzentrieren.

Ein Klopfen an der Scheibe reißt mich aus meinem Schlaf. Ich muss offenbar eingenickt sein. Völlig benommen drücke ich den Schalter für den elektrischen Fensterheber runter und versuche mich dabei etwas gerade hinzusetzen. Die Scheiben sind völlig beschlagen und ich kann zunächst gar nicht sehen, wer geklopft hat.

„Ach du bist es Henrik...klopf doch nicht so, los, steige ein und erzähl!"

Er setzt sich in mein beschlagenes Abteil und während ich den Motor starte um die Scheiben wieder frei zu bekommen, schaue ich ihn erwartungsvoll von der Seite aus an.

„Pass auf Tim, du wirst es nicht glauben. Man fand Kalli um 11.30 Uhr durch eine Spaziergängerin, die mit ihrem Hund vorbeikam. Der Kalli ist wohl öfters mit ihr spazieren gegangen, sie klopfte daher an die Tür vom Wohnwagen, um ihn wie gewohnt abzuholen. Als er trotz mehrmaligen Klopfen und Rufen nicht reagierte, öffnete sie die Wohnwagentür und fand ihn leblos auf dem Bett vor. Sie rief dann die Polizei, die um kurz vor 12.00 da war. Natürlich wurde vom Amtsarzt eine Obduktion angeordnet, sie ergab, dass er an Herzversagen starb und unter anderem eine extrem starke Dosis Beta-Blocker im Blut hatte..."

„Hat er denn regelmäßig die Medikamente genommen?"

Unterbreche ich ihn.

„...ja, laut Protokoll mit dem Hausarzt schon. In der Akte steht, dass er wegen zu hohem Blutdruck mit Beta-Blockern schon längere Zeit behandelt wurde, aber die Medikamente können bei normaler Anwendung unmöglich zum Tod geführt haben..."

Und fährt mit einer kurzen Pause fort.

„...aufgrund dieser ungewöhnlich starken Dosierung im Blut kam dann die Kriminalpolizei der Mordkommission mit ins Spiel, die interessanterweise im Wohnwagen keinerlei Medikamente gefunden hat, weder bei ihm Zuhause noch in seinem Auto, im Wohnwagen, oder an ihm selbst. Es gab auch keine fremden Fingerabdrücke außer die von der Spaziergängerin, Kallis Sohn und dem Toten."

Es entsteht eine Pause, nur der brummige Dieselmotor lässt das Auto schwach erzittern. Ich hatte bereits ausgeparkt und fuhr über die nur schwach beleuchteten Straßen der Ortschaft in Richtung der Autobahn. Müde hängen wir unseren Gedanken nach, die vorbeihuschenden Straßenlaternen werfen einen gelben Lichtkegel über unsere Köpfe und lassen unsere Gesichter für einen Moment aufleuchten.

„Glaubst Du denn Henrik, jetzt, wo du die ganze Akte gelesen hast, dass unser Kalli ermordet wurde?"

„Ja! Da bin ich mir absolut sicher...!"

Er scheint kurz nachzudenken während er seinen Mund ein Stück weit offenlässt.

„...ich weiß zwar noch nicht das Motiv des Mörders, glaube aber..., nein, ich bin mir sicher, dass es mit den Geschehnissen in der Göhrde zu tun hatte."

„Das sehe ich auch so, ich habe vorhin schon im Auto nachgegrübelt. Irgendein Detail haben wir übersehen bzw. uns fehlen einfach noch Informationen. Wir sollten unbedingt nächsten Samstag ausführlich mit Lars reden...na ja, und den Bürgermeister wollten wir doch auch einmal einen Besuch abstatten. Ich frage mich nur, ob wir ihm womöglich unbewusst mehr preisgeben als uns lieb ist."

Das monotone Brummen des Motors wirkt einschläfernd auf uns und wir verspüren beide den Wunsch, endlich ins Bett zu kommen. Mir ist eigentlich nicht mehr nach Reden und Denken zumute, dennoch platzt es aus mir heraus.

„Weißt Du...eigentlich sind wir doch nur in der Göhrde, um etwas zu finden, etwas von der Geschichte aufzuspüren und auszugraben. Und wie es nun scheint, greift diese Geschichte bis in unsere heutigen Tage...sie hat reelle Auswirkungen bis in unsere Zeit. So etwas hatten wir noch nie Henrik!"

„Du hast nicht ganz unrecht, was geht uns der Tod von Kalli an, der etwas schrullige Bürgermeister oder Lars, der mit seinem gebogenen Draht auch nicht unbedingt von dieser Welt ist."

Wir müssen dann beide doch bei diesem letzten Satz von Henrik lachen. Mit leicht ehrfürchtiger Stimme fährt er fort.

„...aber es bringt uns womöglich zu einem Teil der Geschichte, die wir beide alleine nie entdeckt hätten!"

Ich gebe Gas und nehme diesen Schlusssatz mit auf die späte Fahrt durch die Dunkelheit.

Zuhause angekommen stelle ich fest, dass Nicole wieder einmal nicht da ist. Wer weiß, wo sie steckt, es ist mir mittlerweile egal und ich bin froh, zu dieser späten Stunde nicht noch wilde Diskussionen mit ihr führen zu müssen.

Mit einem leichten Seufzer der Erleichterung lasse ich das heiße Duschwasser über meinen müden Körper laufen. In meinem Kopf arbeitet es noch, keine Spur von Müdigkeit. Irgendetwas stört mich an der Geschichte, es ist etwas, das ich nicht fassen oder beschreiben kann. Bisher waren wir bei unseren Abenteuern, unseren Suchergeschichten immer auf uns alleine gestellt, wir recherchierten, begaben uns auf die Suche und fanden oder fanden eben nicht. Hier ist alles so anders, je tiefer wir graben, desto mehr Fragezeichen werden aufgeworfen. Suchend greife ich durch den Dampf nach dem Handtuch und wische mir mit dem duftenden Frottee übers meine geschlossenen Augen.

Ich möchte nicht bis nächsten Samstag warten und beschließe den Tag mit dem Vorsatz, Henrik morgen anzurufen um ihn zu fragen, ob wir Lars nicht einfach früher aufsuchen, damit wir endlich das Puzzlestück der Familiengeschichte erhalten, einer Geschichte, die Kalli offenbar mit ins Grab genommen hat.

9

Alois mochte 10 Jahre älter sein als er, aber er war unglaublich flink und Jacques hatte große Probleme, ihm bei seinem Tempo kriechend durch den Wald zu folgen. Geschickt schob sein Vordermann die Äste beiseite, sprang ohne Mühe über ein Hindernis oder verharrte in der Hocke an einem Baumstamm, um in die Stille des Waldes zu lauschen. Er stockte kurz, denn er hatte offenbar wieder etwas vernommen, was ihr Weiterkommen durch diese Finsternis gefährden konnte.

Die Lage war völlig unübersichtlich, die Fronten vermischt und man wusste nicht, wen man vor sich hatte, Freund oder Feind. Manchmal drangen Deutsche Stimmen und Rufe an sein Ohr, dann wieder Französische.

Plötzlich, als sie schon fast die Rinne im Wald erreicht haben, die ihnen Deckung und Schutz bringen sollte, vernimmt er seltsame Laute...eine Sprache, die er nicht kennt. Sie klingt weich wie seine Muttersprache, doch dazwischen hört er auch das rollende R, dass hart und ungewohnt an sein Ohr dringt.

Ihre Worte vermischen sich mit dem nervösen Scharren von Pferdehufe und Jacques schließt daraus, dass es mindestens fünf Reiter sind, die vor ihnen auf dem Weg, keine 10 Meter entfernt, warten.

Dann glimmt rötlich Glut auf und er sieht deutlich eine Tonpfeife, die für einen Moment das bärtige, schwitzige Gesicht eines der Reiter erhellt.

„Russen, es sind Kosaken!"

Zischt Alois wispernd nach hinten.

Sie hören ein lautes Fluchen und der pulsierende Schein der Glut, der von einer Hand verdeckt wird erlischt augenblicklich wieder. Plötzlich knallt es aus dem Geäst vor ihnen!

Ein- zwei- drei Mal blitzt es grell auf, verschreckte Pferde wiehern laut, Schreie gellen durch den Wald und er kann inmitten des Tumultes deutlich das Stöhnen eines Mannes hören, der hart auf den Boden schlägt.

„Maintenant rapide! Los jetzt, auf! Wir springen schnell über den Weg!"

Jacques stutzt für einen Moment, er kann nicht glauben, was Alois vorhat! Das ist doch Wahnsinn. Doch er nutzt die Verwirrung, die Gunst der Stunde, schon ist er in wenigen Sprüngen über den dunklen Sand des Weges. Er muss hinterher! Schnell jetzt!

Das Herz schlägt ihm bis zum Hals, für eine kleine Sekunde sieht er den zuckenden Rappen auf dem Waldweg liegen, der tote Reiter ausgestreckt daneben...schnell weiter, hinüber in die dunkle Wand des Dickichts. Ein Schuss knallt, diesmal von hinten, die Kugel zischt an seinem rechten Ohr vorbei und kracht in das Holz neben ihm. Er rennt wieder, der französische Soldat rennt wieder um sein Leben, er spürt weder die Spitzen Äste der Fichten, die ihm hart ins Gesicht schlagen und seine Haut aufreißen, noch die schmerzende Knie, wenn er stürzt und nur mühsam an sein Gewehr abstützend, wieder auf die Beine kommt.

Er ist es jetzt gewohnt, um sein Leben zu laufen, gewohnt daran, dass sein Leben von einer Sekunde zur nächsten vorbei sein kann. Seine abgestumpften Nerven steuern nur noch seine Reflexe und den Trieb ums nackte Überleben.

Doch immer wieder flackert sie auf, die Erinnerung an ein längst fremd gewordenes Leben, und dann sieht er die Augen, wie sie in der Dunkelheit auf hin herabstarren, die Augen von Marie, ganz dicht an den seinen und auch die seines Vaters. Wie sie ihn so voller Fragen anschauen. „Jacques, wo bist Du?" Er möchte ihnen so gerne antworten, es herausschreien, dass er leben will und zu ihnen zurückkehren möchte.

Es macht ihn wahnsinnig. Nicht, dass es ihm seinetwegen leid tut, das eigene Leid zu ertragen ist ja so viel einfacher. Seine Schmerzen sind seine Privatsache, er kann ja so viel ertragen jetzt. Aber das andere, die Menschen, die er liebt und die jetzt um ihn weinen, dass er sie nicht erreichen kann und er sie im Ungewissen zurücklassen muss in dieser Dunkelheit. Das ist es, was ihn schmerzt, was ihm so weh tut.

Beinahe wäre Jacques bei Alois aufgerannt, der unvermittelt im Dunkel der Büsche stehenbleibt.

„Warte mein Freund, nicht so hastig...schau her, da vorne ist schon der Waldrand. Ich habe dir ja gesagt, ich finde den Weg heraus!"

Jacques kann aus seiner ruhigen Stimme den Stolz heraushören und merkt gerade wie froh er ist, ihn getroffen zu haben, er gibt ihm Halt und Kraft. Alleine wäre er vor Unachtsamkeit sicherlich ins Verderben gelaufen.

„Dann lass uns doch raus marschieren aus diesem Hexenkessel, worauf warten wir noch? Vielleicht sind drüben, jenseits der Wiese noch die Unseren und wir wären in Sicherheit!"

Der Regen hat aufgehört und die Lücken in den Wolkenfeldern geben für einen Moment das schwache fahle Licht des Mondes frei, der die, vor ihnen aufzeichnende Landschaft in verschiedene Grautöne taucht. Deutlich sieht man den hellen Streifen einer abfallenden Wiesenlandschaft, aus denen vereinzelt Bäume und Büsche als schwarze Schatten hervorragen.

„Glaube mir! Wenn wir jetzt hier so einfach rauslaufen, können die uns von der anderen Seite mühelos abknallen, so wie wir uns Beide hier von dem hellen Untergrund abheben! Weißt Du, wer da drüben in den Büschen hockt?

Jacques schüttelt ungläubig den Kopf und flüstert ihm zu.

„Nachts werden keine Kriege geführt! Die Preußen müssen auch schlafen, um am Tage kämpfen zu können!"

Er spürt die Hand von Alois, die seine Schulter berührt.

„Ich habe es in Bautzen erlebt, wenn der Feind auf der Flucht ist, gibt es für die Sieger kein Halten, bis nicht der letzte zur Strecke gebracht wurde. Sie sind siegestrunken und wollen Beute machen! Es gibt keinen Schlaf, da es morgen keine Schlacht mehr geben wird..."

Und mit etwas gepresster Stimme fährt er zögerlich fort.

„Sie haben uns vernichtet mein Freund...sie haben die glorreiche napoleonische Armee geschlagen!"

Der Mercedes biegt mühsam in die enge Einfahrt zum Besucherparkplatz der kleinen Kapelle ein.

„Gotischer Baustil aus dem 13. Jahrhundert Henrik..."

Werfe ich lachend etwas neunmalklug ein.

„...damals war alles kleiner, die Menschen und auch die Parkplätze für Mercedes-Fuhrwerke, wenn es sie schon gegeben hätte."

Henrik quittiert meine Belehrung mit einem Schmunzeln.

„Mich interessiert nur der Inhalt, der hinter diesen dicken Mauern steckt!"

Ich hatte Henrik überreden können, wir wollten zunächst einen Absetcher ins sagenumwobene Heimatmuseum machen, dann den lieben Bürgermeister dieser Gemeinde einen Besuch abstatten und letztendlich meinem eigentlichen Anliegen nachgehen, Lars besuchen.

Dafür hatte ich die Woche über richtig Gas gegeben, hatte fünf Mal die arrogante Vorzimmerdame von Bürgermeister Stinners angerufen, bis sie endlich Erbarmen hatte und mir völlig entnervt die Handynummer von ihrem Chef gegeben hat.

„...ja meine Jungs, kommt ruhig vorbei..."

Plärrte er mir überschwänglich durchs Telefon.

„...ich bin zwar am Freitag noch in einer Sitzung, wäre aber gegen 17.00 Uhr Zuhause. Ich sage meiner Frau, dass ihr kommt...bin schon gespannt auf eure Neuigkeiten...ihr habt doch welche – oder?"

Bei Lars war es schon schwieriger. Der verstand zunächst gar nicht, warum wir ihn so spät am Freitag noch treffen wollten, gab dann aber schließlich nach. Wir sollten drei Mal kurz hintereinander klingeln, sonst macht er nicht auf.

Ich nahm mir wie Henrik, für den Tag frei und so standen wir nun erwartungsvoll vor der eisenbeschlagenen Eingangstür des Museums. Die Zeiger meiner Armbanduhr rutschten auf 16.00 Uhr, wir hatten also noch genug Zeit.

„Das macht bitte Dreieurofünfzig pro Person...oder kommen sie als Familie?"

„Was kostet es dann?"

Druckst Henrik, während seine Augen fragend über den Rand seiner Brille schauen.

„...na dann dürfen zwei Kinder unter 12 Jahren kostenlos mit herein!"

„Sehen sie hier zwei Kinder?"

Frage ich spöttisch und lege einen 10-Euroschein auf den kleinen Holztresen.

Kühle verbrauchte Luft schlägt mir entgegen, während wir durch einen kleinen weiß verputzen Raum in die frühgotische Halle treten. Mein Blick fällt auf eine verstaubte Vitrine in denen einige schlecht zusammengeklebte Tongefäße der späten Bronzezeit lagern. Alles wirkt etwas lieblos und ohne Zusammenhang und Erklärung.

So hangeln wir uns von einigen Grabfunden der Eisenzeit in das Frühmittelalter, dass durch rostende Armbrustbolzen und lasierte Keramikhumpen dokumentiert wird.

Aber für all das haben wir heute keinen Blick. Wir suchen etwas Anderes und stehen, nachdem wir einige Holzstufen nach oben auf die Balustrade gegangen sind, vor einem Diorama, einer Modellplatte, wie ich sie damals als 10-jähriger Schüler, mühevoll angefertigt, im Keller für meine Märklin-Eisenbahn hatte.

Aufgeklebte Bäume, zum Teil schief oder schon umgefallen, umsäumen ein nachgestelltes Schlachtfeld mit einem riesigen Heer von Zinnsoldaten. Reiter, Fußsoldaten, Kanonen und Gefallene...alles ist hier in Zinn gegossen, vertreten. Drei mal fünf Meter, gefüllt mit hunderten von Zinnsoldaten.

Auf einem viel zu klein dimensionierten Messingschild steht eingraviert:

„Schlacht zu der Göhrde am 13.September 1813"

Wir überfliegen die Szenerie. Henrik pfeift kurz durch seine Zähne und das Zischen wirft ein komisches Echo in den Raum.

„Da wusste offenbar Jemand Bescheid! Hier stimmt fast jedes Karree der Franzosen...schau hier, da ist das 95. und da das 115. Linienregiment..."

Ich komme aus dem Staunen nicht mehr raus.

„...selbst der Angriff der Husaren über Eichdorf...es stimmt alles!"

„Sehe ich auch so Henrik, hier war Jemand am Werk, der wusste, was er tat. Sieht nach Kallis Handschrift aus, oder?"

Ich tippe geräuschvoll mit dem Finger gegen das dicke Glas der Abdeckplatte auf einen kleinen Kanonier, der die Lunte an eine kleine Zinnrakete hält, die mit weiß bemaltem Zinn-Schweif davonzieht.

„Im Gegensatz zu dem ausgestellten Rest, wirkt diese Arbeit geradezu liebevoll."

Während ich die Worte spreche, ist Henrik bereits weitergegangen und bedeutet mit der Hand, dass ich einmal zu ihm kommen soll. Etwas ungläubig schauen wir beide in eine Vitrine in der Größe eines Schrankes. Ein Sammelsurium von Bodenfunden ist dort auf drei Einlegeböden verteilt hingeschüttet worden. Es ist nichts Besonderes dabei und es sieht eher so aus, als hätte jemand seinen Altschrott abgeladen. Ich schaue Henrik belustigt von der Seite an.

„Langsam wird mir klar, warum der Stinners der Meinung ist, dass hier wieder etwas frischer Wind reingebracht werden muss."

„Meinst du, dass er das ganze Theater nur macht, weil ihm das Zugpferd seines Fremdenverkehrs eines nachts in einem Wohnwagen abhandengekommen ist?"

Er schaut mich dabei fragend an.

„Wir werden es herausfinden Henrik, deswegen sind wir doch hier...wenn es so sein sollte, dann wäre er für uns als Informationsquelle völlig uninteressant oder was sagst Du dazu?"

Nachdenklich wandern wir zurück zum Ausgang. Hinter diesen meterdicken Mauern und unter dem Gebälk dieser alten Kirche ist immer noch ein Funke von schlichter Frömmigkeit, von Stille und Ruhe, die ihr innewohnt.

Nachdem wir wieder im Auto sitzen dreht sich Henrik zu mir um.

„Wenn der Bürgermeister tatsächlich nur Interesse an den Touristen und der geschichtlichen Bedeutung seiner Gemeinde hat, dann hat er von der Göhrde-Schlacht so viel Ahnung, wie ne Kuh vom Radfahren und wir würden ihm mit unserer Arbeit nur einen Bärendienst erweisen."

Während der Mercedes an Fahrt aufnimmt, falte ich die alte abgegriffene Karte des Falk Planes auf und breite sie geräuschvoll auf meinen Knien aus.

„Henrik, die nächste Straße links rein und dann die zweite wieder rechts...dann nur noch geradeaus. Sein Hof liegt wirklich abseits des Ortes....eben halt wie `n Bauer."

Henrik fährt mit seinem Brummen dazwischen.

„...Landwirte heißen die, er hat nur das Gemüt und die Schläue eines Bauern."

Uns erwartet eines dieser typischen landwirtschaftlichen Höfe dieser Region. Ein Gemenge von verschiedenen Wirtschaftsgebäuden und Ställen, an denen im Laufe der letzten 300 Jahre stillos abgerissen und angebaut wurde. Roter Backstein und graue Eternitplatten mischen sich quälend mit Fachwerk und Reetdach. Lediglich der kleine Rosengarten links vorm Eingang zeugt von der Ausdauer und Fantasie einer Frauenhand.

Henrik parkt das Fahrzeug neben einen grünen Hanomag Traktor der späten 50er Jahre. Amüsiert stupse ich ihn an.

„Sieht ja wie geleckt aus, das Teil...sein Dienstwagen ist das aber nicht, vielleicht sollte er den lieber vorm Museum parken."

Knirschend gehen wir den kleinen Kiesweg zur Haustür, vorbei an Blumenkübeln aus Messing und Spalier stehenden Gartenzwergen, die uns belustigt den Weg weisen.

Ich drücke etwas zu kräftig auf den Messingknopf der Türklingel, so dass sich der Knopf verklemmt und im Inneren eine dauernde Bimmelmelodie zu hören ist. Hektisch drücke ich nochmal, so dass das Geläut endlich verstummt. Eine hagere Frau, Mitte 40 mit schulterlangen, dunklen Haaren öffnet die Tür und ein freundliches Gesicht wird sichtbar.

„Guten Tag! Ich habe meinem Mann schon mehrfach gesagt, er möge doch endlich einmal die Klingel reparieren, tut mir leid, er findet einfach keine Zeit dafür."

Und mit einer angedeuteten Verbeugung.

„Treten sie doch bitte ein, und gehen ruhig in die Wohnstube, mein Mann wird gleich da sein."

Sie führt uns durch einen Flur und wir dürfen in zwei Ohrensesseln im Stil des Gelsenkirchener Barock Platz nehmen.

Wir schauen uns um. Klobige Schrankwände mit Glaseinlage, Bücher, Zinnbecher, ein paar kleinere Ölmalereien an der Wand, Landschaftsbilder, 19. Jahrhundert, nichts Besonderes. Über einer Anrichte einige Fotos hinter Glas, Familienbilder von 100 Jahren zusammengefasst.

Mein Blick bleibt an einem Farbfoto ganz am Rand hängen. Eigentlich sind es zwei Fotos, die wie bei einer billigen Montage zusammengeklebt wurden. Ich stehe auf und schaue genauer hin...tatsächlich, es zeigt unseren Bürgermeister bei einer Gartenparty. Neben ihm sitzt Kalli und etwas weiter eine Frau, sie wirkt etwas deplatziert, geradezu schüchtern im Gegensatz zu den sich zuprostenden beiden Männern. Das andere Bild zeigt Beide vor dem Eingang des Heimatmuseums, offenbar ein beliebtes Hintergrundmotiv der Beiden.

Ich höre eine Tür ins Schloss fallen und setze mich schnell und brav wieder hin. Mit einem Luftzug geht die mahagonifarbene Wohnzimmertür schwungvoll auf.

„Hallo Ihr Beiden! Bleibt ruhig sitzen. Na, hat euch meine Frau schon etwas angeboten?"

Sein Blick huscht suchend über den Fliesentisch, wobei sich seine blonde Strähne wieder selbständig macht und ihm störend ins Gesicht fällt.

„Anneeee, bringst du uns bitte einmal den Himbeergeist, den von letzter Woche...du weißt doch, der von der Stadtratssitzung!?"

Henrik und ich gucken uns an...das kann ja lustig werden. Während er auf dem Sofa Platz nimmt, kommt seine Frau mit einem Tablett, drei Gläsern und einer schlanken Flasche, in der eine durchsichtige Flüssigkeit schaukelt, herein. Schnell füllt der Bürgermeister die Gläser.

„So meine Freunde, lasst uns anstoßen...ähm...auf die Geschichte und ihre Schätze würde ich sagen!"

Wie brennende Lava rinnt mir der Himbeergeist die Kehle herunter. Nur jetzt bei klaren Kopf bleiben. Die Stimme von meinem Gastgeber reißt mich heraus.

„Na, nun erzählt doch mal, was führt euch zu mir? Habt ihr interessante Funde gemacht?"

Sein Blick wird wieder bohrend und seine bisher gespielte Freundlichkeit wirkt überzogen. Er spielt eine Rolle in einem Film, in dem er der Regisseur sein möchte. Henrik erhebt als erster das Wort. Das ist auch gut so, denke ich. In solchen Situationen kann er gut argumentieren.

„Herr Stinners, sie hatten uns doch einmal etwas gefragt, damals auf dem Acker...und wir haben uns natürlich Gedanken darüber gemacht..."

Der angesprochene runzelt die Stirn und faltet seine Hände über der braunen Krawatte mit dem Pantoffeltierchenmuster.

„...sie möchten, dass wir für Sie suchen und finden. Welchen Vorteil haben wir letztendlich dabei? Wir haben vorhin dem Heimatmuseum einen Besuch abgestattet und waren sehr erstaunt. Mit den ausgestellten Funden sieht es ja wohl eher mau aus? Oder? Wo sind denn die Kostbarkeiten ihres verstorbenen Freundes hin...die Funde von Kalli?, wir hatten da offen gestanden mehr erwartet.."

In die eingefrorene Mimik vom Bürgermeister kommt Bewegung.

„...und wir haben natürlich jetzt den Eindruck gewonnen, dass wir Ihnen mit unserer Suche lediglich einen Dienst erweisen! Was haben Sie uns denn dafür zu bieten?"

Ein leichtes Grinsen huscht über das Gesicht.

„Ach, ihr Sucher seid doch alle gleich! Denkt an Kostbarkeiten und Reichtümer, daran, dass ihr womöglich den Kelch der Weisen ausbuddelt..."

Sein Blick hat sich in Henriks Gesicht fest gebohrt.

„...ihr müsst das anders sehen. Ich biete euch die Möglichkeit, hier frei Graben zu dürfen! Eure Funde, die auch eure bleiben, werden dem staunenden Publikum zugänglich gemacht! Das ist doch eine Form des Ruhmes, die Bestand hat!"

„Und warum darf der Lars Ölkers nicht danach suchen...nach dem unvergänglichen Ruhm in den Hallen des Heimatmuseums?"

Platze ich dazwischen. Danach hätte ich offenbar nicht fragen dürfen. Das Gesicht vor mir verfinstert sich augenblicklich und aus seinen Augen sprüht mir förmlich der Hass entgegen.

Seine Stimme überschlägt sich fast.

„...weil er ein gefährlicher Idiot ist! Er hat nach dem Tod seines Vaters mir indirekt die Verantwortung dafür in die Schuhe geschoben...ich hätte ihn zu sehr mit der Göhrde Geschichte aufgeregt, hätte ihn nur ausgenutzt und ich wäre ja nur hinter dem Schatz her und so weiter, bla, bla..."

Ich unterbreche ihn.

„Welchen Schatz?!"

Mit einer Handbewegung winkt er ab.

„...ach, der Kalli hat später dauernd von einer Geschichte geredet. Es ging um eine Regimentskasse oder so. Er sei ja nur auf die Göhrde gekommen, nachdem er angeblich einige Briefe seiner französischen Vorfahren in die Hände bekommen hatte..."

Nachdenklich macht er eine kleine Pause im Satz und füllt nochmal die Gläser mit Himbeergeist.

„...ich habe das nie wirklich ernst genommen, da er ja doch manchmal ein recht merkwürdiger Mensch war...zum Beispiel die Sache mit seiner Wünschelrute und so weiter. Aber eines Abends kam er völlig verschwitzt und aufgeregt in mein Büro und sagte mir, er vertraue mir jetzt eine Geschichte an, da er nicht möchte, dass sein Sohn davon erfährt, falls ihm mal etwas zustößt oder so. Sein Sohn hätte Spielschulden gehabt und war auch noch in einige andere finanziellen Sachen verstrickt...“

Der Schluck aus seinem Glas unterbricht die Unterhaltung. Wir prosten ihm still zu und sind gespannt auf den Rest der Geschichte.

„...und er wäre schon mehrfach mit ihm zusammengeraten deswegen, wohl auch, weil sein Sohn ihn des Öfteren beklaut haben soll. Na ja, nach dem Tod der Mutter, sei wohl alles mit ihm aus dem Ruder gelaufen. In meinen Augen ist und bleibt der Lars gefährlich, er hat mich direkt auf dem Feld bedroht, der Schatz gehöre ihm, rief mich nachts Zuhause an und terrorisierte uns wochenlang.“

Seine Stirn legt sich in hundert Falten.

„...ich weiß nicht, wie er davon Wind bekommen hat, jedenfalls sucht er seitdem fieberhaft nach dieser ominösen Kasse. Vor ein paar Monaten kam er dann an und hat fast sämtliche Funde aus dem Museum als rechtmäßiger Erbe an sich genommen...na ja, den kläglichen Rest habt ihr ja vorhin gesehen.“

Er möchte erneut die Gläser füllen, doch wir winken freundlich ab. Es ist ganz still im Raum geworden, man hört nur das Zwitschern der Meisen und Spatzen im Vorgarten bis Henrik als Erster das Schweigen bricht.

„Herr Stinners, haben Sie diese Briefe aus der Vergangenheit je zu Gesicht bekommen?“

„Er hat mir damals zwei vergilbte Briefe gezeigt, er sagte, er hätte noch mehr davon und was darinstehen würde, wäre unglaublich. Er soll sogar extra einen Übersetzer engagiert haben. Das war das einzige Mal gewesen, dass ich sie zu Gesicht bekommen habe.“

Und mit einem leichten Kopfschütteln fügt er hinzu.

„…ich habe es damals tatsächlich als Spinnerei abgetan. Heute sehe ich das natürlich anders."

Wir erheben uns beide aus den Sesseln.

„Gut, wir wollen sehen, was wir herausbekommen…es ist wichtig für uns, dass Sie ehrlich bleiben…"

Wir verabschieden uns brav bei den Stinners und schlendern den Weg zurück zum Auto, vorbei an Stockrosen und Zwergen. An seinem Traktor bleiben wir kurz stehen und ich tippe Henrik von hinten an die Schulter.

„Weißt du noch, damals nachts im Wald? Über deinen Autoreifenspuren waren doch Traktorspuren!"

Und zeige mit dem Finger auf die markanten Reifen des Arbeitsgerätes.

Wir wenden uns nochmal zum Haus um und können sehen, wie die Gardine des Wohnzimmerfensters wie von Geisterhand bewegt, zurückfällt.

„Los Henrik, auf zu Lars!"

10

Der Mann auf dem pechschwarzen Rappen beugt sich etwas aus seinem Sattel herunter und streichelt sanft über das feuchte Fell seines durchgeschwitzten Pferdes.

„Brav meine Gute, ich werde es mir einen Futtersack voll Hafer kosten lassen."

Ein Lächeln huscht über sein Gesicht, als er die silberne Schuppenkette seines Kinnriemens wieder zurechtrückt. Dann wendet sich der Husarenleutnant wieder seinem Nachbarn zu, der unruhig geworden, die Hand an der Pistole gelassen hat.

„Bleib ruhig Leonore, den Sack haben wir nun zugemacht, wir machen nun Biwak und werden sie vor Anbruch des Tages aus ihren Verstecken holen! Wir werden kein Greuel unvergolten, kein Frevel ungebüßt und keine Schande ungerächt lassen!"

„Du Holzkopf! Du sollst mich nicht Leonore nennen! Ich kann mit meiner Degradierung rechnen, wenn `s heraus kommt!"

Wütend schickt sie ihm ein Bündel Blitze aus ihren tief dunklen Augen entgegen. Er wirft ihr einen Luftkuss zurück und steigt dabei mit seinem Pferd etwas in die Höhe, bevor er sich mit lauten Lachen im schnellen Galopp in das Schwarz des Waldes verliert.

Er sieht nicht ihr spitzbübiges Lächeln, wie sie sich mit der handschuhbewehrten Hand eine Strähne aus dem Gesicht streicht.

„Lieben tue ich dich doch, du stolzer Husaren-Holzkopf."

Ein leichter Schenkeldruck und ihr brauner Hannoveraner prescht, dass die Mähne fliegt, den dunklen Weg folgend in das Unterholz des Buchenwaldes.

Es ist ein kurzer Ritt zu ihren Kameraden, die tief in der Dickung versteckt lagern. Ein ängstlicher Wachtposten mit einer kleinen Laterne fängt sie ab und weist ihnen den Weg. Mit seinem langen Bajonett hätte er beinahe vor Schreck das Pferd von Moritz aufgespießt.

„Du Narr! Wache sollst du stehen und nicht mit deinem Gewehr ungestüm durch die Luft fuchteln!"

Sie merken sofort die Unruhe, die die Kameraden ergriffen hat und sehen einzelne Soldaten die fieberhaft dabei sind, das Biwak wieder abzubauen. Feuer werden ausgetreten, hölzerne Zeltstangen abgebaut, es gleicht einem gespenstisch-schemenhaften Ameisenhaufen.

Ein Wachtmeister der Husaren springt aus der Mitte und geht mit schnellen Schritt auf sie zu!

„Herr Leutnant, der Franzmann versucht nach Norden aus dem Wald auszubrechen. Unsere Vorposten kamen eben zurück. Wir haben Befehl, sofort nachzustoßen, um sie zu umgehen und abzufangen…"

Und mit etwas zittriger Stimme.

„…wir hatten hohe Verluste und ich brauche jetzt jeden Mann, sie sehen ja das Elend."

Er zeigt auf einige verbundene Gestalten, die wimmernd und stöhnend auf den Boden kauern. Dunkelrot scheint es aus ihren Verbänden. Unter ihnen sind neben Jägern und Husaren des Regiments auch einige verwundete und gefangene Franzosen. In Moritz Gesicht steigt die Zornesröte. Wütend bellt er den Wachtmeister an, der kerzengerade vor ihm steht.

„Was ist das für eine Sauerei! …Holen Sie sofort drei Burschen und lassen die Verwundeten ins Göhrdeschloss zum Verbandsplatz fahren! Nehmen sie sich eines der verdammten Fuhrwerke und schmeißen den Krams davon runter. Danach lassen Sie Generalmarsch blasen und die Reiter zu je zwei Gruppen antreten…"

Etwas nervös fährt sich Moritz durch seinen gezwirbelten Oberlippenbart, Leonore kennt dieses Spiel, er tut es nur, wenn er zornig ist.

„…die eine Gruppe führt der Oberjäger Amsberg…die andere übernehme ich. Haben Sie verstanden?"

Etwas benommen antwortet dieser mit brüchiger Stimme.

„Jawohl Herr Leutnant…"

Und mit dem Blick auf Leonore gerichtet platzt der eingeschüchterte fort.

„Kommt ihr Trommler-Bursche mit in Ihre Gruppe oder soll ich den Lenz dem Tross zuteilen?"

„Mein lieber Wachtmeister Rössler, sie befinden sich im Irrtum. Als erstes ist mein Bursche weder ein Bursche noch ein Trommler oder sehen Sie eine Trommel? Und als zweites will ich Ihnen sagen, dass mein Jäger Lenz sich hervorragend bewährt hat und nun als „Jäger Lenz" anzureden ist...lassen Sie das vor der Gruppe so ausrufen. Wenn alle Männer so tapfer wären..."

Er legt dabei die Hand auf die Schulter von Leonore, die mit ihrem Pferd dicht an seiner Seite steht und zwinkert ihr zu.

„...dann hätten wir hier nicht so ein Elend, wie hier zu meinen Füßen!"

Direkt am Rand des Waldes, in einer kleinen Vertiefung des Bodens, haben Alois und Jacques ein kleines Lager für die Nacht hergerichtet und bei jeder Bewegung raschelt unheimlich das Laub. Er fühlt sich beklemmt, er hat Angst die Augen zu schließen, Angst davor, dass er mit einem Bajonettstich aufwacht oder womöglich gar nicht mehr.

Sie hatten vereinbart, abwechselnd Wache zu halten. Alois war als erster dran und nun konnte er bei seinem Rundblick den Schatten seines Körpers an der großen Eiche sehen, zusammengesunken, den Kopf etwas hängend. Er war längst eingeschlafen, das Gewehr zwischen seinen kraftlosen Armen.

Und wenn der leichte Wind der Nacht die Richtung wechselte, sogar seinen schweren, gleichmäßigen Atem hören. Bevor er sich zu seiner Wache verzog erzählte er ihm, dass er von einem Kameraden gehört hatte, dass sich die Masse der restlichen Kräfte, nebst Pescheux selbst, nach Lüneburg durchschlagen wollten.

Er erinnerte sich an diese Stadt, es kam ihm schon so lange her vor. Sie waren damals durch die verlassenen Straßen gezogen und hatten geplündert. Er hatte furchtbare Szenen vor Augen die sich abspielten, wenn sie noch auf Bewohner stießen. Die armen Menschen wurden aus ihren Verstecken gezogen, beraubt und gemordet. Die Frauen wurden in dunkle Gassen und Ecken gedrängt und geschändet, bevor man sie erschlug wie junge Katzen.

Der französische Soldat dreht sich weg, schließt die Augen, öffnet sie wieder. Er will diese Bilder nicht mehr. Sein Blick geht über die Wiese und in der Ferne sind dumpf einige Schüsse zu hören.

Er zieht das Tuch aus seinem Brustfutter, es ist noch da! Er riecht daran und hofft, dass es noch eine Spur von Maries Parfüm hat. Vorsichtig, geradezu zärtlich legt er es um seinen Hals. So wird er einschlafen können. Mit Daumen und Zeigefinger ergreift er das goldene Blech des Kreuzes und lässt es gedankenversunken durch die Finger gleiten. Ob ihm der Herrgott verzeihen wird?

Für einen Moment denkt er darüber nach, Marie einen kurzen Brief zu schreiben. Doch womit? Seinen Griffel und das Büttenpapier sind allesamt im Tornister, der jetzt zerfetzt in der Heide liegt...neben seinen toten Kameraden.

Fieberhaft kramt er in den Taschen seiner zerfledderten Sachen – nichts! Kein Papier! Er hätte jetzt mit seinem Blute geschrieben, jede Zeile an sie war bereits in seinem Kopf. Süßere Worte voller Sehnsucht hätte er nicht schreiben können, als mit seinem Blut!

Ein Geräusch reißt ihn hoch! Ein Schlurfen und Scharren erfüllt die Luft. Das Klappern weckt auch Alois, der schreckhaft und erschrocken über seinen plötzlichen Schlaf, die Waffe ergreift.

Dann können sie den Grund für den Lärm mit eigenen Augen sehen!

Lange schwarze Kolonnen kriechen, etwa 500 Meter vor ihnen, aus dem Wald. Wie dunkle Fäden ziehen die Reste einer Armee gespenstisch über die blass beleuchtete Pläne.

Eine Geisterarmee, geschlagen und auf der Flucht. Wie gebannt schauen sie auf dieses Schauspiel, dass sich ihnen bietet, bis Alois eilig zu ihm gekrochen kommt.

Jacques empfängt ihn mit den Worten.

„Siehst Du das?! Es sind doch die Unseren oder?"

„Ja, das will ich meinen...selbst Kanonen haben sie noch dabei! Es müssen Hunderte sein, die da den Weg nach draußen suchen!"

„Sollten wir uns ihnen nicht anschließen? Sie haben sicherlich Verpflegung und können uns viel mehr Schutz bieten, als wir beide uns!"

„Da bin ich mir nicht sicher mein junger Freund...Husaren streuen hier durch die Wälder. Es kann so schnell noch zu einer neuen Schlacht kommen. Ich glaube nicht, dass dieses Manöver unerkannt bleiben wird."

„Was sollen wir deiner Meinung nach denn jetzt tun?"

Alois, der seine Nervosität bemerkt hat, streicht bedächtig mit seiner Hand über seinen Bart, greift in seine Rocktasche und zaubert eine kleine weiße Pfeife aus geschnitztem Bein hervor. Während er den Kopf sorgsam an seinem Knie ausklopft wendet er sich wieder zu Jacques.

„Wir sollten wachsam sein und erst einmal abwarten, was noch passiert..."

Mit einen kurzen Puster bläst er die restlichen Tabakskrümmel aus seiner Pfeife.

„...sollte es ruhig bleiben, werden wir ihnen folgen..."

Und fügt nach einer kurzen Pause hinzu.

„...bis dahin sollten wir uns ausruhen, wir werden die Kraft noch brauchen."

Er schaut auf Jacques herunter, sieht die verdreckten Stiefel und mahnt ihn an.

„Solange du ruhst, ziehe dir die Stiefel aus! Es gibt böse Infektionen, wenn du keine Luft an die Haut lässt. Ich habe Soldaten gesehen, die nach Wochen der Gewaltmärsche, eitrige

Beine und Fieber bekommen haben! Der Juckreiz war schlimmer, als die Kugeln der Feinde!"

Der französische Soldat gehorcht und rutscht zurück in seine Mulde aber dreht sich seitlich so, dass er über den Rand auf die, jetzt mondbeschienene, Wiese schauen kann. Er stellt sich vor, er wäre inmitten der Kolonne wieder bei seinen Kameraden, seine ganzen Freunde sind bei ihm und in Gedanken wieder zum Leben erweckt. Sie scherzen zusammen, wie sie es immer gemacht haben und reichen die Flasche Wein und die Dauerwurst von einem zum anderen.

So jung waren sie...und so alt ist er jetzt geworden.

Wir hatten uns zweimal verfahren, ich hatte Henrik quer durch den Göhrdewald fahren lassen, bis wir endlich etwas genervt vor dem kleinen Holzhaus standen.

Das ganze äußere erinnert mich eher an eine Försterhütte, so mitten im Wald. Sämtliche Fensterläden sind verschlossen und die grüne Farbe der Bretter blättert schon an mehreren Stellen des Holzes ab und geben dem ganzen Haus ein schäbiges Aussehen.

Unter einer Art Carport steht der Kleinwagen von Lars, umsäumt von einem Berg gelber Müllsäcke und einen verrosteten Grill, dessen Kugeldeckel von einer brauen Rostschicht überzogen ist.

Die einstigen eingefassten Beete sind überwuchert von wilden Brombeersträuchern und geben nur widerwillig ein Blick in den dahinterliegenden, verwilderten Garten frei.

Auf der angebauten Veranda steht neben einem alten Sofa ein, dagegen hager wirkender, Schaukelstuhl, dessen rechte Holzlehne lustlos herunterbaumelt. Alles wirkt einsam, still und verlassen, nur die braunen Blätter der Buchen kräuseln sich auf dem beplankten Boden im Wind.

Henrik hebt mit einem Blick auf das Haus seine Augenbrauen skeptisch an.

„Meinst Du wirklich, dass hier ein Mensch wohnt?"

Mit einem Schmunzeln lasse ich meinen Blick über das Grundstück gleiten.

„Hausen wäre wohl die treffendere Bezeichnung."

Ich gehe die paar Schritte zur Veranda vor, begleitet von einem Ächzen und Knarren der Dielenbretter unter meinen Füßen, drücke den Klingelknopf drei Mal und drehe mich beim Warten nach Henrik um, der hinter mir steht.

Innen bleibt alles ruhig. Ein böiger Windstoß lässt eine Blumenampel, die von der Verandadecke hängt, hin und her pendeln, etwas nervös betrachte ich die zwei Plastiktöpfe, aus denen braune, vertrocknete Blätter herunterhängen. Ich schaue auf die Uhr, mein Minutenzeiger rutscht auf Einundzwanziguhrzehn.

Gerade will ich nochmal auf den Knopf drücken, da höre ich, wie eine Kette beiseitegeschoben und die Tür geöffnet wird. Ein blonder Schopf wird sichtbar.

„Hallo ihr Beiden, los, kommt ruhig rein, ich hab euch ja schon erwartet!"

Und mit einem Blick an unseren Köpfen vorbei nach draußen.

„…man muss ja aufpassen, wer da so vor der Tür steht."

Wir werden durch einen Flur, vorbei an einer vergilbten Tapete mit Lilienmuster, geführt. Hellere Flecken zeigen Stellen, an denen einmal Bilder gehangen haben. Mein Blick bleibt an dem Bild hängen, dass als einziges noch an der Wand hängt.

Eine Schwarzweiß-Fotografie in einem altmodischen messingverzierten Rahmen. Es zeigt eine junge Frau, die unbekümmert in die Kamera lacht. Ich schaue genau hin, das Gesicht kommt mir bekannt vor, ich kann es nur noch nicht richtig einsortieren.

„Das ist meine Mutter! Sie war wohl damals ein sehr fröhlicher Mensch, wie man sieht."

Lars ist stehengeblieben, mustert mich von der Seite und mir fällt plötzlich ein, wo ich das Gesicht zuletzt gesehen habe. Es war bei Stinners im Wohnzimmer an der Wand...die schüchterne Frau an Kallis Seite.

Wir nehmen auf zwei Lehnstühlen Platz, die an sich in etwa die Hälfte der Möbel in diesem Raum ausmachen. Es gibt noch einen weiteren Stuhl, neben dem einige leere Pizza-Kartons liegen, einen schlichten Holztisch gleichen Stils und neben einer altertümlichen Stehlampe ein Bücherregal, wahrscheinlich eine Vorlage der 70er Jahre für Ikea Billy-Regale.

Während mein Blick so über die spartanisch anmutende Einrichtung wandert muss ich unwillkürlich an die Aussagen des Bürgermeisters denken.

Als Lars kurz in den hinteren Räumen verschwunden ist, erhebt sich Henrik und überfliegt die Buchtitel der Bücher im Regal. Fachliteratur über das Suchen mit der Wünschelrute, Bücher über Geophysik und ausgemusterte medizinische Fachbücher der Lüneburger Universität.

Da entdeckt er hinter dem Regal mehrere Stapel Bücher, die zum Teil umgekippt eine beträchtliche Staubschicht aufweisen. Er will gerade ein Buch davon herausziehen, da bedeute ich ihm ein Zeichen, dass Lars zurückkommt.

„Ich habe mir gedacht, dass ihr bestimmt Durst habt."

Und schwenkt dabei übermütig drei Flaschen Bier durch die Luft.

„Ja klar Lars, den haben wir eigentlich immer, erst recht nach dieser Irrfahrt hierher."

Das Lachen aus drei Männerkehlen erfüllt den Raum. Ich öffne die Flaschen mit meinem Feuerzeug und reiche sie weiter, bis wir zufrieden gemeinsam anstoßen. Henrik, der einen tiefen Schluck genommen hat, holt etwas Luft und setzt als erster an.

„Sag mal Lars, wir wollten mit dir mal über unsere bisherigen Fortschritte reden und natürlich wissen, was du so bisher herausbekommen hast..."

Und mit einer kurzen Pause.

„…uns interessiert natürlich diese Familiengeschichte, von der du letztes Wochenende gesprochen hast…Dann könnten wir doch zusammen einen neuen Schlachtplan entwerfen, wie wir gemeinsam weiter vorgehen wollen?"

Lars, der an seiner Flasche nippt, zieht seine Stirn etwas in Falten und scheint nachzudenken.

„Gerne, das können wir so machen…fangt an und erzählt mal von euren bisherigen Funden…mit den Metalldetektoren ist doch ein Kinderspiel – oder?"

Sein Blick wandert zu unseren Armen, als hätten wir die Geräte mitgebracht, um in seiner Bretterbude im Wohnzimmer zu sondeln. Mit lässiger Ruhe zieht Henrik eine große Karte aus seiner Jackeninnentasche und breitet sie unter großem Rascheln auf der Holzplatte des Wohnzimmertisches aus.

„Schau her! Lars, hier ist unsere Karte, die wir immer dabeihaben und auf der wir alles Wissenswerte festhalten."

Mich überkommt ein kalter Schauer und ich spüre eine innere Unruhe in mir aufsteigen. Es ist doch nicht etwa unsere Karte, auf der wir all unsere Funde und die Formationen der damaligen Schlacht festhalten?? Hastig werfe ich einen Blick darauf und ich habe Mühe, mich zurecht zu finden. Auf dieser Karte sieht irgendwie alles anders aus. Die Geländemarken sind zwar alle korrekt, Ortschaften, Höhenlinien, Feldwege usw. aber die Einheiten und unsere Funde im roten Filzstift völlig falsch wiedergegeben! Alles ist verdreht, verzerrt, nichts von dem, was wir gefunden haben findet sich auf dieser Zeichnung wieder.

Ich bin erleichtert und kann mir ein leichtes Grinsen nur schwer verkneifen. Henrik, der Fuchs hat eine zweite, falsche Karte angefertigt!

Lars stellt sein Bier an den Rand der Karte und prüft interessiert die rot umrahmten Karrees und Pfeile, die sich über das Blatt verteilen. Er scheint hochkonzentriert. Seine Finger ziehen die Bewegungen der Einheiten nach und ab und an tippt der Zeigefinger auf eine Stelle, an der ein kleines Kreuz einen Fundort markiert hat. Während sein Blick auf der Karte ruht, ruft er plötzlich, etwas geheimnisvoll aus.

„…ja, ja…genau so war es damals abgelaufen…es stimmt exakt mit meinen Erkenntnissen überein…ihr habt da wirklich ganze Arbeit geleistet!"

Henrik und ich schauen uns an. Wir brauchen keine Worte um uns zu verständigen, unser Blick und unsere Gestik verrät, dieser Mensch hat überhaupt keine Ahnung von dem, was sich hier vor 200 Jahren abgespielt hat!

Eine Ernüchterung tritt bei mir ein. Wieder einmal sucht einer unsere Nähe, der uns nicht einen Zentimeter weiterbringen kann in der Geschichte. Oder vielleicht doch? Ich stelle meine Flasche neben seine und hole aus.

„Sag mal Lars, wo die Karte gerade liegt. Was hast du denn mit deinem Draht ersondeln können und du erzähltest doch etwas von einer Familiengeschichte, die dein Vater herausgefunden hat?"

Langsam, wie ein alter Mann, erhebt sich sein Oberkörper wieder vom Kartentisch und dreht sich mit seinem Stuhl zu uns um.

„Es fing alles vor ungefähr 15 Jahren an. Mein Vater bekam einen Brief von einem Testamentsvollstrecker aus Frankreich. Ein entfernter Verwandter, ein Onkel von unserer Familie lebte in Paris und war verstorben. Er hatte zuvor nie von ihm gesprochen und auch meine Mutter wusste nichts davon. Jedenfalls fuhr er daraufhin nach Paris und kam mit einem alten Reisekoffer aus braunem Leder zurück. Ich erinnere mich noch so genau daran, da wir damals alle ins Wohnzimmer durften, als er ihn feierlich öffnete…"

Ein verschmitztes Lächeln überzieht sein Gesicht, während er uns mit seiner Flasche in der Hand symbolisch zuprostet.

„…er hatte sogar extra eine Flasche Sekt besorgt. So etwas gab es bei uns sonst nie. Mein Vater war damals arbeitslos müsst ihr wissen. Nach der Grenzöffnung wurde seine Einheit aufgelöst und es bestand in der freien Wirtschaft kein Bedarf an den vielen arbeitslosen Grenzschutzsoldaten…"

Sein Blick geht gedankenverloren auf den Boden.

„…jedenfalls hat er dann vor unser aller Beisein den Koffer geöffnet. Fragt mich nicht, welche Schätze er sich erhoffte…er war auf jeden Fall enttäuscht, das weiß ich noch genau. Es lagen einige deutschsprachige Bücher, eine alte Kopfbedeckung und ein Messingblech, ich glaube Ringkragen heißen die Dinger, aus der Zeit Napoleons und eben ein Karton mit Briefen darin…"

Bedeutungsvoll hebt er den Zeigefinger während er uns abwechselnd in die Augen schaut. Wir bleiben still und hören gespannt weiter zu.

„…sehr alten Briefen! Sie waren mit einer kleinen roten Kordel umwickelt und hatten ein kleines Wachssiegel, dass aufgebrochen war. Ich weiß noch genau, er hat sie hastig geöffnet und dann frustriert meiner Mutter gegeben…"

„Warum?"

Werfe ich ein.

„…weil sie allesamt in Französisch geschrieben waren. Dazu noch in einer verschnörkelten Handschrift, bei der man kaum einen Buchstaben richtig erkennen konnte. Na ja, er hat die dann wohl später zu einem Übersetzer nach Dannenberg geschickt. Wochen später kam er dann mit einem Paket vom Postamt zurück und verzog sich in sein Büro. Wir durften ihn alle nicht stören und er hat sich deswegen richtig mit meiner Mutter gestritten…"

Mit einem Finger spielt er verloren an dem Etikett der Bierflasche herum, sein Blick hat sich eingetrübt, die Erinnerung daran scheint ihn sichtlich mitzunehmen.

„…meine Mutter wollte nur, dass er wieder einen Fuß in die Berufswelt setzen konnte. Doch stattdessen war er manchmal tagelang nicht gesehen. Er war wie besessen und suchte mit einer Wünschelrute fortan hier in den Wäldern der Göhrde. Er erzählte uns, dass bald alles wieder gut werden würde. Er wäre einem großen Schatz auf der Spur, der all unsere finanziellen Probleme beseitigen würde. Das Gegenteil war aber der Fall. Er wurde aber immer launischer und war häufig ungerecht und aggressiv mir oder meiner Mutter gegenüber. Und dann, eines Tages, hat er wohl den Bürgermeister kennengelernt. Sie wurden Freunde und mein Vater entfernte sich noch weiter von unserer Familie…"

Er macht eine Pause und schaut uns dabei etwas traurig an.

„…ich glaube, meine Mutter ist auch an Gram darüber gestorben…sie hatte eine schwere Krankheit gehabt und es war eine schlimme Zeit damals für uns. Manchmal durfte sie ihn begleiten, wenn er mal einen Tag mit guter Laune hatte, mich nahm er dagegen nie mit. Auch später nicht, als sie schon längst tot war. Tja...und dann ist ja auch er gestorben, warum und durch wen auch immer, es wird wohl nie aufgeklärt werden. Ich habe dann versucht, die Geschichte meines Vaters fortzusetzen, damit nicht alles umsonst war, der ganze Streit und Zank darüber."

Henrik, der bisher bewegungslos auf seinen Stuhl saß, rührt sich plötzlich.

„Hast du noch die Sachen, die in dem Koffer deines Vaters lagen?"

„Nur die Bücher, alles Bücher aus der Jahrhundertwende über die Befreiungskriege und so. Die alten Sachen aus der napoleonischen Zeit hat er, glaube ich, damals an ein Museum in Celle verkauft, als wir mal wieder pleite waren und Geld brauchten..."

„Und die Briefe?"

Bohrt Henrik weiter.

„Ich habe das ganze Haus nach seinem Tod auf dem Kopf gestellt und weder die Briefe, noch die Übersetzungen gefunden...deswegen erhoffe ich mir ja auch, dass wir gemeinsam es vielleicht auch so schaffen werden?!"

Diesmal ist es Henrik Stirn, auf der sich Falten bilden.

„...mmh...das wird kein leichtes Unterfangen. Weißt Du denn überhaupt nicht, um was es in den Briefen ging? Hat er nie mit Euch darüber gesprochen?"

„Doch, ein einziges Mal, als er wieder einmal nachts aus der Dorfkneipe nach Hause kam. Da hat er mal wieder geschimpft über die anderen, die ja keine Ahnung hätten und die sich noch wundern würden über den Schatz, den er eines Tages finden wird. Da sagte er mir, dass einer seiner Vorfahren ein Offizier im Regiment Pescheux unter Napoleon gewesen war und dass dieser Mensch einen große Menge Gold und Silber nach der Schlacht in der Göhrde beiseite geschafft hat...es stand alles in seinen Briefen an seine Frau. Er hat es aber wohl nicht bergen können, da er später dort selber im Kampf gefallen ist..."

Mit einem unschuldigen Lächeln macht er eine Pause.

„...ich habe ihm das damals auch nicht geglaubt, er war betrunken und diese Geschichte ging uns damals ziemlich auf den Geist. Er hat das wohl gemerkt und nie wieder mit uns darüber gesprochen."

Ich werfe ein.

„Aber wo sollen wir da jetzt ansetzen? Das ist ja in der Tat eine wilde Geschichte, nur haben wir eigentlich gar nichts in der Hand, keinen Beweis, keinen Hinweis – nichts?!"

Mein rechtes Augenlid zuckt unkontrolliert und ich versuche meine inneren Gefühle zu verbergen, natürlich weiß ich von den Requirierungslisten, von der Geheimschrift und den vermutlich abtrünnigen Offizieren. All das, fliegt jetzt durch meinen Kopf. Der Vorfahre von Kalli war offenbar einer von Ihnen! Das wäre die Stecknadel im Heuhaufen!

Lars reißt mich aus meinen Gedanken.

„...ich habe damals meine Mutter mehrmals befragt, wohin sie denn mit ihm gegangen ist, als sie ihn bei seinen Suchtouren begleitet hat..."

„Und?"

Frage ich neugierig.

Er dreht sich wieder zur falschen Karte und kreist mit dem Finger über die Ackerflächen der Göhrde.

„Hier habe ich so ziemlich alles abgesucht...aber hier, in dem Waldgebiet ist sie oft mit ihm gewesen..."

Seine Hand zeigt auf ein Waldgebiet, nördlich des Schlachtfeldes.

„...mein Vater soll ein Notizblock dabeigehabt haben, auf den er wohl fortwährend geguckt hat, während sie den Spaten tragen musste. Er sprach davon, dass er sich hier ganz sicher sei. Aber es ist schon ein paar Jahre her, ich weiß natürlich nicht, was später nach dem Tod meiner Mutter aus der Stelle geworden ist..."

Er macht eine abwehrende Handbewegung.

„...meine Drahtrute funktioniert nur sehr schlecht im Wald, wegen der Ablenkung durch die Ausstrahlung der Bäume...da sind eure Geräte wohl besser geeignet – oder?"

Henrik hat seine Flasche leer getrunken und stellt sie ebenfalls auf den Wohnzimmertisch.

„Ich persönlich dachte bisher immer, dass diese Wünschelruten nur bei Wasseradern funktionieren? Und nicht unbedingt bei Metall..."

„Das stimmt nur zum Teil, denn das eigentliche Messinstrument ist der Mensch, der lernt, die Veränderung im Boden zu erspüren und dazu gehören auch große Metallgegenstände, die das Magnetfeld der Erde beeinflussen..."

Henrik will gerade nochmal nachhaken, da fällt ihm Lars ins Wort.

„...mein Vater hat sich eigentlich nie wirklich ernsthaft um mich gekümmert. Nur eines, das hat er mir beigebracht, und das war das Laufen und Finden mit der Wünschelrute. Es muss wohl ein vererbtes Talent in der Familie sein. Wir haben hier hinter dem Haus mal einen Brunnen gebohrt..."

Er zeigt dabei aus dem Fenster hinter uns und sagt mit einem gewissen Stolz in der Stimme.

„...die Wasserader habe ich damals gefunden, als 10-Jähriger. Ich glaube, es war das einzige Mal, dass er richtig stolz auf mich war."

Ich blicke kurz auf die Uhr und schaue zu Henrik.

„Was meinst Du Henrik, wollen wir langsam los? Ich muss morgen früh raus."

Und zu Lars gewandt, der gerade dabei ist, sich eine Zigarette zu drehen.

„Wir können uns doch mal an irgendeinen der nächsten Wochenenden treffen und das besagte Waldgebiet genauer inspizieren oder was meinst Du dazu?"

Ohne den Blick von seinen Fingern zu nehmen, die umständlich versuchen, den Tabak auf das Blättchen Papier zu bringen, antwortet er.

„Ja, sehr gerne...ruft mich doch einfach ein paar Tage vorher an."

Während wir zur Tür gehen, schaue ich beim Vorübergehen noch einmal auf das Foto seiner Mutter. Ob sie wohl gewusst hat, was ihr Mann einst suchte? Wir verabschieden uns und trotten im Dunkeln die paar Meter zum Auto. Die frische Luft tut mir gut, erst jetzt merke ich, wie muffig und abgestanden die Luft im Haus war.

Etwas frustriert treten wir den Rückweg an. Uns ist klargeworden, dass wir auch diesmal auf uns alleine gestellt sind, aber so war es eigentlich schon immer.

„Henrik, wer weiß, ob er uns die Wahrheit erzählt hat. Von der Schlacht selbst, hat er jedenfalls keine Ahnung, das hat er bewiesen."

Ein kurzes Lachen ist Henrik Antwort.

„Ist doch egal, hätte er tatsächlich die Briefe, dann hätte er auch den Weg zum Schatz und bräuchte unsere Hilfe nicht...nur ohne Briefe kommen wir wahrscheinlich auch nicht weiter. Dafür ist das Gebiet einfach zu groß!"

Mit einigen Handbewegungen hat Henrik das Fahrzeug aus dem Wald geführt und biegt gerade auf die alte Poststraße ab. Mit einem Schlag haue ich mir plötzlich mit der flachen Hand auf den Oberschenkel.

„Henrik!! Ich hab`s! Wir versuchen einfach den Übersetzer aus Dannenberg ausfindig zu machen, vielleicht hat der noch eine Abschrift davon."

„Hach Tim, die wird er uns Fremden kaum ausliefern!"

„Wieso Fremde? Er hat den Typen doch nie persönlich getroffen und die Übersetzung per Post bekommen. Wenn wir wissen, wer es war, geben wir uns einfach als Kalli Ölkers bei ihm aus!"

Henrik lacht mir entgegen.

„Das geht aber nur, wenn er von dem Todesfall im Wohnwagen nichts mitbekommen hat!"

Ich fahre mir mit dem Handrücken über meine Stirn.

„Ja, das stimmt leider...wir müssen das Risiko dann eben eingehen."

„Gut, dann mache dich doch `mal schlau. Ich werde nächste Woche dem Museum in Celle einen Besuch abstatten. Wenn die, die Sachen von Kalli noch haben, wissen wir genau, wer der Verwandte war und welche Rolle er womöglich in der Schlacht damals eingenommen hat."

Langsam schließe ich meine Augen, der Tag war aufregend gewesen und ich muss die vielen neuen Informationen im Kopf erst noch sortieren.

Der V6 Diesel brummt sein Lied, eine Melodie, die mich schläfrig macht. Müde drehe ich mich zu ihm hin.

„Henrik...haben wir das Glück diesmal gezwungen?"

„Ja, ich glaube, das haben wir und ich bin mir sicher, es wird noch spannend werden hier in der Göhrde!"

11

Leonores Blick ist durch das Halbdunkel auf Moritz gerichtet, der wenige Meter vor ihr auf der Lichtung eine Rede hält.

Wie gelassen und ruhig seine Stimme zu ihnen klingt. Ab und an schnaubt sein Pferd unter ihm oder scharrt nervös mit den Hufen, aber die Person die auf ihm sitzt, strahlt Ruhe und Zuversicht aus.

Mit über 200 Reitern sind sie hier angetreten, darunter auch Leichtverletzte, die unbedingt dabei sein wollen, da halfen auch die Ermahnungen der Wundärzte nichts. Sie wollen ihr Land befreien, dass jahrelang unter der Last der Franzosen zu leiden hatte. So auch Leonore.

Am Lagerfeuer im Frühjahr des Jahres, als sie schon einmal kämpfen mussten, da hatte er ihren Schwindel bemerkt. Es war eine Mischung aus Wut und Erleichterung, die sie damals verspürte. Sie hatte sich immer sorgsam die Brüste abgebunden und auch ihr braunes, störrische Haar kurzgehalten. Es war ihre Stimme, die sie damals am Lagerfeuer verraten hatte, einen kurzen Moment war sie unachtsam gewesen. Vielleicht, weil sie sich in ihn verliebt hatte, in Moritz, wie er da so saß in der offenen Husarenjacke, den Säbel über die Beine gelegt.

Sie war beliebt bei ihren Kameraden, weil sie immer so vorzüglich kochen konnte. So auch an diesem Abend am Feuer, als sie ihm den Teller reichte und er dabei ihre Hand nahm. Da wusste sie Bescheid. Er nahm ihre schneeweiße Hand und zwinkerte ihr mit seinen stechend blauen Augen zu.

Später, als die Wache schon vergeben war und sie am Bagagewagen stand, kam er noch mal zu ihr und dann platzte alles aus ihr heraus. Die ganze Anspannung des Versteckens und Verbergens. Und sie erzählte ihm damals unter Tränen ihre Geschichte, wie es alles dazu kam. Wie sie eines Tages aufwachte, als die Franzosen morgens an die Tür ihres elterlichen Hofes schlugen. Ihr Vater wollte sie verstecken, doch hinter dem Küchenschrank hat sie doch alles mitbekommen. Die Soldaten verlangten nach Lebensmitteln, die sie selbst nicht besaßen.

Dann haben sie ihn heraus gezerrt auf dem Platz vor dem Brunnen und ihre Mutter schrie so fürchterlich. Sie versuchte zu horchen, was geschah und was sie von ihm wollten. Doch sie konnte diese fremde Sprache nicht verstehen, sie hörte nur die Beteuerungen ihres Vaters.

Dann hörte sie das Schlagen und Klopfen und die Schreie des Vaters und das Schluchzen ihrer Mutter. Sie erzählte Moritz davon, wie sie es nicht mehr ausgehalten hat und aus ihrem Versteck nach draußen gestürmt war. Und dann sah sie ihn, den Vater. Die Franzosen waren fortgezogen.

Sie hatten ihn einfach an das Scheunentor genagelt! Wie ein Stück totes Holz!

Drei Tage hat er noch um sein Leben gerungen. Sie waren verzweifelt, konnten keinen Arzt auftreiben und so starb er dann in der dritten Nacht an Wundfieber, seine Hand in der ihrigen. Da hatte sie es sich geschworen, es ihnen heim zu zahlen. Jeder Hammerschlag sollte bezahlt werden mit dem Leben eines Franzosen.

All ihre Sachen hatte sie auf dem Markt verkauft, die gesamte Aussteuer, all ihr Hab und Gut, um sich eine Uniform daraus schneidern zu lassen. Eine Trommel hatte sie noch dazu gekauft, denn sie verstand sich gut im Musizieren. In Hannover hat sie sich dann einschreiben lassen, als Trommler August Lenz und nur ihr jüngerer Bruder wusste davon, denn er war der einzige in der Familie, der es verstanden hatte.

Moritz hatte sich alles angehört ohne ein Wort zu sprechen und sie dann einfach in den Arm genommen.

Als ihr im April bei einem Gefecht auf einen französischen Graben die Trommel unter ihren Armen weggeschossen wurde, setzte sie der Husaren-Leutnant einfach auf ein Pferd, auf dem sie jeden Tag mehr schlecht als recht üben musste.

Es war ihre brennende Wut und ihr Schwur, den sie ihrem Vater am Sterbebett gegeben hatte. Sie war beseelt davon und so lernte sie schnell mit Zügel, Pistole und Säbel umzugehen.

Moritz achtete fortan auf sie. Wenn sie gegen die Franzosen ritten, ließ er sie in den hinteren Reihen reiten und wenn sie auf Posten stand, besuchte er sie des Öfteren dabei, um sich nach ihrem Befinden zu erkundigen. Kurzum, er tat, was er in seiner

Position tun konnte, um ihr Leben in dieser rauen Zeit zu schützen.

Doch sie war eine stolze Bauerntochter und wollte seine besondere Behandlung gar nicht, auch wenn sie sich tief im Innern für ihn verzehrte.

Nun steht sie hier, auf dieser feuchten, nebeligen Lichtung und lauscht seinen Worten.

Nochmals versucht er die Soldaten mitzureißen, die seit ungezählten Stunden auf den Beinen waren, mit der Waffe in der Hand für die Freiheit ihres Landes.

„Männer! Es bestehe keinerlei Zweifel hierüber, dass die Franzosen unter keinen Umständen das nördliche, jenseitige Waldgebiet erreichen dürfen. Es ist vielmehr Eile geboten, da sonst eine Flucht zurück nach Lüneburg nicht mehr aufzuhalten sei…"

Die Männer hängen bei diesen Worten an seinen Lippen.

„…das Treffen werde ohne Unterstützung durch Fußsoldaten oder Artillerie stattfinden, da die Zeit dies nicht zuließe und sofort zum Angriff geblasen werden muss. Zudem würde der Beschuss durch eigene Kanonen uns mehr Schaden zufügen, als es bei dem Feinde täte. Nicht Zaudern, sondern Losschlagen meine Freunde…für die Freiheit und dem Wohl unseres Landes!"

Mit diesen Worten ruft er die Männer auf die Pferde, sein Blick kreuzt den von Leonore und sie wirft ihm ein Lächeln hoch.

Dampfend kriecht der Bodennebel höher und am Himmel wird schon ein schmaler, orangefarbener Streifen sichtbar, als die Hornisten mit ihren Trompeten schaurig schön das Signal blasen.

Wer es hören kann, weiß Bescheid, mit einem Echo in der Tiefe des Waldes verklingt dieses Signal des Todes. Ein neuer blutiger Tag bricht an!

Das Stampfen und Rollen von hunderten von Hufen erfüllt den Wald der Seißelberge, von rechts Amsberg mit seinen Jägern und etwas zeitversetzt Moritz mit seinen Husaren über den linken Flügel.

Leonores Rappe fliegt wie der Wind durch das Geäst, sie spürt die Muskeln des Tieres, die Sehnen, wie sie sich unter ihr dehnen und bewegen. Wie eine Welle rollt das Tier schnaubend durch die Dämmerung des Waldes, unaufhaltsam und nicht abwendbar mit ihr als Überbringerin des Todes.

„So also verlieren Menschen ihren Kopf. Die Vaterlandsliebe ist zwar in uns, aber mehr noch der Drang zum Kampf."

Mit diesen Gedanken jagt sie weiter durch die aufsteigenden Nebel des Waldes. Moritz erreicht mit seinem Adjutanten und 40 Mann als erster den Waldrand. Er lässt in Kette halten, damit sie der Feind nicht gleich erkennt. Die Männer halten wortlos ihre Pferde im Zaum, jetzt nur still sein!

Schnell greift er nach hinten in die Satteltasche und zieht ein kleines Fernrohr heraus. Sein Blick fliegt über das grüne Tal, dass sich vor ihnen ausbreitet. Vereinzelte Hecken und Sträucher, dazwischen einzelne kleine Baumgruppen, die das Gesamtbild auflockern.

Das blassrosa Licht der Sonne wirft ihr erstes zartes Licht über die Landschaft, noch bevor der helle Ball den Rand des Horizontes erreicht hat.

Er erkennt die dunklen Massen des Feindes, der sich entlang mehrerer Baumreihen durch das Tal windet. Der Deckel der silbernen Uhr wird aufgeklappt und zu seinem Adjutanten gewandt.

„Gleich Sechs Uhr! Wo zum Teufel bleibt Amsberg?!"

Der Adjutant, ein ganz junger Kerl mit noch guten Augen, reckt sich aus dem Sattel und zeigt hinüber.

„Da mein Leutnant! Da kommt er! Sie greifen an!"

Moritz wirft das Glas wieder an die Augen. Tatsächlich! Amsberg greift mit seinen Jägern an der rechten Flanke an. Wie sie über die Wiese preschen, ihre Säbel blinken matt durch den Nebel. Die Franzosen starr vor Schreck, bleiben augenblicklich stehen. Nur die alten Hasen formieren zur Reihe und Sekunden später stiebt eine Reihe weißer Wölkchen aus ihren Waffen den Reitern entgegen.

Das Geknatter der Gewehre dringt an ihr Ohr. Die Schlacht hat von neuem begonnen. Plötzlich kommt wieder Bewegung in den schwarzen Wurm der Franzosen. Fieberhaft versuchen sie sich zu formieren und bilden Karrees oder springen hinter den wenigen Bäumen in Deckung.

Reiter stürzen, doch die Masse Amsbergs ist nun am Feind. Sie haben sich in zwei Gruppen aufgefächert und umkreisen schießend und schlagend die sich verzweifelt wehrenden Karrees.

Der Rest der Franzosen versucht sich in der Flucht zu retten und die Schreie und Rufe der Schirrmeister und Trosssoldaten, die sich mit ihren bespannten Wagen den Weg zu bahnen versuchen, dringen bis an ihre Ohren. Die Franzosen wollen dem Druck ausweichen und ziehen kämpfend ab, wie geplant in ihre Richtung. Moritz kneift die Augen leicht zusammen und streicht über seinen Schnurrbart. Jetzt ist es an der Zeit! Langsam hebt er den Arm und gibt den Hornisten ein Zeichen.

„Attacke! Mir nach Männer! Greift an und kein Pardon!"

Wütend steigt sein Hengst in die Höhe, er zieht seinen Säbel und prescht los, voran über den leichten Abhang in die Wiesen.

Seine Husaren tun es ihm gleich, so preschen sie im schnellen Galopp nach, ein Klang aus Hundert Kehlen....Hurääääh...Hurääääääh!

Leonores Pferd wird wie im Sog mitgerissen, die letzten Büsche fliegen an ihr vorbei dann öffnet sich die Wiese vor ihr. Der Dreck der Hufe fliegt ihr entgegen, immer schneller rast die Welle der schwarzen Uniformen über die grüne Fläche. Schneller nur immer schneller, die Wiese wird zu einem Tunnel. Da, einen Sprung über den Graben, weiter, nur weiter! Das Stampfen und Trommeln der Pferde wird zu einem einzigen Donner.

Wild tanzt die Mähne ihres Rappen im Takt und sie fühlt sich unbesiegbar, wie sie so über das Gras fliegt. Die kleinen blau-weißen Schatten der Franzosen wackeln ihr entgegen, werden größer...sie zieht den Säbel und reckt ihn provozierend in die Höhe.

Wie sie wütend in den Wind schreit.

„Kommt nur ihr Franzosen! Gleich werde ich euch etwas lehren…kommt nur heran!"

Sie sieht wie die Franzosen einzelne Gewehre hochrecken, die kleinen Wolken, die sich von ihnen lösen können mir nichts anhaben, ihr Pferd ist schon heran! Schon ist einer dieser Bastarde unter ihr, der Säbel saust herunter auf das schreckverzerrte Gesicht des Franzosen…noch einmal schlägt sie auf ihn ein, es knackt und kracht unter ihrer Klinge.

„Nur weg damit! Du Teufel!

Da ein zweiter, er will weglaufen. Sie zieht ihr Pferd in die Höhe und sticht zu. Der helle Schrei des Franzosen reißt sie zurück in die Wirklichkeit. Sie dreht sich schnell um. Drei Franzosen hinter einer Hecke ziehen abwechselnd ihr Gewehr hoch und beginnen ein wildes Feuer. Wieder kommt ein dunkler Tschakohelm hoch. Sie zielt ihre Pistole, zielt kurz und drückt ab, noch bevor der Franzose sein Gewehr auf sie gerichtet hat. Ihre Kugel durchschlägt seine Stirn, dass der Lederhelm im Bogen wegsegelt.

Die anderen beiden begreifen ihre Lage und wollen fliehen, da gibt sie ihrem Pferd die Sporen. Schnell ist sie über den einen, den sie mit einem Schlag ihres Säbels die linke Gesichtshälfte abschlägt.

Da bohrt sich von hinten das Bajonett des anderen Franzosen in die Flanke ihres Pferdes, dass es wild aufbäumt und wiehert. Sie rutscht beinahe hinten runter, so steigt ihr verwundetes Tier in die Höhe. Der Französische Soldat setzt mit seinem Bajonett erneut an, da seine Waffe nicht geladen ist.

Leonore spürt die Gefahr und kann sich nicht bewegen, krampfhaft hält sie fest. Da bohrt sich eine Säbelspitze von hinten durch die Brust des Franzosen und er sinkt stöhnend kopfüber zu Boden. Ihr Retter, ein Husar springt vom Pferd und muss mit dem Stiefel den Rücken des Toten auf den Boden drücken, um die rot tropfende Klinge wieder frei zu bekommen.

Aus dem Augenwinkel sieht Moritz, die Franzosen, die fieberhaft versuchen, eines der Geschütze in Stellung zu bringen. Er ist einfach, mit dem Säbel schlagend durch die erste Reihe der Soldaten geritten, die sich jetzt verzweifelt nach zwei Seiten verteidigen müssen und dreht sich zu seinem Adjutanten um.

„Folge mir! Da das Geschütz!"

Seine Worte werden von dem Wind und den Lärm der Schlacht davongetragen, doch er nickt quittierend und sie reiten beide der feindlichen Kanone entgegen.

Hastig haben die Franzosen die Kanone gewendet und beginnen nun ein wütendes Feuer mit Kartätschen auf die herangaloppierenden Husaren. Der Hagel der Bleikugeln ergießt sich auf die anstürmenden Kavalleristen und führt zu grauenhaften Verletzungen. Getroffene Pferde und Reiter stürzen wie von einer unsichtbaren Faust getroffen zu Boden. Ein zweites Geschütz greift in den Kampf mit ein. Sie verschießen Vollkugeln, die vom Boden abprallen und die Beine der herangaloppierenden Pferde zerschmettern.

Moritz reitet an einem gestürzten Husaren vorbei, der verletzt am Boden liegt. Sein Mund ist voller Blut, er kann ihm jetzt nicht helfen, er muss weiter! Die Fläche ist inzwischen mit toten Pferdeleibern bedeckt.

Er sieht die feindlichen Feuerwerker, wie sie gerade dabei sind einen Zünder zu kürzen, um das Geschütz mit einer Sprengkugel zu laden. Er sieht sie schwitzen, sie wissen, es geht für sie über sein oder nicht sein. Und im Stillen bewundert er ihren Mut, ihre Kaltblütigkeit in dieser, für sie so aussichtslosen Lage.

Mit einem Schenkeldruck beschleunigt er sein Pferd...noch 20 Meter...noch 10. Die Kanoniere schrecken auf und springen hinter die Kanone in Deckung.

Einer von Ihnen hebt plötzlich ein Gewehr in die Höhe, Moritz sieht es wie in Zeitlupe ablaufen, er sieht seine Säbelspitze, wie sie ausholt, sieht den Hals seines Pferdes, wie er sich hebt und senkt, den Schaum an den Nüstern, das Schnauben, der heiße Atem...die Kanone wankt und schwankt auf ihn zu, sein Pferd, wie mechanisch springt einfach darüber, über die Deckung, über den Franzosen.

Er schlägt zu, von oben hart herunter, trifft etwas Weiches...der Rappe ist schon darüber hinweg. Schnell! Er reißt die Zügel des Tieres herum. Sein Adjutant ist ihm gefolgt und sein Hengst setzt gerade zum Sprung an, da schießt der Franzose.

Der Adjutant fasst sich an den Hals und stürzt rücklings herunter. Es geht alles so schnell, der Franzose versucht fieberhaft nachzuladen doch Moritz ist schneller. Seine scharfe Säbelklinge reißt dem Kanonier den halben Arm weg, dass dieser wimmernd zu Boden geht.

Moritz springt von seinem Pferd, inmitten des Getöses. Die Franzosen haben den Verlust ihrer Kanone bemerkt und eine Gruppe von ihnen feuert nun anhaltend auf sie. Doch die Franzosen schießen zu hoch. Die Kugeln zischen über seinen Kopf hinweg, so dass sein Pferd nervös von einem Huf auf den anderen stampft.

Schnell springt er zu seinem Adjutanten, der sich auf den Boden hin und her windet, seine Hand an den Hals gepresst, über und über mit Blut bedeckt.

Moritz reißt sein Halstuch herunter und versucht seinen Kameraden zu verbinden. Angst und Verzweiflung stehen in den Augen des Adjutanten geschrieben. Ein Streifschuss hat die Schlagader am Hals aufgerissen, aus der nun spritzend das Blut schießt. Der Schuss kam so dicht, dass schwarze Pulverkrümmel sich in das Fleisch seines jungen Kameraden eingebrannt haben. Er bildet mit dem Tuch ein kleines, festes Kissen und bindet dieses um den Hals des stöhnenden Soldaten.

Dann beugt er sich dicht an sein Ohr, der Verletzte klammert sich zitternd an seinen Nacken.

„Du musst zurück zum Wald, zu unseren eigenen Linien...drücke fest mit der Hand darauf...nun gehe los mit Gottes Segen!"

Mit einem Ruck reißt sich Moritz hoch, springt geduckt auf sein Pferd und eilt mit schnellen Galopp seinen kämpfenden Kameraden zur Hilfe.

Die Franzosen haben unterdessen zwei Karrees gebildet und binden so die Kräfte der Reiter. Schnell wird ihm klar, dass sie mit ihrer Gegenwehr den Rückzug decken. Solange diese Karrees Widerstand leisten, werden sie den Tross der Franzosen nicht aufhalten können.

Wenn man Schatzsucher ist, will man auch nach Schätzen suchen. Das Finden ist erst einmal zweitrangig. So wichtig eine gründliche Recherche auch ist, am Ende will man den Geruch von frisch umgegrabener Erde riechen und die kleinen Stromstöße des Adrenalins im Körper spüren!

Mit diesen Gedanken stehe ich an diesem Sonntag auf, rühre mit einer Hand die Milch im ersten Kaffee des Tages um und schaue vom Arbeitszimmer hinunter in den Garten. Der Rasen müsste gemäht werden...unwichtig, außerdem ist heute Ruhetag.

Ich schiele auf einen Haufen Papiere, die lustlos gestapelt den Schreibtisch bedecken. Die Steuererklärung für letztes Jahr wurde schon angemahnt. Unwichtig, da ich dazu überhaupt keine Lust habe, es gibt Interessanteres und schließlich muss man Prioritäten setzen.

Müde schaue ich in den blass blauen Himmel, etwas Hochnebel liegt noch in der Luft aber darüber spannt sich bereits das tiefe Blau eines schönen Herbsttages. Ich könnte mich jetzt einfach in den Garten legen, mit einem Buch, einer Zeitschrift oder sonst was. Keine Chance, das würde ich niemals aushalten.

Hastig reiße ich meine Schreibtischschublade auf und ziehe erleichtert drei Pakete Batterien heraus. Sehr gut! Alea iacta est - Die Würfel sind gefallen. Ich greife hinter die Tür und hole mein Suchgerät, mein Whites XLT-Spectrum zum Vorschein. Wie ein Veteran schaut es mich an, mit seiner dreckverkrusteten Blechhaut, mit den Schrammen und dem fast erblindeten Display. Fast zärtlich umfasse ich den schaumstoffummantelten Griff und lasse das Gerät ausgewogen hin und her pendeln. Wir sind eben zwei gute, alte Freunde.

Nach einem Telefonat die erste Ernüchterung, Henrik hat heute absolut keine Zeit. Mit meinem Anruf habe ich ihm keine Freude gemacht, er muss zu einem Familiengeburtstag und hatte schon vorher keine Lust dazu. Jetzt, wo er weiß, dass ich Suchen gehen will und er notgedrungen nicht mitkann, rutscht seine Laune erst recht in den Keller. Ich kenne ihn, es gibt nur sehr wenige Dinge, die ihm vom Suchen abhalten könnten.

Also los, schnell die Sachen ins Auto verstaut, eine Trinkflasche noch dazu und auf geht es.

Mit meinem brummigen Diesel durchbreche ich die letzten Schwaden des Morgennebels, der dampfend über den

Pferdeweiden liegt. Er macht der Sonne Platz, die, als wollte sie eine Vorherrschaft demonstrieren, über den dichten Wäldern der Lüneburger Heide ihre Kraft entfaltet.

Während der einstündigen Fahrt zum Ort des Geschehens habe ich genug Zeit zu entscheiden, wo ich heute mein Glück versuchen möchte.

Eigentlich gibt nur zwei Möglichkeiten der Schatzsuche. Entweder man recherchiert, arbeitet eine These aus und belegt diese mit anschließenden Funden oder man sucht und findet und leitet daraus eine These ab, die man durch schriftliche Hinterlassenschaften untermauern kann. Das Ziel ist letztendlich das Gleiche, man muss nur hartnäckig am Ball bleiben und darf sich nicht verzetteln.

Wir haben bisher einen Haufen Informationen bekommen, haben den Hauptkampfplatz gefunden und die Bewegungen der Verbände nachweisen können. Was uns eigentlich noch fehlt, ist der Rückzugsweg der 1800 französischen Soldaten. Und wer auf dem Rückzug ist, verliert Gegenstände, lässt Sachen zurück oder versteckt sie bewusst. Ideale Voraussetzungen für einen Schatzsucher, denke ich im Stillen und überhole einen Sattelschlepper, der mir seit fünf Kilometern den Weg versperrt.

Fast 4000 Funde haben wir jetzt bisher zusammengetragen, wir haben sie gereinigt, zugeordnet und behutsam in eine riesengroße Vitrine gelegt. Jedes Mal, wenn ich bei Henrik bin, schaue ich mich an den Funden satt und staune über die Vielfalt der Dinge, die wir mühsam der Erde abgerungen haben.

Eines fällt aber auf. Es sind vorwiegend kleine Teile, Knöpfe, Münzen, Schnallen, Waffenteile und kleinere persönliche Gegenstände die wir gefunden haben. Das ist typisch für reine Ackerfunde, denn der Pflug hat die größeren Gegenstände bereits vor Jahren ausgesiebt.

Als ich in den Göhrdewald einbiege, steht mein Plan für heute fest. Ich werde den kompletten Weg der Franzosen einmal abgehen, mich aber nicht lange festbeißen, sondern auf diesem Wege versuchen, den eigentlichen Fluchtweg zu finden.

Froh, mich endlich bewegen zu können, steige ich etwas steif und ungelenk aus dem Auto. Frische, feuchte Morgenluft kommt mir entgegen. Es riecht nach schwerem Boden und Kartoffeln. Der alte Acker ist abgeerntet aber leider gleich wieder frisch eingesät...Mist, wenn ich hier jetzt grabe gibt es mit Sicherheit Ärger.

Also werfe ich mein Suchgerät an, stülpe mir die Kopfhörer über und gehe lediglich am Ackerrand, um die Arbeit des Landwirtes nicht zu stören. Gerade drei Meter habe ich zurückgelegt, da reißt mich das elektronische Surren im Kopfhörer aus den Gedanken, das erste Signal des Tages klingt am hoffnungsvollsten.

Edelmetall, ich höre es schon am Klang. Ich befinde mich im ersten Karree der Franzosen und habe daher gleich ein gutes Gefühl, als mein Spatenblatt ganz leicht in den geeggten Boden gleitet. Ich wende den Erdhaufen vor meinen Füßen und lasse meine Finger in die feuchte Erde gleiten, bis ich eine große, schwere Gürtelschließe aus Messing hervorziehe. Vorsichtig wische ich mit der flachen Hand die Erde weg und erkenne deutlich das fein gestochene florale Muster auf dem dunkelgrün angelaufenen Fund.

Es reizt mich jetzt natürlich ungemein, auf den frisch angepflanzten Acker zu treten, um die Umgebung abzusuchen und mein Blick huscht etwas schüchtern auf die kleinen grünen Blättchen, die in gleichmäßigen Reihen den Boden bedecken. Nein, lieber nicht. Ich will es mir mit den Bauern hier nicht verscherzen und kann hier immer noch zurückkommen, wenn er abgeerntet ist.

Also los, weiter...mein Teller schwingt vor meinen Füßen. Da! Zack, das nächste Signal! Mein Fuß bohrt sich in die Erde und schiebt die ersten 10 Zentimeter zur Seite, da sehe ich den Nummernknopf! 105tes Linienregiment. Er sieht aus, als wäre er gerade eben von der Uniform abgefallen, unglaublich!

Jetzt packt mich das Fieber. Ich stolpere weiter über den losen Sand, kein Zentimeter des schmalen Streifens darf ausgelassen werden. Im Stillen ärgere ich mich darüber, dass ich nicht eine Woche früher hier war, als noch nicht eingesät war.

Das monotone Summen meines Detektors betäubt mich und schließt mich von der Außenwelt ab, ich sinke hinab in meine Welt, sehe wieder die Soldaten, wie sie sich verbissen wehren, die Schwaden des Pulverdampfes, der über die einstige Heidelandschaft zieht, den Lärm der Schlacht...da ziehe ich schon den nächsten Fund heraus, zwei Silbermünzen, ganz dicht nebeneinander, wahrscheinlich im Kampf aus der Tasche gefallen.

Sorgfältig schiebe ich sie in ein kleines Plastiktütchen, ergreife den Spaten und die Sonde und weiter geht es, das Adrenalin in mir leistet ganze Arbeit, ich spüre den unabdingbaren Willen zu Suchen und die Gier nach weiteren Funden. Geschichte wird ja so lebendig, wenn man sie anfassen, ja sich in ihr, wie in einem Raum bewegen kann.

Den Teller des Gerätes streift über die kleinen Berge der Ackerfurchen...da schon wieder! Ein Signal! Hell quäkt es an den Ohren. Mein Display wirft eine 82 aus. Ich triumphiere innerlich, wische mit dem Fuß ein paar Zentimeter Erde weg und überprüfe nochmal die Stelle, schließlich soll es sich lohnen, bevor man den Spaten ansetzt. Eine 90 ist die Antwort.

Im nu ist die Schaufel in der Erde und ich lege einen Erdwürfel beiseite. Gerät und Spaten habe ich jetzt danebengelegt, ich weiß, es befindet sich in diesen 10 Mal 10 Zentimeter kleinen Erdblock.

Es ist so, wie, als wenn man ein Geschenk auspackt. Voller Vorfreude fahre ich mit beiden Händen in die Erde. Ich spüre etwas Hartes...nein, es war nur ein kleiner Stein...da, jetzt spüre ich etwas Zackiges...ich ziehe daran und habe es dann endlich in der Hand.

Ein Manschettenknopf mit einer Kette aus purem Silber! Durch die Feuchtigkeit der Jahrhunderte ist das Silber schwarz angelaufen. Zwei kleine, fein hingearbeitete, gekreuzte Gewehre zieren die Stirnseite der Knöpfe.

Ich lasse diesen besonderen Fund gerade in ein weiteres Plastiktütchen wandern, da nehme ich einen Schatten hinter mir wahr und zucke etwas überrascht zusammen. Neben mir steht eine ältere Dame mit schneeweißen Haar und einem altmodischen Wanderstock, auf denen unzählige kleine, bunte Blechschildchen von den unterschiedlichsten Wanderzielen angebracht sind. Ich habe die gute Frau doch tatsächlich nicht kommen sehen.

„Hallo junger Mann, was machen sie denn da komisches auf dem Acker?"

Erleichtert über diese Frage antworte ich wie gewohnt.

„…ich suche nach alten Sachen aus der Göhrdeschlacht…"

Diese einfache Antwort ruft jedes Mal bei den staunenden, ungläubig blickenden Menschen die unterschiedlichsten Reaktionen hervor.

Ich würde schätzen über 60% der Personen sind eher belustigt darüber, was man da tut, da sie es in Wirklichkeit für Fantasterei halten und nur aus reiner Neugierde fragen, bei Landwirten liegt diese Quote da noch wesentlich höher. Zirka 30% ist es absolut gleichgültig, was man da macht und gehen in der Regel ohne ein Wort zu sprechen weiter. Vielleicht einmal gerade 10% der Besucher haben ein ernsthafteres Interesse und können einem im Idealfall sogar noch nützliche Tipps geben.

Vor mir stand jedenfalls eine 10%-Dame, das wird mir schnell klar. Wie sich gleich herausstellt, ein absoluter Glücksfall.

Eine Mischung aus Neugierde und Freundlichkeit strahlt mich an. Die vielen Falten in ihrem Gesicht lassen auf ein bewegtes Leben schließen, während sie mit ihrem Stock auf meinen Detektor zeigt.

„Ja, findet man denn mit so einem Ding da etwas?"

„Na sicher doch, und wie man damit finden kann…"

Vorsichtig krame ich das Tütchen mit den beiden Münzen hervor. Normalerweise zeige ich neugierigen Besuchern nur harmlose Funde wie Kugeln usw. Bei der runzeligen Dame mit dem Schlapphut und dem Wanderstab bin ich unerklärlicherweise aber sicher, dass sie mir eher helfen als schaden kann. Vielleicht liegt es an ihrer natürlichen Ausstrahlung.

„Darf ich mal schauen?"

Fragt sie höflich und die kleinen Fältchen um ihre Augen treten etwas hervor.

„Natürlich gerne!"

Ich ziehe die beiden Münzen aus der Tüte und reiche sie ihr. Zwei Hände, denen jahrzehntelange Hausarbeit anzusehen sind, nehmen sie vorsichtig auf.

Sie hält die Münzen ganz dicht an ihr rechtes Augen und prüft sie eingehend ohne auch nur ein Wort darüber zu verlieren.

„Ja...ja, der Napoleon, der hat hier so manches verändert...“

Mit etwas verklärtem Blick schweift sie in die Ferne.

„Junger Mann, sie hätten einmal nach dem Krieg dahinten auf dem Acker suchen müssen...“

Ihr Stock geht in die waagerechte und weist auf den Seißelberg Richtung Norden.

„...da habe ich als junge Frau mithelfen müssen, als neue Ackerflächen für die Landwirtschaft gepflügt wurden...“

Sie lässt eine kleine Pause, als müsse sie nachdenken und schaut dann mit ernstem Gesicht in meine Augen.

„...wir hatten alle Hunger nach dem Krieg, ja und dann kamen noch die vielen ausgebombten Flüchtlinge und die heimkehrenden Soldaten. Die mussten doch alle etwas zu essen bekommen...“

„Das war bestimmt keine einfache Zeit für alle...“

Werfe ich verständnisvoll ein.

„...nein, das war sie nicht und so musste ich selbst als junges Mädchen mit anpacken bei der schweren Feldarbeit. Es war ein sehr warmer Märztag, ich weiß es noch genau, da sind wir hinter dem Traktor mit seinem schweren Pflug hergegangen. Wir mussten die großen Steine herausschleppen, die die Erde frei gegeben hat.“

Mein Blick schweift über dem Ende des Stockes in die Ferne, als könnte ich den Traktor und die Helfer auf dem Feld erkennen.

„...und sie glauben ja gar nicht, was der schwere Pflug da alles zutage gebracht hat! Alte Kanonenkugeln, Pferdegeschirre und allerlei Zeugs aus der alten Zeit...da hätten sie ihre Freude daran gehabt.“

Sie sieht meinen neugierigen Blick und bevor ich den Mund öffnen kann sagt sie mit einem Schmunzeln.

„Soll ich Ihnen die Stelle einmal zeigen? Vielleicht finden sie mit ihrem Gerät noch etwas?"

Die alte Frau beeindruckt mich. Sie hilft mir bei der Suche und sie legt einen Wanderschritt vor, den ich der Dame gar nicht zugetraut hätte, im Stillen denke ich dabei an Henrik, wenn er doch jetzt nur hier wäre.

12

Endlich ist Marie für sich alleine. Sie hat, wie aufgetragen die
Hühner gefüttert und den Schweinestall ausgemistet. Letzte
Nacht waren wieder Diebe dagewesen und hatten versucht,
eines der Schweine mitzunehmen. Onkel Pierre hatte es sich auf
einen Holzschemel bequem gemacht und aufgepasst. Sein
Schrotschuss hat ihn wohl nur knapp verfehlt, wie er heute
Morgen voller Stolz und ausschweifender Beschreibung erzählte.
Maman meinte nur, dass, wenn er weiter so schlecht schießen
würde, sie ihn nicht auch noch durchfüttern könne, da wir im
Winter sonst nichts mehr zu essen hätten.

Vorsichtig zieht sie die kleine Gardine vor, entzündet die
Tranlampe und zieht aus der unterste Schublade des kleinen
Sekretärs mit geschickten Fingern ein frisches, weißes Blatt.
Langsam taucht sie den Kiel in die schwarze Tinte.

Mein teurer Jacques!

*Wie sehr vermisse ich ein Zeichen des Lebens von dir und hoffe, dass es dir in Garnison oder
im Feld gut ergehen möge und dass dein Herz stets gut und edel bleiben wird und keine Zeit,
Schicksal oder Gelegenheit dich zu bösen Handlungen und Grausamkeiten verleiten soll.
Du darfst meinetwegen keine Leichtsinnigkeit begehen, denn mein Herz schlägt treu nur für
dich mein Geliebter. Uns geht es hier den Umständen nach gut, die Lebensmittel werden
immer teurer, sodass wir gezwungen waren, Gemüse und Salat wieder selbst zu ziehen.
Man hört so allerlei in den Zeitungen und ich habe auf der Straße so manche böse Zunge
über unseren Kaiser gehört. Komme mir gesund und glücklich wieder, dann wird meine
Freude überschwänglich sein.*

Deine dich ewig liebende Marie"

Sorgsam faltet sie den Brief zusammen und steigt mit der Lampe
in der Hand die kleine Stiege zur Küche hinunter. Es ist ganz still
und dunkel im Haus. Sie legt den Brief auf den Küchentisch, wie
sie es schon so oft getan hat.

Ihre Gedanken drehen sich im Kreis. Wozu sind Kriege eigentlich
da? Sie erinnert sich an den Mann auf dem Marktplatz heute
Morgen, der nur einen Arm hatte. Er hat ihr wütend ins Gesicht
gesagt, dass er gar nicht unser Kaiser sei. „Er hat sich die Krone

*selbst aufgesetzt, ohne uns zu fragen und uns alle damit zum
Tode und zu Krüppeln verurteilt!"*

*Hauptsache er lebt und es geht ihm gut, denkt sie bei sich. Ganz
leise schleicht sie wieder hoch in ihre Kammer und schaut aus
dem Fenster, dass vom Mond beschienen, wie ein helles Tor in
eine andere Welt aussieht. An der Kante vom Stall sieht sie einen
Schatten sitzen, aus dem sich in regelmäßigen Abständen kleine
Rauchwölkchen lösen. Ihr teurer Onkel Pierre versucht tapfer
auch diese Nacht sein Glück.*

*Jacques hat nur kurz geschlafen, vielleicht Zehn Minuten oder
eine Stunde, er weiß es nicht so genau da er kein Zeitgefühl
mehr besitzt. War es der Hunger, der ihn geweckt hat oder war
es das Geräusch, das plötzlich aus dem heller werdenden Wald
zu ihm dringt. Er horcht angestrengt in die Tiefe.*

*Der französische Soldat kann sich kaum bewegen, sein Körper
fühlt sich hart und steif wie ein Brett an und seine Knochen,
Sehnen und Muskeln schmerzen bei jeder Bewegung. Er reißt die
Augen auf und horcht wieder. Da...dieses Geräusch, es klingt wie
ein Horn, wie Trompeten und er muss unwillkürlich an die Zeit
denken, wo sein Vater ihn als Junge auf den großen Fuchsjagden
mitgenommen hat.*

*Doch es bleibt nur wenig Zeit an diese Gedanken, Alois ist schon
an seine Seite gekommen, sein Gesicht ist ganz blass und wirkt
in der morgendlichen Sonne noch älter.*

*„Es geht los Jacques...es geht wieder los...sie kommen, um uns
den Todesstoß zu versetzen!"*

*Jacques wendet sich um, zu seinen Kameraden, er sieht die
Reste einer Armee von über 1500 Soldaten die sich nun komplett
in den Wiesen und Feldern bewegt. Ab und an blinken
spiegelnde Flächen kurz in der aufgehenden Sonne auf und man
hört das Wiehern der Zugpferde an den Protzen und
Trossfahrzeugen. Ein gespenstischer Anblick, sie wissen noch
nichts von dem, was ihnen bevorsteht.*

Er möchte am liebsten aufstehen, losrennen über die Wiese und ihnen zurufen, dass sie jetzt kämpfen müssen, mit der Waffe in der Hand und es macht ihn ganz wahnsinnig, dass er nichts unternehmen kann.

„Wir müssen uns verstecken, sie werden gleich hier sein...los Jacques!"

Nur widerstrebend lässt er sich von Alois hoch helfen. Er kommt sich feige vor, sie sollen sich verstecken, während der Feind im Anmarsch ist, um seine Kameraden anzugreifen, das will ihm einfach nicht in den Sinn. Kopfschüttelnd überprüft er das Pulver in der Pfanne seines Gewehres, spannt den Hahn mit dem Feuerstein seiner Waffe und hockt sich dicht an die große Buche am Rande des Waldes.

Dann spüren sie beide das Beben unter ihren Füßen, das Vibrieren, dass immer stärker wird und Jacques presst sich, sein Gewehr im Anschlag, fester an den Baum, der ihm Schutz bieten soll.

Etwa 200 Meter links vor ihm brechen die schwarzen Reiter aus dem Wald und jagen im wilden Ritt über die ersten Wiesenflächen den Franzosen entgegen, zu weit, um einen vernünftigen Schuss anbringen zu können.

„Du musst auf die Pferde schießen, wenn du kannst, sie bieten uns ein größeres Ziel!"

Alois Ruf geht in dem Lärm, der jetzt ausbricht, fast unter. Zu spät, die feindlichen Husaren haben bereits die Kolonnen erreicht und Jacques kann nur entsetzt zusehen, wie seine Kameraden abgeschlachtet werden. Und mit ihnen, die Geräusche, die nur ein Mensch nachempfinden kann, der selbst im Krieg stand. Ein Gemisch aus Schreien und Schießen, ein fortwährendes Zucken des Grauens welches allmählich im Pulverdampf verschwimmt. Das eben noch friedliche Bild des Tales wird plötzlich von dem heiseren Atem des Todes überzogen.

Der französische Soldat lässt verzweifelt die Mündung seines Gewehres sinken und hält sich die Ohren zu. Es ist für ihn viel schlimmer dem Fallbeil der Vernichtung nur feige zuzuschauen, anstatt sich kämpfend und wehrend unter ihm zu befinden. Er schließt die Ohren und hört sie immer noch, die Schreie der Soldaten, die Salven der Gewehre und das Trommeln der Kanonen. Sie sind in seinem Kopf und lassen ihn nicht mehr los.

Erneut erzittert der Boden unter seinen Füßen, bis rechts von ihm aus dem Wald eine zweite Welle der Reiter bricht. Im gestrecktem Galopp, die Säbelspitzen nach vorne gerichtet greifen sie ihre Kameraden in der Flanke an.

„Mon dieu Jacques, das ist das Ende!"

Schreit ihn Alois im Lärm des Getümmels an. Der französische Soldat achtet gar nicht darauf, da er plötzlich den dumpfen Abschuss von Kanonen und das Zischen in der Luft wahrnimmt. Dann bricht die schwere Kugel mit ungeheurer Wucht auf den Boden, prallt hoch, mitten in die Reihen der Husaren. Pferdebeine werden abgerissen, Reiter stürzen, schreien. Deutlich kann er die rote, blutig-fleischige Bahn auf der Wiese erkennen, die die stählerne Kugel gezogen hat. Krachend schlägt sie in das Holz des Waldes, nur wenige Meter von Jacques entfernt, der instinktiv den Kopf an den Boden presst. Ganz fest drückt er sein Gesicht hinein.

Der Geruch von Moos und feuchter Erde umfängt ihn und gibt ihm etwas Vertrautes zurück, ein Gefühl der Zuflucht. Als Kinder waren sie oft im Wald und haben nach Pilzen und Beeren gesucht oder sie tobten einfach nur herum, wie es halt Kinder in seinem Alter damals taten.

Manchmal ließen sie ihre Körbe und Eimer einfach stehen, holten ihre Holzgewehre und es wurden alle Jungs in zwei Gruppen aufgeteilt. Dann spielten sie „Revolution". Sie spielten es gerne und voller Inbrunst, vergaßen dabei Zeit und Raum. Dann halfen alle mit und sie bauten Barrikaden aus Ästen, Erde und Steinen, größer und höher als die vom Mal zuvor.

Eines Tages kam ihm sein Vater in den Wald nachgeschlichen und versohlte mit einem Holzlöffel seinen Hintern, weil er seine guten Sachen zerschnitten hatte, um sich eine Trikolore zu nähen, eine Fahne, die er immer mit Stolz von der höchsten Barrikade des Waldes hisste.

Die „Republiktreuen" mussten unter lauten „Hurra" die Befestigungen stürmen und manches Mal war ihr Lärm nicht geringer als der, damals 1789 in Paris gewesen, damals, als er noch gar nicht geboren war. Jacques, der immer in der Gruppe der Revolutionäre war, schwang dann sein Gewehr, dass sein Opa ihm zu Weihnachten geschnitzt hatte und dass immer noch größer war als er selbst und kämpfte mutig für die Freiheit seiner jungen Republik.

All dieses kommt ihm jetzt in den Sinn, all dieses, mit diesem Geruch von Moos und Erde, während um ihm herum der ganze Irrsinn tobt. Jetzt musste er wirklich kämpfen, für seine Republik, für seinen Kaiser und für seine alte Fahne aus Beinkleidern und Hemdstoff.

Leonores Herz pumpt ihr bis zum Hals. Sie hat einen bitteren Geschmack im Mund und der kalte Schweiß rinnt ihr aus dem Lederhelm. Hilfesuchend geht ihr Blick hektisch über das Schlachtfeld. Ihr Pferd! Wo ist ihr Pferd!?

Schnell greift sie sich ein Gewehr von einem der umherliegenden toten Soldaten. Die gebrochenen Augen aus dem wachsfarbenen Gesicht starren überrascht in den wolkenlosen Himmel. Leonore überwindet ihren Ekel und durchsucht fieberhaft die Taschen des Franzosen nach Patronen, peinlich darauf bedacht, nicht mit der Hand an die klaffend-blutende Wunde in der Brust zu kommen.

„Verflucht nochmal! Wo hat dieser Franzmann seine Munition!!"

Schnell dreht sie ihn um, schaut ins Gras, nichts! Schon robbt sie zum nächsten Toten. Sein Arm ist abgerissen und liegt daneben im Sand. Mit ihren Knien kriecht sie durch die sulzige Lache aus Blut, ihre Hände reißen hastig seine Patronentasche mit der Messingkrone Napoleons herunter.

Mühsam klaubt sie die wenige Munition heraus, als plötzlich einige Dragoner der Königlich-Deutschen-Legion auf ihren schnellen Pferden an ihr vorüberdonnern. In ihren blutbefleckten Jacken und mit ihren blitzenden Klingen sehen sie wie reitende Metzger aus. Sie stürzen sich auf die Karrees der Franzosen, ohne von ihr Notiz zu nehmen.

Leonore überprüft die Pfanne des fremden Gewehres, lädt es schnell nach und versucht sich dann zu orientieren. Die Wiese ist inzwischen in einer dichten Wolke aus Pulverqualm verhangen und nur der immer stärker werdende Lärm des Gefechtes zeigt ihr die ungefähre Richtung des Feindes. Vorsichtig und nach allen Seiten absichernd, tastet sie sich durch den Nebel.

Ein Bild des Grauens bietet sich ihr. Überall liegen Tote und Verletzte, Menschen und Pferde, Waffen und Gerätschaften, alles wild durcheinander. Hier und da streckt sich ihr ein Arm entgegen, flehende Rufe in den unterschiedlichsten Sprachen. Ein Wimmern und Jammern und dazwischen Berge von Toten.

Ein französischer Soldat, dessen Unterkiefer halb weggeschossen wurde, liegt unter zwei toten Kameraden und fleht gurgelnd Leonore an. Sie kann ihn nicht verstehen, ihm nicht helfen. Sie ist wie betäubt von diesem Grauen, stolpert über Gewehre und abgeschlagene Gliedmaßen einfach weiter.

Sie kommt an zwei Pferden vorbei, die regungslos nebeneinanderstehen. Eine Kanonenkugel hat ihnen den Huf vom Sprunggelenk an abgerissen. Gleichgültig stehen sie da und ertragen ihr Schicksal. Leonore nimmt dieses nur im Augenwinkel wahr, längst ist sie abgestumpft, als dass sie das Leid tiefer berührt. Sie hatte damals Rache geschworen und damit ihr Herz betäubt. Nun will sie kämpfen, Rache nehmen und ihren Durst danach stillen.

Eine neue Salve des französischen Karrees zwingt sie zur Deckung. Inzwischen haben einige Franzosen Notiz von ihr genommen und beginnen ihrerseits ein lebhaftes Feuer auf sie. Neben einem Pferdekadaver hält sie Ausschau nach ihren Kameraden, während die Kugeln um sie herum surren.

Sie merkt, wie eine Unruhe in ihr aufsteigt, alleine hat sie hier keine große Überlebenschance, das weiß sie und der Gedanke daran lässt ihr den kalten Schweiß auf die Stirn treten. Dann sieht sie, wie sich eine kleine Gruppe der schwarzen Husaren von den Franzosen abwendet und in ihre Richtung galoppiert. Immer wieder jagen sie in die weißen Wolken des Pulverdampfes hinein und tauchen noch schneller werdend, wie wild gewordene Geister aus dem Nebel wieder hervor.

Dann sieht sie ihn! Sie erkennt ihn an seiner Haltung, an seiner Art, das Pferd unter seinen Schenkeln zu führen. Ein befreiendes Lächeln huscht über ihr dreckverkrustetes Gesicht. Schnell gibt sie einen letzten Schuss auf die Franzosen ab, wirft das Gewehr in den Dreck und läuft ihren Rettern entgegen.

Moritz ergreift mit festem Zug ihre Hand und zieht sie auf den schnaubenden Rappen herauf, während seine Kameraden schützend einen Halbkreis gebildet haben, um mit Schüssen aus ihren kurzen Jagdstutzen die Franzosen niederzuhalten. Eine große Wolke des Pulverdampfs zieht erneut über das lärmende Schlachtfeld und die Strahlen der Sonne verwandeln diesen Nebel des Todes in einen leuchtenden, schmutzigen Wattebausch.

Eine Schweißperle tropft mahnend auf mein Knie. Wir sind schon fast durch den Wald und diese zähe, liebenswerte Dame zieht mich schnaufend wie an einem Gummiband gezogen, hinter sich her. Sie hat all ihre Bilder aus ihrer ereignisreichen Kindheit rausgekramt und mir farbig in den letzten 1000 Metern vorgetragen. Ich staune über den Lebenswillen dieser Frau, die so vieles schon erdulden musste in ihren Leben.

„Nur zu junger Mann, wir sind ja gleich da. Stellen Sie sich vor, ich gehe noch heute jeden Tag diese Runde...da hinten, sehen sie, da hinten auf dem Hof, da bin ich groß geworden."

Sie fuchtelt dabei mit ihrem Wanderstock durch den lichter werdenden Wald, als wollte sie damit den Vorhang aus Bäumen beiseiteschieben, der uns die Sicht versperrt.

Ich stehe mit Ihr vor einer großen Ackerfläche die, durch kleine Knicks aus Sträuchern und Büschen abgegrenzt wird. Mit Henrik war ich zuvor noch nie hinter den Wald gegangen, wir haben uns aus unerklärlichen Gründen nie so weit vom eigentlichen Schlachtfeld entfernt.

„Hier sollen also vor 200 Jahren die geschlagenen Reste einer glorreichen Armee durchgezogen sein."

Schießt es mir durch den Kopf. Die athletische Dame ist bereits auf den schmalen Feldweg eingebogen und zieht bei ihrem Marschtempo eine kleine Staubwolke hinter sich her. Mühsam krieche ich mit Spaten und Suchgerät auf den Weg. Dann bleibt sie plötzlich wie angewurzelt stehen und ihr Wanderstab zeigt in die waagerechte.

„Da sind wir! Hier ist der Traktor reingefahren, diese Apfelbäume waren damals noch nicht...hier waren nur Wiesen und

Büsche....nun machen Sie mal junger Mann, vielleicht finden Sie ja noch etwas?"

Ein Lächeln mit 100 Falten strahlt mir entgegen.

„Danke sehr, das ist wirklich sehr lieb von Ihnen, dass sie mich hierherführen."

Und während ich den Teller des Gerätes ausrichte.

„...dann wollen wir das Glück einmal zwingen..."

Etwas ungewohnt für mich, ich fühle mich beobachtet, stolpere ich auf die umgebrochene Erde. Ein frisch gepflügtes Feld, ganz für mich alleine, ich bin begeistert.

Ich kann genau spüren, wie sie mir zuschaut, als ich die weichen Kopfhörermuscheln über meine Ohren schiebe und mit wenigen Knopfdrücken die Technik an meiner Sonde bediene. Dann springe ich voller Erwartung auf den Acker und gehe langsam Bahn für Bahn. Ich ziehe mich zurück, lausche meinem Herzschlag und hoffe auf das erlösende Signal meines Gerätes. Wie der Zeiger eines großen Metronoms schwinge ich die Sonde gleichmäßig im Takt...rechtes Bein, links schwingen, linkes Bein, rechts schwingen...Takt für Takt, Schritt für Schritt.

Im Vorbeigehen lächle ich ihr zu, was mag sie nur von mir denken, wie ich hier doch etwas albern mit dem Gerät herumlaufe und meine Gedanken schweifen dabei langsam ab, ganz unbewusst machen sie sich in meinem Kopf selbstständig.

Ob sie wohl auch den Kalli kannte? Ich bin verblüfft. Erst jetzt fällt mir auf, dass ich sie noch gar nicht nach ihm gefragt habe. Du meine Güte, wenn sie hier jeden Tag herumwandert, muss sie ihn ja eigentlich ständig gesehen haben! Wieso bin ich in den letzten 60 Minuten gar nicht darauf gekommen?!

Eine innere Unruhe erfasst mich plötzlich und ich drehe mich schnell nach ihr um. Sie steht noch da, am Apfelbaum, auf dem schmalen Weg, die Seite etwas auf den Stock gestützt.

Eine frische Böe erfasst mein Gesicht und ihr buntes Halstuch flattert dazu im Wind. Ich will gerade den Spaten in die Erde drücken, das Gerät abstellen und zu ihr gehen, da wird es plötzlich laut im Hörer. Ich bleibe wie elektrisiert stehen, genau jetzt!

Mit den Spaten in der Hand falle ich auf die Knie, als wüsste ich, dass es tief liegt. Ist da mein Wunsch der Vater des Gedankens? Findet man womöglich das, was man sich gerade wünscht?

Bis zum Blattende rutscht die Schaufel in das Erdreich. Ich ziehe geübt die Sonde über das Loch und kenne bereits die Antwort. Dann liegen Gerät und Kopfhörer arbeitslos im Sand, ich grabe jetzt mit Blickkontakt...und es liegt tief! Sehr tief. Mit beiden Händen ergreife ich den Stiel und ramme das Blech zum dritten Mal in die Erde, dann stoße ich auf etwas Hartes. Metall auf Metall!

Kalli ist vergessen, mit dem Wind verweht, versunken und tot. Jetzt ist jetzt und ich weiß, dass unter mir kein Dosenblech oder sonstiger Schrott liegt. Vorsichtig kratze ich mit der Kante des Spatens über die unbekannte Oberfläche. Sie ist groß, rostig und gewölbt. Das Loch hat jetzt eine Tiefe von mindestens 80 Zentimetern und ich habe Mühe, mit beiden Armen reinzugreifen, um mit den Fingern den Fund frei zu graben. Ich will ihn haben und versuche das Stück mit den Fingern zu umklammern. Noch ein paar Zentimeter! Da ist er! Ich liege bäuchlings auf den kühlen Sand des Ackers und greife tief in das Loch. Dann halte ich ihn in hoch, sehr schwer liegt die Kanonenkugel in meiner Hand...ich fühle mich so stolz.

Wie ein kleines Mädchen klatscht die alte Dame begeistert in die Hände, als ich auf sie zugehe.

„Schauen Sie mal, das habe ich jetzt ihnen zu verdanken! So eine Kanonenkugel finde ich auch nicht jeden Tag!"

Stolz drehe ich den Fund vor ihren Augen.

„Sie ist sogar damals abgefeuert worden, da, man sieht noch deutlich die dunklen Brandspuren des Pulvers."

Und klopfe mit dem Zeigefinger auf die dunklere Hälfte der rostig braunen Kugel. Nachdenklich starrt sie auf meine Hände.

„Meinen sie, dass diese Kugel womöglich viele Menschen getötet hat?"

Ihr sonst so fröhliches Gesicht wechselt augenblicklich zu einem ernsthaften Ausdruck. Ich merke, dass ihr diese Tatsache nicht gefällt und wechsle schnell das Thema.

„Sagen sie, das wollte ich sie die ganze Zeit schon fragen. Im Rahmen unsere Recherche sind wir auf einen Mann namens Kalli gestoßen, Kalle Ölkers. Der hat hier damals auch gesucht. Kennen Sie diesen Mann?"

Ihr Gesicht hellt wieder etwas auf.

„...warten sie...ja, doch...natürlich. Den kannte ich. Ich kannte sogar noch seinen Vater, er war einer der letzten Milchbauern hier in der Gegend...bis sein Hof heruntergewirtschaftet war. Na ja, der Kalli ist dann zum Bundesgrenzschutz...ich glaube, er wollte nur weg von hier..."

Sie macht eine kleine Pause, während sie durch mich durchzuschauen scheint, als wäre ich aus Glas.

„...und dann habe ich ihn regelmäßig mit seiner Wünschelrute herumlaufen sehen aber er wollte nie mit mir darüber reden wonach er denn eigentlich sucht, geschweige denn irgendeinen Ratschlag von mir annehmen. Er war schon ein sehr verschrobener Mensch nach dem Tod seiner Frau."

„Wissen Sie, wo er meistens gesucht hat?"

Sie zupft ein wenig an ihrem Halstuch und scheint dabei angestrengt nachzudenken. Dann streckt sie ihren Stock in Richtung des gegenüberliegenden Waldes.

„Dahinten! ...gleich nach den Äckern beginnt ein Waldgebiet mit kleinen Fischteichen davor. Da ist er zum Schluss gerne langgelaufen."

Ein spöttisches Lächeln umspielt ihr Gesicht.

„...einmal hab ich ihm zugerufen, ob er denn schon etwas gefangen hätte mit seiner Rute...da hat er mich ganz böse angeschaut, abgewunken und mich von da an gar nicht mehr beachtet, nicht einmal mehr Grüßen konnte er einen. Aber das mit seinem Tod, hatte er trotzdem nicht verdient..."

Sie macht eine kleine Pause.

„Soll ich Ihnen einmal etwas verraten?"

Etwas überrascht antworte ich.

„Ja natürlich…"

Sie kommt dabei mit ihrem Kopf etwas näher, als wenn uns auf dem einsamen Acker irgendeiner belauschen könnte.

„…wenn ihn da nicht `mal Jemand loswerden wollte…"

„Was meinen Sie damit?"

Vorsichtig dreht sie sich etwas um und rückt noch ein Stück näher heran.

„…ich glaube, er hat viel zu laut damit im Dorf geprahlt, dass er nach einem Schatz sucht. Das ist ihm dann zum Verhängnis geworden!"

„Aber es war doch ein Unfall…?"

Wende ich schüchtern ein.

„…bei Geld hört die beste Freundschaft auf…glauben Sie mir junger Mann!"

Dann zieht sie ihr Halstuch zurecht, knöpft sich die Jacke bis unter das Kinn und streckt mir ihre knochige Hand zu.

„Leben Sie wohl guter Mann, ich muss jetzt weiter, meine Hühner bekommen immer rechtzeitig ihr Futter und ich möchte Sie jetzt auch nicht weiter stören bei Ihrer Suche. Ich wünsche Ihnen viel Erfolg dabei! …machen Sie es gut!"

Ich stehe im Wind, der etwas aufgefrischt ist, und erwidere ihren festen Händedruck.

„Vielen Dank noch einmal für alles und kommen Sie gesund heim!"

Und als sie schon ein paar Schritte gegangen ist, rufe ich ihr nach.

„Vielleicht sehen wir uns ja einmal wieder hier."

Lässig antwortet sie mit ihrem Stock, indem sie ihn kurz über ihren Kopf schwingen lässt.

Ich bleibe zurück, auf dem Acker, im Wind und in der Hand eine Kanonenkugel, die vermutlich nur Leid gebracht hat.

Das sind so die Momente wo ich mich frage, ob meine Sucherei einfach nur eine morbide Freizeitbeschäftigung ist. Klar, man rollt den Faden der Geschichte auf, doch meistens klebt nur das Blut der Vergangenheit daran.

Sorgfältig verstecke ich den Fund am Rand des Ackers und stapfe zu meinem Suchgerät. Und wieder ziehe ich meine Bahnen. Längst hat sich die kleine Gestalt auf dem Weg am Horizont verloren und die Apfelbäume der Allee ragen wie kleine grüne Signalflaggen einsam in die Höhe.

An diesen Nachmittag bücke ich mich noch so manches Mal, grabe so manchen Fund aus. Meine Tasche füllt sich und schleift bei jedem Schritt unangenehm gegen meine Hüftknochen. Erst nach zwei Stunden erwache ich aus meiner Trance, als ein Hundebesitzer seinen Hund zurückpfeift. Überhaupt ist es häufig so, dass wir Sucher auf Hunde offenbar eine magnetische Anziehungskraft ausüben, als wären wir Knochenjäger und keine Schatzsucher.

Mit einer Mischung aus Neugierde und Mut sprinten sie auf uns zu, um dann wenige Meter vor einem zu erkennen, dass wir durchaus größer und unheimlicher werden, je näher man kommt. Dann wird man ausgekläfft. Sie bellen sich ihren Mut einfach an. Das Herrchen geht teilnahmslos einfach weiter. Ich bin ihm wohl auch nicht geheuer. Nachdem der Terrier sich heiser gebellt hat, zieht auch er, in seiner Neugierde befriedigt, von dannen. Ich packe meine Sachen zusammen, der Weg zum Auto ist noch weit und es beginnt schon langsam zu dämmern.

Der Moment, wo die Nacht den Tag ablöst ist immer ein magischer. Die Kraft der Sonne erstirbt unter einem Aufbäumen von Rottönen und die Umrisse des Tages verschmelzen mit dem Horizont zu einer Wand von hunderter kleiner Lichtpunkte.

13

Etwas nervös tippe ich auf die schwarzen, matten Tasten des Telefons. Ich spüre genau, dass sehr viel davon abhängen wird, ob ich gleich Erfolg haben werde oder nicht. Bisher war alles nur wieder einmal Spekulation. Jetzt einfach ganz ruhig bleiben. Er wird schon nichts merken. Schnell nehme ich noch einen kleinen Schluck aus meinem Kaffeebecher und horche in das Rauschen im Hörer. Dann ein Freizeichen...einmal...zweimal...dreimal...

„Übersetzungsbüro Schleenhoff, Guten Tag, was kann ich für Sie tun?"

„Guten Tag Herr ...äh..., Ölkers ist mein Name, ich bin mir nicht sicher, ob sie sich noch an mich erinnern können. Ich habe Ihnen vor zirka 5 Jahren französische Briefe zur Übersetzung geschickt. Nun habe ich das Problem, dass mir Ihre Arbeiten durch einen Wasserschaden abhandengekommen sind. Daher meine Frage, ob sie diese Übersetzungen eventuell noch gespeichert haben?"

Die heisere Stimme am anderen Ende kräht zurück.

„...was sagten Sie? wie war ihr Name und ihre Anschrift?"

„Ölkers, Kalle Ölkers aus Göhrde"

„...bitte warten Sie ich schaue mal eben nach...wann war das? Was sagten Sie?"

„Ungefähr vor Fünf Jahren..."

„...einen Moment bitte..."

Ich nehme vorsichtig noch einen Schluck und warte. Sekunden werden zur Ewigkeit.

„...Hallo? Hören Sie? ..."

„Ja, bitte!"

„Tut mir leid, ich kann hier nichts finden...wir haben weder Ihren Namen noch die Ortschaft gefunden..."

Und fügt mit etwas mitleidiger Stimme fort.

„…wir hatten in den letzten acht Jahren nur 47 Übersetzungen und ich konnte beim besten Willen nichts finden…sind Sie sicher, dass Sie es bei uns abgegeben haben?"

„Entschuldigen Sie, dann muss ich mich wohl geirrt haben…aber vielen Dank für ihre Mühe!"

Etwas enttäuscht lege ich den Hörer auf. Mir wird klar, dass sich die Sache schwieriger gestaltet, als ich gedacht habe. Schnell suche ich den nächsten Eintrag raus, man darf jetzt nicht aufgeben oder genauer darüber nachdenken.

Drei Telefonbucheinträge habe ich noch, also los und weiter geht es. Bei der nächsten Nummer vertippe ich mich zweimal. Dann endlich der Freiton. Es knackt in der Leitung.

„Sprachkanzlei Wildfang, Wildfang mein Name, was kann ich für Sie tun?"

„Guten Tag Herr Wildfang, Ölkers ist mein Name, ich bin mir nicht sicher, ob sie sich noch an mich erinnern können. Ich habe Ihnen einmal vor zirka 5 Jahren einige französische Briefe zur Übersetzung ins Deutsche geschickt…"

Ich lasse eine kurze Pause, um zu sehen, ob er bereits jetzt antwortet.

„…nun hatten wir letzten Monat einen katastrophalen Wasserschaden, der meine alten Briefe und ihre Arbeiten komplett unbrauchbar gemacht hat…nun meine Frage, haben Sie die Übersetzungen vielleicht noch gespeichert um mir diese nochmals zur Verfügung stellen zu können?"

Ich versuche den Kloß in meinem Hals so hinunterzuschlucken, dass der Mann am anderen Ende nichts hört.

„…ich schaue gleich einmal in unsere Kundendatei…einen kurzen Augenblick bitte…Ölkers…mit Ö oder mit Oe?"

„Mit …"

Ich komme gar nicht dazu, weiter zu sprechen.

„Ah, da haben Sie aber Glück Herr Ölkers, nach 7 Jahren löschen wir die Daten nämlich wieder...es war wohl doch schon etwas länger her, aber ich habe Sie hier gefunden!"

Ich kann mein Glück kaum fassen und versuche mich innerlich zu beruhigen. So ein ähnliches Gefühl muss ein Lottogewinner nach der Ziehung der richtigen Zahlen haben. Zum Glück ist die Geschäftstüchtigkeit von Herrn Wildfang nicht zu bremsen.

„...für die Nacherstellung berechnen wir allerdings eine kleine Bearbeitungsgebühr von 30 Euro...wo dürfen wir Ihnen die Sendung mit der Rechnung zustellen? An ihre, uns bekannte Adresse?"

„Nein, durch den Wasserschaden sind wir vorübergehend ausquartiert. Ich würde gerne direkt bei Ihnen vorbeikommen. Ist dies möglich?"

Ich höre ein Rascheln von Papier am anderen Ende.

„Selbstverständlich. Unsere Bürozeiten sind werktags von 9 bis 15 Uhr...kommen Sie gerne vorbei. Ich bereite die Abschrift gleich vor."

Erleichtert presse ich heraus.

„Sehr gut, ich komme gleich heute Mittag vorbei. Vielen Dank für Ihre Mühe Herr Wildfang...bis nachher."

Der Telefonhörer ist noch warm, als ich triumphierend bei Henrik anrufe. Ich komme mir vor wie ein Wissenschaftler bei der Entdeckung des Penizillins. Henrik ist begeistert und will sofort losfahren. Ich habe mit ihm verabredet, dass wir uns in einer Seitenstraße vor dem Übersetzungsbüro treffen, um dann gleich im Anschluss die übersetzten Briefe zu sichten. Endlich kommen wir mit unserer Geschichte voran und gelangen hoffentlich an die Informationen, die uns bei der Suche so lange fehlten.

Die Minuten vergehen in Zeitlupe und ich male mir in Gedanken schon die verrücktesten Sachen aus, die uns in der Übersetzung erwarten. Wie ein Tiger im Käfig laufe ich an diesen nicht endenden Arbeitstag im Büro auf und ab, bis ich endlich gegen 14.00 aufbreche.

Ich stehe ungeduldig vor den Eingang eines Mehrfamilienhauses und fixiere die überklebten und mit Hand geschriebenen

Klingelschilder der Wohnparteien. Ein, mit einer altmodischen Schreibmaschine geschriebener Text sticht mir ins Auge.

"SPRACHKANZLEI WILDFANG GBR"

Ich drücke den Knopf und bekomme die Antwort über den Summer an der Eingangstür. Schnell springe ich die drei Treppen hinauf und stehe vor einer Mittdreißigerin, die mir lächelnd die Tür aufhält.

„Kommen Sie gerne herein, wie ist ihr Name bitte?"

Beinahe wäre mir der falsche herausgerutscht.

„...äh...Ölkers, Kalle Ölkers...ich hatte heute Morgen angerufen und mit Herrn Wildfang gesprochen. Es geht um die Neuausfertigung einer alten Übersetzung."

Sie führt mich durch einen kleinen Flur, indem es dezent nach Vanillekerzen riecht und weist mit ihrer Hand auf einen Ledersessel.

„Bitte nehmen Sie Platz, mein Vater kommt gleich zu Ihnen."

Sie verschwindet hinter den Flachbildschirm eines kleinen Tresens und murmelt ein paar Worte in das schnurlose Telefon.

Ich bin in meiner Sitzfläche eingesunken und komme mir vor, wie bei einem Bewerbungsgespräch. So hocke ich da, starre auf den billigen Nachdruck eines Holländischen Malers an der gegenüberliegenden Wand und warte.

Eine kleine Ewigkeit verrinnt, dann endlich öffnet sich eine Tür am Ende des Flures. Ein etwas untersetzter Mann mit Brille und ohne Haare kommt langsam auf mich zugeschritten. Er scheint mich beim Gehen genau zu beobachten und mir kommt für einen Moment der schreckliche Verdacht, dass er womöglich den Kalli schon mal persönlich begegnet ist und nun den ganzen Schwindel bemerkt hat. Ich stehe brav auf und überlege mir eine Ausrede.

„Guten Tag Herr ... "

„Ölkers ist mein Name, hallo Herr Wildfang und vielen Dank nochmal für Ihre Mühe!"

„…ja, richtig, Ölkers…die französischen Briefe!"

Er bleibt vor mir stehen und schaut mich etwas streng über den Rand seiner Brillengläser an.

„…es war damals nicht einfach gewesen, diese alte Schreibweise zu entziffern. Umso mehr freut es mich, dass es Ihnen von Nutzen sein konnte – oder?"

Ich fühle mich bei etwas ertappt und vermag nicht zu sagen wobei. Eine leichte Röte steigt mir ins Gesicht und habe das Bedürfnis, diesen Raum schnell verlassen zu wollen.

„…Richtig Herr Wildfang, ohne Ihre Hilfe wäre ich in der Tat aufgeschmissen gewesen."

Er zieht seinen linken Arm nach vorne, der bisher hinter seinem Rücken versteckt war und überreicht mir einen großen, braunen Kartonumschlag.

„Hier bitte sehr, geben Sie diesmal besser darauf acht und falls Sie nochmals unsere fachkundige Unterstützung brauchen, wir würden uns freuen. Auf Wiedersehen Herr Ölkers, es hat mich gefreut Sie bedient zu haben…"

Mit einer leichten Verbeugung hebt er vor dem Weggehen an:

„…leben Sie wohl…bezahlen können Sie bei meiner Sekretärin."

Eine Zentnerlast fällt spürbar zu Boden. Ich stolpere fast die Treppe herunter und weiß, dass ich dieses Paket unter meinem Arm nicht mehr kampflos hergeben würde. Henrik, stößt mir von innen die Beifahrertür auf und unsere erwartungsvollen Blicke treffen sich in der Mitte, während ich mich schwerfällig in den Sitz plumpsen lasse.

„…so, die Stunde der Wahrheit ist angebrochen Henrik!"

Ehrfürchtig nimmt er das Paket entgegen, öffnet ganz vorsichtig den Umschlag und zieht langsam etwa 15 Seiten bedrucktes Papier heraus.

Der erste Brief ist datiert vom 02. März 1813. Schnell überfliegen wir beide die ersten Zeilen. Es sind allesamt Briefe, die „Er" an seine Frau, eine „Sidonie" geschrieben hat.

Die Seiten fliegen nur so weg, während Henrik laut vorliest. Es steht in ihnen zunächst nur Belangloses über sein Quartier, die Moral seiner Soldaten und das Leben in Lüneburg. Die Scheiben der Fenster beschlagen langsam, wir sind vertieft in diese Geschichte und das Geschehen um uns herum nehmen wir dabei nicht mehr wahr.

Dann, endlich! Bei dem vorletzten Brief werden wir schließlich fündig und Henrik liest den Brief noch einmal langsam vor:

Meine liebe Sidonia,   11. September 1813

komm her zu mir, mein süßes Mädchen, ich will dir ein wenig erzählen, wie es mir ergangen ist dieser Tage. Ich will dir gerne berichten, wie herrlich sich meine Gesundheit und mein froher Muth vermehrt, wie ich dich liebe und mit seliger Sehnsucht und mit Freudenthränen an dich denke. Wir marschieren jetzt jeden Tag viele der Stunden und wäre nicht mein treuer Freund von einer Kugel schwer blessiert worden, hätte ich wohl kaum etwas zu berichten gewusst, so hat doch dieser Vorfall den Muth meiner Soldaten nur vermehrt. Und obwohl mein Korporal Ottster in seiner Unschuld den Stein an seiner Büchse vergessen hatte, ging er dessen ungeachtet wohlgemuth auf die feindlichen Linien los und trug durch die Yavorichts, mit der er dies tat, zur Gewinnung des Scharmützels bei. Nunmehr liegen wir seit Tagen in dem Holze bey der Göhrde und müssen damit rechnen, da der Feind in breiter Kolonne aufmarschiert, dass sein Vordringen nicht aufzuhalten und es bald zu einem neuen Treffen kommen wird. Mein liebes Mädchen, es würde sich nicht alles so glücklich gefügt haben, hätte ich nicht beyzeiten Vorkehrungen getroffen, wie es uns nach dieser Zeit gut ergehen kann. Die Zeit der Rapatrierung habe ich rechtschaffen genützt und in meinem nächsten Brief, den ich nur mit Eile siegeln kann, gebe ich dir die Instruktionen, die von Nöten sein werden.

Küsse unsere theueristen Eltern in meinem Namen die Hände.

Nun schlafe wohl meine Sidonia

Ich bin ewig Dein,

Adrian

Die letzten Zeilen liest Henrik nochmals vor.

„Er hat Vorkehrungen getroffen Tim, dies bezieht er doch auf die durchgeführten Requirierungen oder bin ich jetzt zu blöd? Er meint vermutlich Teile des gestohlenen Goldes und Silbers – oder was meinst Du?"

„Hoffentlich hast du recht, er schreibt ja von Instruktionen, lass mal weiterlesen, vielleicht kommen die ja gleich noch auf den nächsten Seiten."

Unsere Augenpaare saugen sich wieder an den DIN A4 Seiten fest, Henrik zieht die letzte Seite hervor, die vom 14. September datiert ist. Einige Textstellen sind durch Punkte ersetzt, was vermutlich bedeuten soll, dass der Übersetzer die fehlenden Wörter nicht übersetzen konnte, weil sie zu unleserlich waren.

Liebste Sidonia,   *14. September 1813*

ich denke alle Tage an dich und schreibe Dir voller Eile, da wir nunmehr seit dem gestrigen Tage im Gefecht mit den Truppen Wallmodens stehen. Es war ein heftiges Hauen und Stechen und von reinsten Eifer und Vaterlandsliebe durchdrungen ward hartnäckig gefochten. Der Tod hatte unter vielen Bataillone gewütet und wir mussten.............................

Ich habe die Order von meinem General Pechaux mich mit vier der meinigen aus dem Getümmel mit einer Extrapost zur Bagage nach ....zu begeben, um nach Verstärkung zu rufen. So nutzte ich die Gelegenheit und geleitete den Wagen nebst zwei Troßführern mit dem Gold und Silber des Regiments hinaus. Bei einem Überfall verlor ich drei meiner Soldaten und habe mir dabei ein Ehrenzeichen verdient, nämlich einen Schuss in die Wade, glücklicherweise nur eine Fleischwunde. Mein Pferd, ein schöner Brauner war tödlich verwundet und musste solches auf dem Schlachtfeld lassen. Ich ließe nicht zu, dass man den Mut sinken ließe und wohl gar verzagte. Mit Gott kommen wir gewiss ganz glücklich durch diesen Kampf, sofern wir ihn nur mit Ernst und Würde bestehen wollen. Dennoch habe ich Order erlassen, den ganzen Schatz zu versenken und Dir diese Zeilen zukommen zu lassen. Sollte mir ein Leid geschehen mein liebes Mädchen, so gräme dich nicht, gebrauche diese Instruktion und führe ein Leben frey von Sorgen.

Halte dich von der alten Poststrasse Richtung Göhrde kommend nach Norden über die Seitelberge, weiter zu nach dem Orte Ventschau. Einundeinhalb Meilen links davor findest Du rechts am Wege bey einem Teiche zwischen zwei grossen Eichen in acht Fuß Tiefe das Gold und Silber in Münzen und Barren. Meine Theure, du darfst mit niemanden...

Lebe wohl meine Liebste und gedencke öfters an mich.

Gott nehme dich in deinen Schutz!

Dein Adrian in Treue

Es ist ganz still im Auto, man hört nur das leichte Rascheln des Papieres, als Henrik das Blatt vorsichtig zur Seite legt. Wir sind beide völlig benommen und können es noch immer nicht fassen. Vor uns, auf Henrik Schoß, liegt eine detaillierte Anweisung für die Auffindung eines Schatzes! Ich breche als erster das Schweigen.

„Was meinst Du…glaubst Du, dass der Schatz dort noch liegt? Wenn er überlebt haben sollte, dann hat sich das Gold und Silber doch sicherlich noch geholt?"

Henrik greift inzwischen nach hinten auf den Rücksitz und zieht einen roten Schnellhefter aus Pappe hervor, während er mit mir spricht.

„…Lars hat doch erzählt, dass dieser entfernte Verwandte von seinem Vater damals gefallen sein soll…wenn dies der Fall ist, müsste er eigentlich in den Gefallenenlisten stehen. Ich habe mir ja mal die Mühe gemacht, die Gefallenenlisten und die Liste der gefangenen Verwundeten aus dem Göhrde Schloss alphabetisch auf ein Blatt Papier zu bringen…warte mal…"

„Henrik! Wir haben hier nur die Übersetzungen, es fehlen die Briefumschläge. Hier steht immer nur Sidonie oder Adrian…woher sollen wir wissen, wie die mit Nachnamen heißen?"

Eine leichte Unruhe liegt in meiner Stimme, wir sind nun so weit gekommen und ich habe keine Lust und Geduld mehr auf weitere Hindernisse. Langsam blättere ich inzwischen nochmals

Seite für Seite durch, in der Hoffnung, auf einen Nachnamen zu stoßen.

Da! Endlich! Im dritten Brief teilt er seiner Frau die postalische Anschrift mit. Triumphierend brülle ich den Namen durch Auto, dass Henrik zusammenzuckt.

„Lamare! ...Henrik, hier steht es...Adrian Lamare...los, lass uns schnell in die Listen schauen."

Henrik Finger wandert die Anfangsbuchstaben herunter...nichts! Kein Lamare. Schnell noch bei den Verwundeten schauen...wieder nichts. Wir gucken uns beide an, bis er mit dem Finger auf den Einband klopft.

„Es gibt jetzt zwei Möglichkeiten, entweder hat er das alles überlebt, was aber der Aussage von Kalli wiedersprechen würde oder..."

Er macht dabei eine kleine Pause, wir denken jetzt Beide das gleiche und ich vervollständige den Satz.

„...oder seine Leiche wurde nie gefunden! Sag mal, in der Auflistung der angetretenen und gefallenen französischen Offiziere fehlten doch 2 Namen – oder? Vielleicht war Lamare einer von ihnen...und der andere vielleicht ein Offizier auf dem Trosswagen?"

Henrik streicht mit seinen Fingern durch die Barthaare.

„Mmh...möglich wäre es...warte, ich habe den Ordner mit den Regimentslisten der Offiziere im Kofferraum, da müsste er ja dann zu finden sein."

Er reißt die beschlagene Fahrertür auf und ein Schwall kühler Luft mit den Geräuschen der befahrenen Straße holen mich zurück in die Welt von heute. Schnell kommt er mit einem Hefter zurück ins Auto.

„...hier ist er! Da, schau her... Korporal der Infanterie A.Lamare, 95.Linienregiment..."

Erleichtert schaue ich über seinen Arm auf die kopierten Offizierscorps-Listen des Regiments Pecheux.

„Wahnsinn! Was für ein Glück Henrik! so bekommen wir das Puzzle doch noch zusammengesetzt. Dann stimmt die Geschichte offenbar. Jetzt müssen wir nur noch den Schatz finden!"

Wir lachen beide los. Es ist ein Lachen der Befreiung und der Aufregung. Niemals hätten wir zuvor gewagt daran zu glauben, dass wir dieses Abenteuer mit ein paar gefundenen Bleikugeln beginnen würden und dass es womöglich so spektakulär enden würde.

„Nächstes Wochenende! Lass uns früh los, dann sind noch nicht so viele Leute auf den Beinen...was hältst du von Samstag 5.00 Uhr bei mir?"

„Geht in Ordnung Henrik, ich bin rechtzeitig da!"

Ich will mich gerade von ihm verabschieden, da tippt er mich im Aussteigen auf die linke Schulter.

„Übrigens hat mich gestern der Lars angerufen und gefragt, wann wir denn mal zusammen Suchen gehen wollen. Ich hab ihm gesagt, dass ich vorher mit dir spreche..."

Er lässt eine kleine Gedankenpause.

„...was machen wir denn jetzt mit ihm? Sollen wir das Geheimnis mit ihm teilen?"

Ich lasse mich wieder zurück in den Sitz fallen und versuche nachzudenken.

Dann kommt mir eine Idee. „Ich hab`s! Ich sehe gar nicht ein, dass er von unseren neuen Erkenntnissen erfährt. Wir treffen uns mit ihm am Samstag einfach später und sagen, dass es uns vorher nicht passt. Wenn wir schon mal da sind, können wir einfach am Nachmittag ganz woanders mit ihm suchen, damit er keinen Verdacht schöpft. Was meinst Du?"

„Klingt vernünftig, ich sehe das ähnlich wie du. Also bleibt es bei 5.00 Uhr bei mir und dem Lars sage ich, dass wir uns um 13.00 am Denkmal treffen."

Ich klopfe ihm überschwänglich auf die Schulter.

„Mensch Henrik! Was für eine Geschichte…das wird noch eine lang gefühlte Woche für uns!"

Der Nebel hat sich wie ein weißes Tuch über die Landschaft gelegt. Wie ein schmutzig, weißes Leichentuch bedeckt es das, was noch übrig geblieben ist von den Resten einer Armee. Die matte Scheibe der Sonne hatte sich verabschiedet und war hinter dem dunklen Band des Waldes verschwunden.

Das ist auch gut so, denkt der französische Soldat, der hungrig und benommen, mit dem viel zu schwer gewordenen Gewehr in der Hand, über die morastige Wiese humpelt. Alois geht etwas vorweg und sichert vorsichtig in alle Richtungen. Jacques trottet hinter ihm her. Es ist ihm gleichgültig geworden, was jetzt passiert. Wie ein Hund bei seinem Herrchen, schleicht er ihm einfach hinterher.

Es war gut, dass sie bis zum Abend gewartet haben, denkt er. Auch wenn ihn der Hunger noch so sehr plagt. Das letzte Stück Brot hatte er am Morgen der zweiten Schlacht zu sich genommen, Alois hatte den Rest mit ihm geteilt. Brüderlich, väterlich. Jetzt ging er vor ihm her und Jacques ergab sich seinem Schicksal.

Am Tage hatte er immer öfter Lichtblitze vor seinem inneren Auge gehabt und er hatte Dinge gesehen, die es gar nicht gab. Marie stand vor ihm auf der Wiese, mitten im Rauch der Schlacht und er antwortete ihr so laut, dass Alois ihn beruhigen musste, um keinen Verdacht zu schöpfen.

In dem Dunst, der sie jetzt beide umgibt, sieht er in einiger Entfernung drei Fackeln tanzen. Er glaubt wieder zu träumen und versucht Alois etwas zuzurufen, doch seine Stimme versagt. Sein Gaumen ist zu trocken. Er öffnet nur seinen Mund und eine Verzweiflung steigt in ihm auf. Da dreht sich Alois um, er geht in die Hocke und zeigt ihm, dass er ruhig sein soll.

Vorsichtig kriecht der französische Soldat heran.

„Pssst...es sind Plünderer! Oft sind sie bewaffnet. Die schrecken vor nichts zurück! Vor Bautzen habe ich einmal welche erlebt. Sie haben selbst den Verletzten noch bei lebendigen Leibe die Zähne gezogen, da die sich gut verkaufen lassen!"

Wut steigt in ihm hoch...Ekel und Wut. Also gut, das kann er noch, denkt er, er kann noch fühlen, es ist also noch ein Funken Leben und Anstand in ihm. Alois fuchtelt mit seinem Gewehr durch den Nebel.

„Verfluchte Bande! Am liebsten würde ich ihnen einen vor den Latz knallen! Diesen Bastarden! Aber wir dürfen uns nicht verraten..."

Er fasst unter Jacques Achsel, um ihn aufzuhelfen.

„...wir müssen weiter, folge mir einfach..."

Sie schleichen weiter über den Grund und kommen an Bergen von Toten vorbei, viele von ihnen sind fast komplett ausgezogen und geplündert, fast keiner der Toten hat noch einen Stiefel an. Es ist ein Bild des Grauens und der Schande. Wie Raben, die Vögel des Todes, haben sich die Plünderer über die Gefallenen hergemacht.

Dann knallt plötzlich ein Schuss über das Feld und das Echo schlägt ihnen vom Waldrand zurück. Schnell sind sie wieder in die Hocke gegangen und Jacques kann beobachten, wie sich zwei der Fackeln schnell entfernen und hektische Rufe laut werden. Wie ein Scherenschnitt sieht er die Umrisse von zwei Reitern, die im wilden Galopp den Lichtern nachreiten.

Richtig so! Denkt er, gebt es ihnen, auch wenn es der Feind ist! Sie warten noch einige Minuten, da will sich Alois gerade wieder erheben, als die Reiter wieder sichtbar werden!

„Schnell! Leg dich flach hin und stelle dich tot! ...Merde!"

Er lässt sich einfach hinplumpsen, inmitten der nackten toten Leiber, mit dem Gesicht zur Erde und rührt sich nicht. Nur das Zittern, das verdammte Zittern, denkt er. Nicht jetzt! Das Getrampel wird lauter und der Boden der Wiese vibriert leicht unter ihren Hufen. Das Zittern, ich will nicht Zittern! Sein Zittern wird zu einem Schütteln und er zwingt sich. Der französische Soldat drückt sein Gesicht hinein, in das weiche Gras, in die kühle Erde. Und er riecht das Blut, das viele Blut, dass diese

Erde aufgenommen hat. Es würgt ihn, doch er presst sich weiter an dieses grässliche Stück Erde.

Jeden Moment fürchtet er, entdeckt zu werden, doch die Pferde preschen schnaufend an Ihnen vorbei und mit ihnen verliert sich das Trampeln im Nebel, in die einbrechende Nacht.

Als es wieder ruhig geworden ist, stehen sie auf und ziehen weiter, vorbei an aufgeblähten Pferdebäuchen und an den Resten eines der französischen Karrees, die den Angriff offenbar am längsten standgehalten haben. Die Franzosen haben die Verwundeten einfach in deren Mitte, wie bei einem Verbandsplatz niedergelegt und notdürftig versorgt, während sie die Toten zu einer schützenden Mauer um sie gestapelt haben.

Eine schützende Wand aus menschlichen Leibern, Jacques mag gar nicht hinsehen, wie sie aus dem Nebel einen Meter aufsteigt. Schüchtern schaut er weg, er will nur weg von hier und sein Alois soll ihn rausführen.

14

Eng schlingen sich Leonores Arme um Moritz Hüfte, sie hatte sich schon fast aufgegeben in der Gefahr, in der sie sich befand. Er muss ein Auge auf mich geworfen haben, denkt sie, wie konnte er mich nur in dem Schlachtgetümmel finden. Noch fester greifen ihre zarten Hände um die kurze Husarenjacke, noch etwas wohler fühlt sie sich in seiner Nähe.

Ihr Husarenleutnant lenkt das Pferd geschickt durch das Schlachtfeld, in respektvollen Abstand zu den feuernden Karrees der Franzosen. Längst schon haben auch andere Verbände den Weg zu den Franzosen gefunden und verwickeln diese nun in heftige Kämpfe.

Im vollen Galopp prescht er die letzten Meter über die Wiese, um dann mit einem gewaltigen Sprung seines Rappen in die Sicherheit des Waldes zu setzen. Mitten auf dem großen Waldweg lässt er halten und beordert seine Begleiter mit einem Gruß des Dankes zurück aufs Schlachtfeld. Dann gibt er ihr einen Klaps auf die Schenkel mit den Worten.

„So, meine kleine Trommlerin, die so mutig durch die Reihen geritten ist. Jetzt bringe ich dich erst einmal zum Biwak, damit du etwas gutes zu Essen und Trinken bekommst und für dich gesorgt wird. Hast du irgendwelche Blessuren davongetragen?"

Wütend darüber, wie ein kleines Mädchen behandelt zu werden, tritt sie mit ihrem Stiefel gegen seinen Allerwertesten und springt beherzt vom Pferd.

„Behandle mich nicht immer so, ich bin dir ja recht dankbar für die Rettung aber ich kann genauso viel aushalten, wie deine Spießgesellen!"

Sie holt tief Luft und pustet ihre kleine braune Locke zwischen ihren roten Wangen beiseite.

„...außerdem hättest du mich sehen sollen, wie ich gegen die Franzmänner gefochten habe! Keinen Stich konnten sie landen, nur meinen lieben Braunen haben sie verwundet, diese feigen!"

„Na, Madame Lenz! Nun sei nicht so bös zu den Franzosen, sie erwehren sich nur ihrer Haut und wir haben ihnen heute Morgen übel mitgespielt.

Die letzten Meter durch den Wald gehen sie nebeneinander zu Fuß, Moritz möchte seinem Pferd etwas Ruhe gönnen und so kann er sich ganz nebenbei viel besser mit ihr unterhalten. Der Lärm des anhaltenden Gefechtes dringt bis an ihre Ohren und macht sie beide etwas betroffen.

„Moritz...wird dies das letzte Treffen gegen die Franzosen sein? Überall im Land sind nun endlich die Deutschen mit ihrem viel zu zögerlichen König aufgestanden, um die Herrschaft unter diesen napoleonischen Bastard zu beenden. Was wird denn aus uns werden, wenn wir diese Schlacht für uns entschieden haben?"

Er streicht mit seiner flachen Hand über die warme Flanke seines Rappen und dreht sich dann zu ihr um.

„Sollte Napoleon nach dieser Schlacht, den Norden unseres Landes aufgeben, wären wir ihn und seine Bagage los und könnten ihn aus unserem Vaterlande zurück nach Paris jagen, wo er hergekommen ist. Aber daran will ich noch nicht so recht glauben..."

Dann ergreift Moritz wortlos ihre Hand und legt sie auf sein Herz. Sie will sie erst wegziehen und fürchtet, dass er im Halbdunkel der Blätter ihre leicht erröteten Wangen sehen könnte. Doch dann bleibt sie einfach stehen, zieht ihren Husarenleutnant mit der anderen Hand zu sich heran und küsst ihn inmitten das verdutzte Gesicht, auf den Mund. Er drückt sie fest an sich und scheint sie gar nicht loslassen zu wollen, während sich ihre Lippen ineinander saugen. Bis er einen festen Stoß gegen sein Schienenbein erhält.

„Dass Du immer über die Stränge schlagen musst, Du...Du ungehobelter!"

Wütend schubst sie ihn von sich und ihre Augen funkeln böse.

„Lass nur einen deiner Kuriere jetzt erscheinen..."

Er streift seine Husaren-Tunika zurecht und ergreift die Zügel seines Pferdes, die lose an der Trense herunterbaumeln.

„Du hast ja recht, der Ernst der Lage verbietet uns so etwas jetzt...da hinten wird gestorben und wir necken uns hier!"

Schweigsam gehen sie weiter und erreichen das Biwak. Sie hören es schon von weitem, an dem Schreien und dem Wimmern der vielen Verwundeten, die zum Abtransport ins Göhrdeschloss warten.

Entsetzt geht ihr Blick über die notdürftig aufgebahrten verletzten Soldaten, wie sie dort liegen und auf Behandlung warten. Es sind in der Masse Schuss und Stichverletzungen, sie weiß, bei unsachgemäßer Behandlung kann selbst ein Streifschuss zur Amputation führen.

Sie kniet sich gerade zu einem Füsilier herunter, um ihm etwas Wasser zu bringen. Er hat einen Schuss in den Unterleib bekommen und scheint ein heftiges Wundfieber zu haben. Sein Gesicht ist blass und schwitzig und seine strähnigen, dunklen Haare kleben ihm auf der Haut. Mit seiner blutverkrusteten Hand greift er plötzlich nach Leonores Ärmel.

„...du musst es ihr sagen! Du musst es ihr sagen! Versprich es mir Kamerad! ..."

Seine Stimme ist schwach und Leonore muss sich ganz tief zu ihm herunterbeugen, um ihn verstehen zu können. Doch sie versteht nicht.

„Was soll ich ihr sagen? Wen meinst Du?"

Ganz schwach spürt sie seinen Atem, der wie ein leichter Windzug an ihr Ohr streicht. Dann spürt sie es. Sie merkt, wie sein Leben aus ihm herausrinnt, wie sein Flüstern schwächer wird und die Kraft aus seinem Körper schwindet. Erschrocken weicht sie zurück und schaut in seine starren Augen, aus denen jeder Glanz verschwunden ist.

Müde und leer erhebt sich Leonore wieder. Fühlt es sich so an, wenn man Rache genommen hat? Was würde ihr Vater von ihr denken, wenn er sie hier so verdreckt und blutbefleckt sehen würde? Mit der Strähne in ihrem Gesicht, wischt sie sich die quälenden Gedanken beiseite und schaut nach den vielen flehenden Händen, die im Vorbeigehen nach ihr greifen. Hier bedarf es keiner Worte, sie muss helfen, egal wer da jammernd zu ihren Füßen liegt.

Es beginnt zu dunkeln, ihren Hunger und Durst hat sie im Angesicht der vielen Leidenden längst vergessen und sie sieht, wie die Masse des Bataillons von der Schlacht zurückkehrt. Und mit ihnen folgt ein weiterer Strom von Verletzten, die teilweise übereinandergestapelt auf dem harten Brettern der Fuhrwerke liegen und stöhnen. Jede Unebenheit des Bodens wird, sobald die Räder sie erfasst haben, durch ein heftiges Jammern und Wimmern quittiert.

Gerade will sie frisches Wasser und Leinenstoff holen, als Moritz mit schnellen Gang auf sie zugeschritten kommt.

„Jäger Lenz! Machen Sie sich sofort Abmarschbereit!"

Sein Gesicht, dass selbst in aussichtslosen Situationen Zuversicht ausstrahlt, wirkt ihr auf einmal ernst und müde. Bevor ihr fragender Blick ihn erreicht, spricht er mit ruhiger, fester Stimme.

„Wir müssen nochmal zurück auf das Schlachtfeld, nach Verwundeten suchen...es ist unsere Pflicht...du weißt, Plünderer gibt es überall und mancher Kamerad würde die Nacht im Freien nicht überstehen..."

Seine blauen Augen bohren sich musternd in ihr Gesicht, dass vom Schein der Fackeln immer wieder kurz erhellt wird.

„...Amsberg habe ich auch schon mit ein paar Reitern losgeschickt..."

Moritz Blick geht an ihrem Rock herunter.

„...hast Du Deine Pistole geladen? ...und lass Dir einen neuen Säbel aushändigen."

Er zeigt dabei, ohne hinzusehen, auf einen Trosswagen, auf denen die Gewehre und Säbel der Franzosen lustlos gestapelt liegen. Sie möchte ihm etwas antworten und bringt doch kein Wort heraus. Sie möchte ihm sagen, wie sehr sie ihn liebt, wie sehr sie sich in seine Arme vergraben möchte, wie sehr sich ihre Lippen nach den seinen sehnen. Ihre Blicke treffen sich noch einmal und sie weiß Bescheid, sie spürt das Band, dass sie verbindet, unsichtbar und doch so fest.

Der Druck seiner schlanken Finger auf ihren Arm bringen sie zurück in die Welt des Pulverdampfes und des Ringens um ein Stück Land, dass sie zuvor noch nicht einmal richtig gekannt *hatte. Die kleine Welt ihrer Kindheit und ihrer Jugend bestand nur aus ein paar Reetdachhäusern und staubigen Straßen.*

„...und hier...nimm meinen Rappen!"

Er reicht ihr die Zügel und sein altgewohntes Lächeln streicht über seine dreckverschmierten Wangen.

„...und bring ihn mir als Ganzes zurück! Sonst wirst du wieder Trommlerin."

Sie versucht ihn wieder zu treten, doch er weicht geschickt aus. Der Husarenleutnant lässt·sich ein ausgeruhtes Pferd geben und schon rauschen wieder die schwarzen Äste als dunkle Schatten gefährlich nahe an Leonores Kopf vorbei, es ist Eile geboten, denn die Dunkelheit kommt heute schnell und macht die Suche noch schwieriger.

Durch die Dunkelheit blinkt matt das grüne Licht des Weckers. Zweiuhrfünfzig. Leise drehe ich das Plastikgehäuse weg, so dass der grüne Schein auf die hell verputze Schlafzimmerwand wandert.

Ich bin hellwach und versuche mir die Bettdecke bis an die Nase zu ziehen, ohne dass dabei eine Fußspitze herausragt. Meine Hand wandert unter die Decke und trifft auf die warme Haut meiner tief schlafenden Frau. Ich starre in das Schwarz der Zimmerdecke und meine Gedanken beginnen zu wandern.

Sie erheben sich langsam, immer schneller werdend. Schon fliegen sie durch die Nacht, durch die Eichenalleen und gepflasterten Straßen, menschenleer und dunkel, über sandige Feldwege und tiefe Buchenwälder, vorbei an kleinen Bauernhäusern, dessen Giebel schief im Wind stehen, ganz knapp über die Wipfel der knorrigen Kiefern und dann runter stürzend zum Bach. Das Glucksen des Wassers, das Plätschern erfüllt den Raum, immer weiter im rasanten Flug zu den alten zwei Teichen. Das Blinken der Sterne funkelt im Spiegelbild des Wassers. Da! Da steht der mächtige Baum unserer Urahnen. Jahrhunderte hat die Eiche die Launen der Menschen überdauert und den Stürmen und Gewittern getrotzt. Ihre Kronen sind noch voll mit Blattwerk und die vertrockneten Äste wirken wie die schlanken Finger einer alten Frau.

Dann kann ich sie entdecken, im fahlen Licht des Mondes verrichten sie ihre Arbeit. Tief gleiten ihre Spatenblätter in das Erdreich, sie schwitzen und arbeiten wortlos weiter. Die Ärmel ihrer schmutzigen weiß-blauen Uniformen haben sie hochgekrempelt. Manchmal dreht sich einer der Offiziere kurz um, denn sie wollen unentdeckt bleiben im Schatten des Baumes auf einer fremden Erde, in einem fremden Land.

Das Piepsen des Weckers reißt mich aus meinem Traum. Präzise im Takt, mechanisch technisiert und gnadenlos. Ich schrecke hoch. Vier Uhr! Henrik, die Teiche, die Suche…mein Gott, ich habe geträumt.

Etwas enttäuscht steige ich aus der Wärme des Bettes und der schwarze Schopf meiner Frau dreht sich schüchtern zur abgewandten Seite. Schnell ins Bad, Zähne schrubben…mein Traum kommt mir wieder in den Sinn. Ich spüre einen leichten Strom stetig durch meinen Körper fließen. Der Geruch von frischen Kaffee durchzieht die Küche. Ich wäre dann soweit, ich will suchen und finden! Mein Suchgerät ist im Flur an die Wand gelehnt und provoziert mich! Der Toast schmeckt wie Pappe und ich esse ihn nur aus Pflichtbewusstsein. Ein kurzer Blick aufs Ziffernblatt, also los jetzt!

Ein neuer Tag ist ein Geschenk. Ein Geschenk Gottes oder ein Geschenk der Erde. Wenn die Sonne wieder untergeht kann alles schon ganz anders sein, das weiß ich. Träume sind zeitlos doch ein Schatz ist materiell und er braucht die Zeit entdeckt und geborgen zu werden. Wir haben mit Lars ein Treffen um 13.00 am alten Denkmal ausgemacht. Das ist Kilometer vom eigentlich Schatzplatz entfernt.

Letzte Woche haben Henrik und ich über Satellitenbilder den vermutlichen Schatzort eingegrenzt und ernüchtert festgestellt, dass es keine zwei Teiche mehr gibt. Stattdessen gibt es Fischteiche, vermutlich jahrzehntealt. Wir klammern uns an die Hoffnung, dass die alte Eiche oder ein anderer, einzelner Baum dort noch steht. Sollte das Schatzversteck in den Tiefen der Fischteiche sein, hätten wir verloren. Scheu wische ich diesen Gedanken beiseite, als ich vor Henriks Tür stehe.

Henrik ist wie immer pünktlich und steht mit fertig gepackten Sachen bereits an der Garage. Still und leise bepacken wir das Auto, jeder weiß genau, wo etwas hinkommt, damit es nicht klappert oder bei Bedarf schnell griffbereit ist. Wir sind wie zwei Hände, deren Bewegungen koordiniert ablaufen.

Er setzt seine Schirmmütze zurecht, als er auf die Bundestrasse abbiegt, und der Schein der Ziffernblätter spiegelt sich bunt in den Gläsern seiner Brille. Ich genieße das Gefühl, gefahren zu werden, ich kann meinen Gedanken freien Lauf lassen und muss mich nicht auf die Straße konzentrieren. Still fahren wir durch das dunkelgrau der Landschaft, man erkennt schon einzelne Konturen am wolkenverhangenen Himmel und ich drehe meinen Kopf etwas in seine Richtung, ohne mich aus der bequemen Sitzposition zu heben.

„Wie geht es Petra eigentlich? Du hast lange nicht mehr von ihr gesprochen."

Während ich meine eigenen Worte höre, bereue ich es fast schon wieder, dieses Thema angesprochen zu haben. Ohne den Gesichtsausdruck oder den Blick zu verändern, antwortet Henrik.

„...es geht ihr den Umständen entsprechend gut. Gestern war allerdings ein schlechter Tag, Sie musste sich mehrmals übergeben aber wir wissen ja, dass dies alles dazu gehört..."

Im Auto wirkt die Stille plötzlich wie eingefroren.

„...die Ärzte sagen, dass die Chemo bei ihr offenbar sehr gut angeschlagen hat. Aber du weißt ja, wie Ärzte sind..."

Mit einem spöttischen Lächeln wendet er seinen Blick kurz von der Fahrbahn ab.

„...sie verharmlosen gerne. Aber in ein paar Wochen wissen wir mehr."

„Ich wünsche Petra weiterhin alles Gute, sage ihr das bitte von mir. Es wurde rechtzeitig erkannt Henrik, das ist die Hauptsache!"

Ich kenne ihn, er ist einer der Menschen, die nie andere aufgeben würden und als letztes sich selbst.

Während ich nach vorne auf die angestrahlten Mittelstreifen starre, die phosphoreszierend von dem Auto im rasanten Tempo aufgefressen werden, spüre ich wie sich Henrik zu mir umdreht.

„Wie läuft es bei Euch? Hast Du inzwischen mit Ihr sprechen können?"

Ich freue mich, dass er mich das fragt, ich rede normalerweise nicht gerne darüber. Die Menschen um mich herum wollen eigentlich keine wirkliche Antwort, wenn sie einen fragen, wie es einem geht. Sie sagen, „Na, wie geht es dir?" und wenden sich dann auch schon ab. Es ist zu einer belanglosen Floskel geworden, deren Antwort keinen Wert hat. Bei Henrik war es immer anders, bei ihm gab es keinen inflatiösen Wortschatz. Er fragt nur das, was er auch wirklich wissen will.

„Ich habe letzte Woche versucht mit ihr zu reden...aber sie schaltet dann ab oder wechselt den Sender. Mittlerweile leben wir in zwei getrennten Welten, die lediglich durch den gleichen Haustürschlüssel verbunden sind."

Im Stillen bewundere ich seine Ehe, die nun schon länger hält, als ich ihn kenne. Es ist kein Gefühl des Neides, sondern eher ein Gefühl einer Sehnsucht nach Gleichem.

Damals, als ich ihn als 16-Jähriger kennenlernte wuchs er in mir zu einer Art Großen Bruder heran, einem, zu dem ich aufsehen konnte. Es waren die vielen Abenteuer, die er erlebt hatte und deren Geschichten ich eher aus Schatzsucherbücher kannte, als aus dem Mund eines Mannes, der tatsächlich vor mir stand. Ich klebte damals an seinem Mund und lauschte den Erzählungen, den Dingen, die Herzklopfen und Unternehmungslust bei mir auslösten.

Wir redeten damals selten über private Sachen, da sie nicht Inhalt unserer Freundschaft waren. Es war nicht so, dass wir nicht darüber hätten reden können, wir sprangen nur gleich gemeinsam in unsere abenteuerliche Welt, in der wir uns Beide zurechtfanden und uns wohl fühlten und gaben dem anderen Dingen keinen Raum. Privatleben hatte man, es musste nicht darüber gesprochen werden.

Mit dem Älterwerden änderte sich unsere Einstellung. Das Wohl des anderen lag einem am Herzen und damit wuchs das Interesse an dem Leben des anderen.

Mittlerweile ist es so hell geworden, dass ich die verregnete Landschaft um uns herum wahrnehmen kann. Der Dunst des Morgennebels vermischt sich nahtlos mit den feinen Schleiern eines Nieselregens zu einem grauen, dichten Vorhang.

„Henrik, ich konnte heute Nacht kaum schlafen, glaubst du, dass wir ihn finden werden?"

Ich schaue ihn dabei prüfend an, obwohl ich nur eine Antwort hören möchte.

„Ich habe schon so viele Pferde kotzen sehen, so viele Geschichten gehört, die sich im Nachhinein nur als warme Luft herausstellten…"

Er lässt eine kleine Pause, um dann fortzufahren.

„…häufig wollten sich die Menschen nur wichtigmachen, ohne dass sich hinter der Schatzgeschichte irgendetwas brauchbares verbarg…aber diesmal sitzen wir in der Ersten Reihe, haben die Informationen aus erster Hand, schwarz auf weiß! Ich glaube schon Tim, wenn wir an den Ort des Geschehens herankommen, sieht es gut aus!"

„Wie wollen wir Vorgehen Henrik? So, wie wir letzte Woche besprochen haben?"

„Ja, ich versuche das Auto in der Nähe der Siedlung Ventschau zu parken, möglichst dicht am Wald, damit wir kein Aufsehen erregen."

Ich streiche mir mit zwei Fingern über die Augenbrauen.

„Das ist gut, von da sind es keine 300 Meter bis zu den Fischteichen…hast du die Spitzhacke eingepackt, wegen der Wurzeln?"

Henrik zeigt wortlos mit dem Zeigefinger hinter seinen Rücken auf die Kofferraumabdeckung des Kombis. Dann lacht er brummig los.

„…ich habe gestern extra noch einen Fünfliterkanister Wasser eingepackt, wir müssen uns schließlich waschen, bevor wir Lars begegnen, er könnte sonst womöglich noch Verdacht schöpfen."

„Hach Henrik, wie immer der Fuchs. Stimmt, es wäre nicht gut, wenn er uns so verdreckt sehen würde."

Vor der Ortschaft Tosterglope biegen wir rechts von der Hauptstraße ab und ich sehe im grau des Tages den dunklen Wald aufragen, hinter dem sich die Teiche verbergen. Vergessen sind unsere Privatleben, mein Blick gleitet über die Felder und Wälder und im Geiste stelle ich mir vor, wie es hier vor 200 Jahren hergegangen ist. Der Strom fließt wieder in mir, von der Fußspitze bis in die Fingerkuppen. Ein Energiestrom, der meine Glückshormone freisetzt.

Die Automatik des Wagens heult unnatürlich auf, als Henrik den Wagen einige Meter rückwärts in das Unterholz fährt, kreischend kratzt ein Ast des Schwarzdornes an unserer Außenhaut. Für Henrik ist das Auto ein Fortbewegungsmittel, es hat zu funktionieren und das tut es auch mit Kratzern im Lack.

Ohne uns groß aufzuhalten verschwinden wir mit unserer Ausrüstung im Gestrüpp des Waldes, jetzt bloß nicht auffallen.

Sich immer wieder duckend, huschen die beiden Schatten von Deckung zu Deckung. Ein Springen ist Jacques nicht mehr möglich, zu schwach fühlt er sich in seinem Körper.

Bei einem toten Franzosen hatte er eine Feldflasche mit Wein gefunden, die er gierig ausgetrunken hatte, um das Feuer, dass in seiner Kehle brannte, zu löschen. Dann spürte er den Druck in seinem Magen und er musste sich so stark übergeben, dass er fürchtete dabei die Besinnung zu verlieren.

Eine Zeitlang hatte Alois ihn gestützt. Er nahm seine Stimme wahr, die von so weit her klang, konnte sie aber nicht enträtseln, er hörte ihn sprechen ohne zu verstehen, was er eigentlich sagte. Aber der französische Soldat wusste, dass er weiter musste, immer weiter, wenn er am Leben bleiben wollte.

So humpelt er hinter ihm her und nimmt sein Gewehr wie eine Krücke, auf die er sich abstützen kann, wenn seine Beine wieder einmal weich werden sollten. Verbissen heftet er seinen Blick auf

Alois helle Hose und er lässt diesen hellen Fetzen Stoff nicht mehr aus den Augen. Dann, als er sich gerade wieder erheben will, um diese endlose Wiese mit ihren Toten, Bäumen und Büschen zu durchqueren, sucht er diese weiße Fahne der Freiheit und gerät in Panik, weil alles um ihn herum dunkel bleibt.

Eine helle Hand wird plötzlich sichtbar, die ihm zuwinkt. Umständlich kriecht er zu Alois, der in einem Graben an Rand des Weges auf ihn wartet.

„Pssst…höre gut zu! Da vorne vor uns beginnt endlich der Wald, von da an ist es nicht mehr weit nach Bleckede…"

Jacques verfolgt den Weg der Hand und kann verschwommen einen noch dunkleren Streifen am Horizont erkennen. Wieder zucken die hellen Blitze vor seinen Augen, er schüttelt seinen Kopf, der wie in Watte gehüllt ist und versucht sich die grobe Richtung einzuprägen.

„…wir müssen immer noch mit Husaren rechnen, die sich hier rumtreiben…sei also auf der Hut!"

Ein frischer Wind ist aufgekommen, er hält seinen Kopf in den Wind und genießt die Kühle, während sein Halstuch nervös flattert. Der Wind kommt aus Norden, aus Bleckede, er muss ihn einfach nur folgen denkt er sich, dann ist alles wieder in Ordnung.

Und der Wind redet mit ihm, er streicht an seine Ohren und flüstert ihm zu, ganz sanft und mit Ruhe. Wie Marie mit ihm geredet hat. Meine Marie hat die Sanftmut dieses Windes, denkt sich der französische Soldat. Das Flüstern der Luft wird zu einem Wispern von Marie, ach wie sie ihn vermisst…es tut so weh. Er möchte in ihren Arm, um dann zu schlafen. Unsanft stupst ihn Alois an.

„Merde! Jacques! Wir müssen weiter, du darfst hier nicht schlafen!"

Auf dem Sandweg kommen sie schneller voran, vorbei an zurückgelassenen Wagen, deren Pferde regungslos danebenstehen, wenn sie nicht mit zusammengeschossen wurden. Überall versperren Tote oder Trümmer den Weg. Sie gehen darüber hinweg, wie über totes Holz.

Alois stolpert als Erster in das Unterholz der Buchen, bevor er ihn vorsichtig mit hineinzieht.

„Versuche leise zu gehen und vermeide, wenn möglich sämtliches Knacken…ich möchte nicht die Feinde auf uns ziehen!"

Der Wind ist fort und mit ihm Marie. Er fühlt sich etwas besser und das Brennen im Magen hat nachgelassen. Im Wald ist es noch dunkler und die Orientierung fällt ihnen schwer. Immer wieder bleibt Alois vor ihm stehen und lauscht angestrengt in die Dunkelheit. Jacques starrt abwechselnd auf den Boden und zu seinem Kameraden, jeder Meter wird zu einem Unterfangen. Endlich! Der Wind hat die Wolken vertrieben und der fahle Schein des Mondes wirft ein trübes Licht durch die Kronen der hohen Bäume.

„Wir sind hier offenbar richtig…"

Alois zeigt auf ein dunkles Bündel, dass vor ihm auf den Boden liegt und im Schein des Lichtes jetzt sichtbar wird. Der französische Soldat humpelt daran vorbei und erkennt einen Soldaten, der sitzend an einem Baumstamm lehnt. Sein Helm hängt wie sein blasser Kopf schief herunter und ein dunkles Rinnsal, sulzig angetrocknet, wird an dem Ohr des Toten sichtbar.

Erst jetzt erkennt Jacques noch mehr solcher dunklere Klumpen am Boden und ein Grausen überkommt ihn. Soweit er gucken kann, sieht er, wie hingestreut, die Toten liegen. Alois zupft ihn am Rock.

„…die müssen überrascht worden sein, schau dir an wie sie hier liegen, wie niedergemäht. Sie haben sich wahrscheinlich schon in Sicherheit gewähnt, als die Husaren über sie herfielen"

Er zeigt dabei auf einen Toten, dessen Säbel noch gänzlich in der Scheide steckt. Etwas vorsichtiger in die Nacht horchend, schleichen sie weiter über den laubbedeckten Boden dieser Leichenhalle. Dann stutzt Jacques plötzlich. Da liegt Jemand…ein namenloser Toter? Sein Blick geht über den einen der vielen Toten, hält dann plötzlich inne und fällt vor ihm auf die Knie. Da liegt er vor ihm. Also auch er hat es nicht geschafft!

Das kleine graue Bärtchen schimmert im Mondlicht und die matten Augen suchen den Blick in die Ewigkeit. Jacques Finger zittern, er möchte seinem alten Ausbilder, seinem alten Haudegen die letzte Ehre erweisen, doch mit seiner zitternden Hand schafft er es nicht, ihm die Augen zu schließen, die fragend eingefroren sind. Er legt die schon steifen Hände über Kreuz und erhebt sich unter dem rascheln des Laubes wieder...er muss weiter, er muss es wenigstens schaffen. Schwere Wagenspuren kreuzen ihren Weg und Alois hat sich niedergekniet, um sie zu prüfen.

„Jacques, wo schwere Fuhrwerke durchkönnen, haben wir es auch leichter zu marschieren."

Sie folgen den tiefen Spuren, die sie in einen lichter werdenden Wald führen. Doch auf einmal hebt Alois erschrocken die Hand.

„Halt! Pssst! Ich habe etwas gehört, da vorne!"

15

Der metallene Kinnriemen zerrt an ihren Hals, Moritz Hengst ist ein Bündel an Temperament und ungestümer Kraft. „Der Rappe will gut zu mir passen" denkt sie mit einem Schmunzeln, „der bleibt bei mir!" Sie hat sich tief heruntergebeugt, um nicht an einem Ast hängen zu bleiben und drückt ihren Stiefelabsatz treibend in die Flanke des stolzen Tieres.

Sie ist froh, wieder von der Erde losgelöst zu sein, dieser Erde mit nichts außer Blut und Sterbender. Ihre Zweifel sind wie weggeblasen und mit ihr die Traurigkeit, die sie im Biwak so überkommen hat.

Während ihr die Mähne dieses wilden Pferdes ins Gesicht weht, rutscht Leonores Hand prüfend an der Knopfleiste ihres schwarzen Rockes herunter zu ihrem Koppel und ertastet die kurze Pistole. Sie ist an ihrem Platz und hat ihr schon so manchen guten Dienst erwiesen. Mit einem Lächeln muss sie an Moritz Gesicht denken, als sie im Frühjahr auf Anhieb die Scheibe auf Hundert Schritt traf.

Ihrer beider Schatten hebt sich im Sprung wie im Fluge, als sie auf die Wiese, auf das Schlachtfeld hinausreiten. Der Husarenleutnant reißt an seinen Zügeln, dass sein Gaul dabei kurz in die Höhe steigt und mit schnaubenden Nüstern zum Stehen kommt. Leonore tut es ihm nach und nun stehen sie beide mit dampfenden Pferden nebeneinander.

„Schau her Leonore! Da vorne an der Chaussee müssen wir runter reiten und Ausschau halten, wir müssen versuchen, jeden ausfindig zu machen, der noch unserer Hilfe bedarf, hast Du verstanden?"

„Ich mag zwar ein Kopf kürzer sein als du, trotzdem ist nicht weniger Geist darin!"

Bellt sie ihn mit einem Grinsen an und während sie dem Schwarzen die Sporen gibt ruft sie hinaus.

„Also los! Auf ihr stolzen Husaren, mir nach!"

Und prescht im halsbrecherischen Ritt dem Feldweg entgegen. Moritz gibt seinem Pferd mit der flachen Seite seines Säbels einen leichten Klaps auf den Hinterlauf und stürzt ihr besorgt nach.

Leonore hat den Weg schon fast erreicht, als sie die ersten verkrümmten Toten und die Leiber der Pferdekadaver verstreut am Boden liegen sieht. Genau an der Stelle, wo die Karrees der Franzosen standen, nimmt sie mehrere Lichter etwa 200 Meter entfernt wahr und bevor Moritz ihr noch etwas zurufen kann, ist sie in diese Richtung davon galoppiert. Leonores Rappe nimmt schnell an Fahrt auf und im Augenwinkel kann sie erkennen, dass Bewegung in die schaukelnden Lichter kommt.

Schon ist sie an einen heran, die Fackel, das Licht versucht zu türmen! Es sind Plünderer! Schießt es ihr durch den Kopf. Sie beißt sich im Ritt auf die Lippe und versucht umständlich ihren Säbel herauszuziehen. Dann ist der Schatten heran, er trägt eine wollene Kapuze und sie erinnert sich für eine Sekunde an einem Mönch, so wie sie ihn als Kind manchmal gesehen hat, wenn sie mit ihrem Bruder an der alten Kapelle spielen war. All dieses schießt ihr jetzt so sinnlos in der Sekunde der Gefahr durch den Kopf.

Eine große dreckige männliche Hand wird sichtbar und greift nach ihr, nach der Trense des Pferdes, sie sieht das bleckende Gesicht des bärtigen Mannes. Er will die pechumwickelte Fackel an ihr Pferd drücken! Der Rappe wiehert erschrocken los…und steigt sprunghaft hoch, während er mit den Vorderläufen ausschlägt, sie bekommt den Säbel nicht frei und bleibt, während ihr Pferd wild tänzelt, mit der Spitze der Klinge in ihrem Steigbügel hängen.

Ihre Gedanken frieren ein, von jetzt an läuft alles automatisch ab, sie spürt noch den kalten Schweiß auf ihrer Stirn und merkt, wie sich all ihre Muskeln verhärten. Dann befreit sie endlich die Klinge und ihren Fuß aus dem Steigbügel und tritt fest zu. Der sporenbewehrte Stiefelabsatz landet direkt im Gesicht des Diebes. Mit einem markerschütternden Schrei sinkt er zu Boden.

Während Leonore versucht ihr Pferd zu beruhigen, rappelt sich der gestrauchelte Dieb wieder hoch und greift fluchend an den großen Tornister, den er sich umgehängt hatte und der jetzt mit den verstreuten Sachen auf dem Boden liegt. Sie will gerade mit dem Säbel nachsetzen, da sieht sie die Pistole, die er hektisch herausgekramt hat. Geistesgegenwärtig reißt sie die Zügel an sich, so dass ihr Rappe wieder aufbäumt, während er seine Pistole anlegt.

Dann bricht ein Schuss und der Dieb schaut verblüfft, während ihm fast gleichzeitig ein großer roter Strahl aus dem offenen Mund stürzt. Sie begreift nicht und fasst sich an ihren Rock, im Bewusstsein, jeden Moment Blut, ihr eigenes Blut zu fühlen. Doch ihre weiße Hand bleibt weiß und ihr Blick wandert zu ihm, wie er da auf die Knie fällt und sie anstarrt. Seine Hand liegt auf seiner Brust und der dunkle Stoff wird dunkler.

Schon hat Moritz wieder aufgesessen und reitet im wilden Ritt an Leonores Seite, dass die Grassoden durch die Luft wirbeln. Er hat ihn auf 100 Schritt mit seiner Büchse erledigt. Ohne ein Wort zu verlieren steigt er mit rotem Kopf vom Pferd, geht auf den noch knienden Plünderer zu und zieht den Arm mit seinem Säbel ganz durch, so dass der Kopf mit einem Schlag vom Rumpf getrennt wird. Sie schaut schnell weg und erst jetzt wird ihr bewusst, wie knapp die Sache für sie ausgegangen ist.

Der Husarenleutnant zieht die rote Klinge über den Leinstoff des Geköpften und lässt den Säbel wieder verschwinden als er zu Leonore tritt. Ihre Blicke treffen sich ohne ein Wort und sie schaut ihn erst wütend an, als wollte sie ihm sagen, dass sie es auch alleine, ohne ihn, geschafft hätte, doch dann wird ihr Blick gütiger und sie umfasst mit noch zittriger Hand seinen Hals, um ihn zu küssen.

Ein leichter Wind ist aufgekommen und mit ihm weht der süßliche Geruch des Todes über das Schlachtfeld. Langsam traben sie auf ihren Pferden in Sichtweite durch die Dunkelheit und halten noch Ausschau nach Verwundeten. Sie kommen nur langsam voran, da es mittlerweile so dunkel geworden ist, das man aufpassen muss, nicht auf einen zu treten.

Moritz hat sich gerade zu einem verletzten Franzosen heruntergekniet, der einen Stich durch die Lunge bekommen hat und versucht ihn notdürftig zu verbinden. Er versucht ihm mit Händen und Füßen zu erklären, dass er warten soll bis die Fuhrwagen der Wundärzte ihn aufsammeln. Doch der Franzose möchte seinen Arm nicht mehr loslassen. Zum Schluss reicht er ihm einen weißen Fetzen Stoff, mit dem er sich dann bemerkbar machen soll.

Leonore ist von ihrem Pferd abgestiegen, da sie etwas gehört hat. Es klingt ganz dumpf und weit, ein Stöhnen...oder war es nur der Wind? Sie dreht ihr Ohr vom Wind ab und horcht nochmal ganz angestrengt. Da wieder! Ein schweres Atmen und Röcheln. Schnell geht ihr Blick auf den Boden. Überall liegen

Tote, gestapelt, über- und nebeneinander. Als hätten sie sich im Moment des Todes an den Händen gefasst. Die Starre des Todes lässt sie gegen die hellere Wiese unwirklich aussehen. Als hätte man eine Kiste mit steifen Marionetten über eine Fläche gestreut.

Da, wo die Plünderer ihr grausames Werk vollenden konnten, liegen die Sachen zerrissen und zerfetzt neben den halbnackten weißen Körpern der Gefallenen, persönliche Gegenstände, die für sie offenbar keinen Wert hatten, sind achtlos umhergestreut. Sie stellt sich vor...nein sie möchte es sich nicht vorstellen, wie auch sie da hätte liegen können. Nein! Moritz hätte sie gerettet, ganz sicher!

Langsam geht sie in die Hocke und horcht erneut. Da! Von da vorne kommt es! Schnell ist sie wieder hoch und schreitet langsam zwischen den Toten weiter. Jedes Mal, wenn sie aus Versehen einen berührt oder tritt, graust es ihr, es ist so gar nichts menschliches in ihnen.

Das Stöhnen wird lauter und sie scheint eine Bewegung wahrzunehmen. Vor ihr liegen zwei tote Franzosen übereinander...doch das kann nicht sein! Das Bein des einen scharrt hin und her! Leonore spürt ihre Nackenhaare aufsteigen und weicht ein Stück zurück. Das Scharren geht weiter, die Bewegung hört nicht auf, es ist schon eine Mulde in der Erde entstanden, dort, wo das tote Bein sich hin und her reibt.

Dann hört sie Hilferufe, ein Jammern und Wimmern kommt von diesem Leichenberg und erst jetzt sieht sie, dass unter den Toten Jemand um sein Leben ringt. Voller Ekel versucht sie die leblosen Körper wegzuziehen, ein entsetzlicher Gestank strömt in ihre Nase und sie muss mehrmals würgen dabei. Sie sind so schwer und steif und während sie zerrt und zieht versucht sie dabei nicht in ihre entstellten Gesichter zu blicken.

Endlich hat sie ihn frei. Er ist noch ganz jung und hat offenbar viel Blut verloren. Überrascht schaut sie in das sommersprossige Gesicht dieses blonden Jungen. Er ist so glücklich, dass Jemand gekommen ist.

„...ich...ich...ich habe einen Schuss in die Hüfte bekommen...ich ka...kann die...die Ha...Hand nicht wegnehmen."

Stammelt er mit zittriger Stimme und presst die Finger dabei fortwährend auf die blutdurchtränkte Wunde.

„Lass einmal sehen Junge, ich habe frisches Verbandszeug dabei…"

Sie braucht eine Weile, bis sie ihn aufgerichtet und verbunden hat. Sein Blick ist fortwährend auf ihr Gesicht gerichtet und sie kann sich nicht erinnern, einen Menschen jemals so glücklich gesehen zu haben. Moritz ist schon herangekommen.

„Brauchst Du Hilfe Leo….."

„Pssst Leutnant Holzkopf! Nein, brauche ich nicht."

„Gut Jäger Lenz, ich habe schon einen Adjutanten gerufen, er lässt den Wundarzt kommen, sie haben wohl da hinten bei Amsberg noch zu tun. Wir beide werden noch weiter, runter bis zum Gehölz Ausschau halten."

Langsam gehen sie, die Pferde am Zügel, hintereinander her, der Mond bringt ihnen endlich etwas Licht und wirft einen verzerrten Schattenriss ihrer beider auf die Wiese. Lange betrachtet sie den Schatten von Moritz und denkt im Stillen daran, was wäre, wenn dieser Schatten nicht mehr neben ihr gehen würde.

Es sind nur noch Tote, an denen sie vorbeikommen, die zum Teil noch ihre Waffen festgeklammert haben, so schnell ist der Tot über sie gekommen.

„Glaubst Du Moritz, dass wir diese widerlichen Plünderer endgültig vertrieben haben?"

Er geht zunächst wortlos weiter, dann wendet er sich zu ihr um und nimmt vorsichtig ihre Hand.

„Ich glaube, dass sie wiederkommen werden…aber nicht mehr heute Nacht…"

Leonore nickt stumm und drückt dabei kurz seine kräftige Hand.

„…unser General Wallmoden hat uns Offizieren vorhin wissen lassen, dass er uns allen zu unserem Sieg dankt und dass er Vorkehrungen treffen wird, damit am morgigen Tage alle Toten abtransportiert und beerdigt werden können…es besteht sonst große Gefahr durch Seuchen."

Es ist ganz still ums sie, kein Schuss, kein Schrei und kein Wimmern mehr, sie hört das helle Zirpen der Grillen in den Wiesen und Büschen und es erinnert sie an das Zuhause, an die Tage der unbeschwerten Kindheit mit ihrem Bruder.

Sie erreichen die ersten Buchen des Waldes und Moritz drückt einen Busch beiseite, um sein Pferd durchzuführen. Leonore folgt ihm, sie muss sich erst an das Dunkel im Wald gewöhnen.

„Schau....Moritz...schau! Da! ...die ganzen Toten!"

Der Husarenleutnant zieht vorsichtig sein Gewehr von der Schulter und Leonore hört das Einrasten seines Hahnes. Schweigsam gehen sie weiter. Sie lauscht angespannt in die Stille, das Stapfen der Pferde stört sie jetzt, dann flüstert sie.

„...Moooritz...warum so weit? lass uns umkehren, man kann uns so aus 20 Schritt ausmachen!"

Der Leutnant schleicht weiter, als hätte er sie gar nicht gehört. Er starrt dabei auf den Boden. Dann zieht er Leonore am Ärmel der Uniform runter auf den Boden und zeigt auf eine Vertiefung.

„...psst...das sind frische Radspuren...und hier diese Schleifspur...die sind ganz frisch, der Stängel von dem Buchensetzling ist noch heruntergedrückt!"

Kaum haben sie sich erhoben, donnert ein Schuss plötzlich vor ihnen los!

Mit einem Sprung bin ich im schützenden Wald, der mich von der Zivilisation und dem Regen, der etwas zugenommen hat, abschirmt. Aus reiner Gewohnheit schalte ich mein Gerät gleich an. Henrik geht da wesentlich entspannter an die Sache. Während ich immer das Gefühl habe etwas zu verpassen, baut er in Seelenruhe alles zusammen.

Ein neuer Suchplatz ist wie ein frisches Buffet, dessen Speisen noch abgedeckt sind, man möchte sofort losstürmen, um an jeder Seite davon zu naschen. Doch Henrik bremst mich aus und klopft dabei auf das Ziffernblatt seiner Uhr. Eine grobe Richtung wird festgelegt, wir haben nicht viel Zeit und beschließen gleich zu den vermuteten Teichen zu gehen.

Durch den hohen Wald schreiten wir wie durch eine Kathedrale, ein Säulenbau mit Buchenkronen. Im Vorbeigehen schätze ich grob das Alter der Bäume.

„Henrik, was meinst Du, der Wald hat doch früher hier auch gestanden oder?"

Er bleibt vor einem der glattrindigen Riesen stehen und schaut ehrfürchtig nach oben.

„Auf jeden Fall! Der hier hat mindestens 400 Jahre auf dem Buckel."

Der feine Regen dringt durch das Laubdach und benetzt seine Stirn mit einigen Tropfen.

„Lass uns weiter zu den Teichen, die Zeit drängt, wer weiß, wie lange wir zum Auffinden der Stelle dann noch brauchen."

Er hat dabei ein Taschentuch aus seiner Brusttasche gezogen und putzt damit sorgfältig seine Gläser. Es ist ein trüber Tag, die Sonne kämpft vergeblich gegen die dicht verhangene Wolkendecke an, die als Zeichen ihrer heutigen Regentschaft, einen permanenten Regenschleier abwirft, der sich unangenehm um alle freien Bereiche der Haut legt.

Es fröstelt mich ein wenig, ich ziehe die Öse meines Reißverschlusses bis unter mein Kinn und stapfe, ein wenig in mich gekehrt, weiter in Richtung der vermuteten Schatzstelle. Der Boden unter meinen Füßen klingt hohl und ich habe das Gefühl, auf jahrzehntealten Laubschichten zu laufen. Wie tief müsste ich graben, um auf den Grund zu laufen, wie einst die Soldaten vor 200 Jahren?

Nach ein paar hundert Metern lichtet sich endlich der Wald und gibt uns den Blick auf die Landschaft frei. Wir hatten es auf den Sattelitenbildern schon erkennen können, doch so schlimm hatten wir es nicht erwartet.

Vor uns liegt ein Areal in der Größe eines Fußballfeldes, belegt mit einer Anzahl von annähernd rechteckigen Fischteichen. Zum Teil sind die ehemals gradlinig ausgemessenen Teiche über die vielen Jahre versandet, so dass sie schon fast wieder wie alte

Weiher aussehen. Doch die kleinen Pfade, die sie miteinander verbinden, zeigen eindeutig das alte Muster.

Wie ein Meteoritenschauer streicht der Regen über das dunkle Wasser. Teichrosen haben grüne Tupfer auf die Flächen gezaubert und einzelne Trauerweiden angeln mit ihren tiefhängenden Ästen darin.

Wir stehen beide nebeneinander und versuchen, uns einen Plan zu überlegen, unser Blick huscht über die zahllosen Sträucher und Bäume, wir suchen etwas Bestimmtes...einen großen alten Baum. Wir gehen über die Wege zwischen den Teichen, gucken nach links und rechts, es mögen an die Zehn Teiche sein.

Meine Jacke weicht langsam auf, kleine Äste schlagen mir nass und stachelig ins Gesicht. So habe ich mir die Schatzsuche heute nicht vorgestellt. Henrik kommt mir entgegen, er sieht ernst aus.

„Tim, das kannst Du hier so vergessen. Wir haben keinerlei Anhaltspunkte. Hier gibt es keinen Baum, der älter als 50 Jahre ist. Außerdem, wer weiß, was passierte, als die Menschen damals die Fischteiche ausgehoben haben. Bei den Erdarbeiten könnten sie doch locker darauf gestoßen sein?!"

Ich schaue ihm in die Augen und weiß, dass er recht hat. Wütend darüber, greife ich nach einem Kiesel und schleudere ihn voller Kraft in eines der Becken, worauf das Seerosenblatt einen Hüpfer macht. So schnell möchte ich nicht aufgeben und wende mich frustriert an Henrik.

„Egal, dann lass uns doch auf jeden Fall, die Umgebung genau absuchen, vielleicht ist die damalige Beschreibung nur vage gewesen oder der alte Teich wurde später trockengelegt oder wer weiß was..."

Henrik nimmt den langen Spaten wieder vom Boden auf.

„Natürlich, wir sollten jeden Meter absuchen, den wir hier absuchen können!"

Ich fange an, den Rand nördlich der Teiche abzusuchen, Henrik geht dafür in südliche Richtung, wir wollen uns dann nach spätestens zwei Stunden hier, in der Mitte der Fischbecken wieder treffen.

Jetzt bin ich wieder allein, mit dem Regen, den Teichrosen und den Gedanken, dass dieses Abenteuer gerade so glitschig wird, wie mein durchnässter Spatenstiel. Ich umgehe den nördlichsten Teich, stehe dabei noch im Wald und lasse die Suchspule auf den Laubboden gleiten.

Es bleibt ruhig im Kopfhörer, ab und an klopft ein Tropfen auf die Plastikummantelung der Ohrmuscheln und es klingt mir im Kopf wie der Takt zu einer bekannten Melodie. Ich zwinge mich zur Konzentration, jedes Signal, sei es noch so schwach, ist jetzt hier von Bedeutung.

Mein Blick gleitet über den Boden, alles ist ebenerdig, vereinzelt einige Buchen, auch ältere, ansonsten nichts Besonderes. In meiner Sonde bleibt es ruhig und ich gehe pendelnd, langsam weiter. Dann komme ich an eine Art Kante. Der Boden fällt etwas ab, ich freue mich, da ich hier nur kleinere Birken und Sträucher sehen -und aufgrund des geringeren Laubes besser suchen kann. Erst jetzt fällt mir auf, dass hier überhaupt keine älteren Bäume stehen. Da ich keinen Zentimeter auslassen will, habe ich den Bodengrund, geistig in ein Plangitter zerlegt und laufe die Quadrate jetzt Stück für Stück ab.

Bahn für Bahn ziehe ich wie altbewährt meine Runden. Plötzlich ein Signal! So laut, dass ich mich inmitten der gewohnten Ruhe fast erschrecke. Augenblicklich ist das Adrenalin wieder im Blut. „90" steht auf dem Display, während ich mit dem Fuß den schweren, morastigen Boden beiseiteschiebe. Schnell nochmal darüber, immer noch die gleiche Zahl. Ich werde langsam nervös und steche den Spaten vorsichtig in die Erde und kippe einen dunklen, fast schwarzen Klumpen verkehrt herum vor meine Füße. Wieder schwingt mein Orakel, mein Teller über die aufgeworfene Erde. Es ist darin!

Ich lege mein Gerät vorsichtig beiseite und knie mich zu meiner Fundstelle herunter. Unangenehm spüre ich die Nässe durch den Stoff sickern. Die Hände durchkämmen den feuchten Schlick und bleiben an etwas Gezacktem hängen, schnell ziehe ich es heraus. Mein Gott! Es ist Gold! Goldblech genauer gesagt, es ist ein Christliches Kreuz aus Gold, nur an der oberen Ecke, da, wo die Öse war, ist ein Stück abgerissen.

Ich bin außer mir vor Freude. Goldfunde sind immer selten und dann gleich so etwas Persönliches hier zu finden, ist eine kleine Sensation. Vorsichtig wische ich das Kreuz leicht an der Hose, um nach einer Inschrift oder ähnlichen zu gucken. Ich kann nichts erkennen und verpacke den Fund in einige Taschentücher, bevor er in meiner Brusttasche verschwindet.

Instinktiv drehe ich mich um, wie gerne würde ich jetzt Henrik Bescheid geben. Doch ich sehe ihn nicht, er sucht auf der anderen Seite und ich beginne weiter meine Hälfte akribisch genau abzusuchen.

Der Regen wird stärker und er stört mich nicht, er kann mir nichts mehr anhaben. Ich nehme ihn nicht wahr, er kühlt meine heißen Wangen, denn das Schatzfieber hat mich gepackt! Die Ziffern auf dem grün beleuchteten Display verschwimmen unter dem Regen, der nun auf mich niedergeht. Egal, ich habe meine Ohren sensibilisiert und starre auf den Morast vor mir.

Es wird immer schlimmer, der Boden gibt langsam nach und meine Schuhe, die inzwischen wie die Stiefel eines Raumanzuges aussehen, lassen sich nur mühsam wieder aus dem grauen Brei ziehen. Ich will mich gerade umdrehen, da passiert es.

Ich habe den Teller noch nicht wieder richtig auf den Boden gesetzt, da brüllt mein Gerät los. „92" Mit der Hand wische ich über das tropfende Plexiglas und wiederhole die Zahl im Geiste…Zweiundneunzig!

Ich wische nicht mehr mit dem dreckverklumpten Stiefel, sondern drücke das Blatt des Spatens tief in den Brei. Der Spaten wird so schwer, dass ich ihn kaum rausziehen kann. Der Teller fliegt über das Loch, ich habe eine Ahnung, eine ganz leichte Ahnung. Richtig! Es ist alles noch tiefer. Weg mit dem Gerät, los nochmal den Spaten rein. Wie der Boden gluckst und ächzt, als wollte er den Fund für sich behalten. Ich hebe ein Loch in der Größe eines Kleinkindes aus und das Gerät bestätigt nur das, was ich tief im Inneren schon fühle. Er liegt noch drin! Ich bin besessen! Es gibt nur noch das Loch, der Spaten und ich. Meine Arme schmerzen, der Dreck klebt wie Flüssigbeton und meine Stiefel sind schon bis zur Hälfte eingesunken. Es gibt plötzlich keine Zeit mehr, keinen Raum um mich. Ich löse mich aus meinem Körper und sehe mir beim Graben zu. Das völlig verschmierte Gerät quäkt über dem riesigen Loch, dass sich zu meinen Füßen auftut. Es dröhnt in gleicher Lautstärke, wie zu Beginn. Ich muss, verdammt nochmal noch tiefer. Ich bin im Rausch und werde aggressiv, es muss doch ein Ende haben!

Dann stoße ich auf etwas Festes und greife hinein. Holz! Altes Holz, einzelne Bretter, morsch, weich und vergammelt. Ich werfe sie daneben und dann stößt das Blatt auf Metall! Es stößt auf Metall! Ich falle ins Loch und grabe, ich schaufle mit beiden Händen. Ich sehe Metallbänder, wie bei einer Kiste…mein Gott, Henrik! Henriiiik!! Ich höre mich, seinen Namen rufen, in den Wind, in den Regen. Henriiiik!

Der Schlag auf meinen Kopf kam plötzlich, so unglaublich schnell und unvermittelt. Mein Geist war nicht bereit dafür. Ein Sack voll heller, gelber Sterne ergießt sich über mir. Dann wird es schwarz, so dunkel, ich falle ins bodenlose und fühle nichts. So finster wird es um mich.

Sie sind beide in die Hocke gegangen und horchen auf das Geräusch, dass ihnen der Wind in unregelmäßigen Abständen zuträgt. Es sind Stimmen, raue Männerkehlen und Louis bedeutet ihm, wachsam zu sein, da sie nicht wissen, ob es sich um Preußen oder Russen handeln könnte.

Der französische Soldat empfindet längst keine Unruhe mehr oder Angst. Es ist ruhig in ihm geworden, sein Geist hat sich seinem Schicksal ergeben und sein Körper tut das was notwendig ist, um am Leben zu bleiben.

„Es sind Unsere! Ich bin mir sicher…ich kann genau hören, wie sie unsere Sprache sprechen!"

Triumphierend ist Alois plötzlich aufgestanden und hilft seinem Kameraden auf die Beine. Vorsichtig gehen sie durch das raschelnde Laub und können ein schwaches, flackerndes Licht erkennen, dass die Äste und Stämme als schwarze Konturen scharf abgrenzt. Jetzt kann auch Jacques die Worte seiner Muttersprache verstehen, doch das was er vernehmen kann, lässt ihn aufhorchen. Es ist ein schwacher Instinkt, den er in sich trägt und der ihn jetzt warnt.

Der Wald lichtet sich und sie stehen vor einer Senke, die sich als große Fläche im Dunkel verliert. Fast gleichzeitig schauen sie runter auf die kleine Laterne, in der flackernd eine Flamme ein schwaches Licht spendet. Sie ist an einem Wagen befestigt, der mit einer Plane bespannt, halb schief im Morast steckt. Drei der

Zugpferde sind abgeschirrt und stehen Meter davon am Wald, teilnahmslos, auf der Suche nach ein paar Gräsern und grünen Blättern. Ein viertes liegt als regloser Schatten auf dem Sumpf. Die hinteren Räder sind bis zur Hälfte versunken und Jacques kann sich denken, was sich hier abgespielt hat.

Alois zeigt wortlos auf die beiden Männer, die nur mühsam vom Licht der Lampe beleuchtet, miteinander wild gestikulierend streiten. Sie stehen hinter dem Fuhrwerk, so dass Jacques sie aus seiner Position zunächst nicht erkennen konnte. Heftig reden sie aufeinander ein und er kann sehen, dass einer der beiden Offiziere plötzlich an das Koppel des anderen greift und ein langen spitzen Gegenstand heraus zieht. Alois ruft ihnen zu.

„Non! Ce n`est pas!! Non!"

Nichts! Die Männer tun so, als hätten sie nichts gehört. Auch Jacques bleibt stumm, unfähig etwas zu tun lässt er das Schauspiel vor seinen Augen ablaufen. Schon hat der eine Offizier den anderen gepackt, zieht den spitzen Gegenstand jäh in die Höhe und rammt ihm das Bajonett quer durch die Brust, dass dieser mit einem Schrei zusammensackt.

Alois, der inzwischen dem Geschehen ein paar Meter zugelaufen ist, hat sein Gewehr hochgenommen und ruft dem französischen Offizier zu.

„Herr Offizier! Was ist passiert...mon Dieu...was ist nur passiert...!"

Er kommt nicht dazu, seinen Satz zu Ende zu sprechen, da knallt auf einmal ein Schuss los, eine graue Pulverwolke stiebt an der Laterne vorbei und verdunkelt für einen Moment die Szenerie. Alois bleibt ruckartig stehen, verharrt für einige Sekunden und dreht sich dann zu Jacques um, der einige Meter hinter ihm steht. Überrascht ist sein Blick.

„Warte mein junger Freund...warte ganz kurz, ich muss mich etwas ausruhen!"

Jacques ist hellwach, seine Lethargie ist verflogen und er starrt abwechselnd auf die Pistole, des im Hintergrund stehenden Offiziers und auf Alois, der sein Gewehr fallen gelassen hat. Er sieht die Brust seines Freundes, die sich schnell dunkel färbt und er sieht seine Hand, die sich nach seiner auszustrecken versucht.

Schon ist er bei ihm und stützt ihn, während sie beide auf die Knie sinken.

Sein Freund wird schwer und er legt ihn vorsichtig auf die dunkle Erde. Ihre Blicke finden zueinander und er spürt einen Schmerz, der ihn dabei durchfährt. Einen kurzen Moment hat er noch ihm Lebwohl zu sagen und er drückt dabei seine Hand fest in die seine.

Es kommt keine Träne bei ihm, obwohl Schmerz und Wut rasend sind. Seine Seele ist abgestumpft für Emotionen. Sie waren Kameraden, waren Freunde geworden...wozu sind Soldaten da...zum Leiden und Sterben? Er weiß nicht mehr wie es war, ein Mensch zu sein, weiß nicht mehr wie man fühlen muss, wenn man ein Mensch ist.

Der junge Franzose Jacques, der, der so gerne gelacht und geliebt hat, ist gestorben da draußen im Pulverdampf. Sachte bettet er den Körper seines Kameraden auf den weichen Boden.

Er weiß was zu tun ist. Sicher steht er wieder auf den Beinen, das bleierne Gefühl ist wie weggewischt und seine Hand umfasst mit festem Griff den Handschaft seiner Muskete. Voller Hass fixiert sein Blick den Landsmann, der inzwischen wie eine Katze auf den immer tiefer sinkenden Wagen gesprungen ist und sich anschickt, die Pistole nachzuladen.

Jacques geht auf ihm zu, im Halbdunkel der Laterne, fünft Meter trennen die beiden Männer noch, er hebt sein Gewehr und spannt den Hahn, ohne den Blick von ihm abzulassen. Noch vier...er spürt die weichen Moorschollen unter sich und stakt weiter auf ihm zu, sein rechtes Auge zielt über den Lauf seines Gewehres...er sieht sein Gesicht, das Gesicht eines Mörders und drückt ab!

Ein Zischen auf der Pfanne des Gewehres, ein Blitz. Der Knall betäubt sein Gehör, der Kolben drückt in seine Schulter. In einer Blutwolke fliegt der Offizier rücklings vom Wagen, kleine Fetzen menschlichen Fleisches prasseln an Jacques Waffenrock. Die Laterne schaukelt noch etwas im Schuss, dann ist alles wieder ruhig.

Der französische Soldat dreht sich um, geht vorbei an seinem toten Kameraden. Sein Blick fällt ein letztes Mal auf seinen Freund.

„Lebe wohl Alois, ich muss weiter und werde dich nicht vergessen!"

Jacques wendet sich ab, seine Hand umfasst liebevoll das Kreuz um seinen Hals, als er mit sicherem Schritt auf die feste Kante des Waldbodens tritt.

„Marie...es wird endlich alles gut. Jetzt komme ich zurück zu dir."

Der französische Soldat will gerade zurück in den schützenden Wald, da! Ein Schatten vor ihm! Und er spürt, für den kurzen Bruchteil eines Augenblickes, dass er einen furchtbaren Fehler begangen hat! Zu spät!

Jacques sieht diesen hellen, gelben Blitz, so grell und nah. Der Krach in seinem Kopf ist so laut, dass er das Gleichgewicht verliert. Er fällt...sein Körper schwebt hinauf in den Lärm. Alles fällt von ihm ab, zurück auf die Erde, wie er da so schwebt. Er spürt weder Schmerz noch Hunger oder Durst. Ein Gefühl der Ruhe und des Friedens fließen durch seinen Körper, während er in das Licht über die Wipfel der Bäume gleitet. Durch die Nacht, durch die Eichenalleen und gepflasterten Straßen, menschenleer und dunkel, über sandige Feldwege und tiefe Buchenwälder, vorbei an kleinen Bauernhäusern, dessen Giebel schief im Wind stehen, ganz knapp über die Wipfel der knorrigen Kiefern und dann runter stürzend zum Bach an der alten Mühle. Das Glucksen des Wassers, das Plätschern erfüllt ihn, immer weiter im rasanten Flug zu dem alten Teich. Das Blinken der Sterne funkelt im Spiegelbild des Wassers.

Dann sieht er sie stehen. Ganz weiß und weich ist ihr Gesicht, so hell und blendet doch nicht. Marie reicht ihm ihre zarte Hand und lächelt ihn an. Er streckt seinen Arm nach ihr aus und das Licht und der Frieden werden eins mit ihm.

16

Moritz und Leonore zucken zusammen. Der Schuss kam aus dem
Dunkel des Waldes vor ihnen. Wie bei einem Blitz wurden die
Bäume durch das Mündungsfeuer kurz erhellt und sie konnten
erkennen, dass es noch über 100 Schritt von ihrer Richtung
entfernt sein musste.

Leise und vorsichtig binden sie ihre Pferde an, um kein Aufsehen
zu erregen und schleichen mit etwas Abstand nebeneinander
unter dem blassen Weiß des Mondes weiter. Jeder Schritt mit
einem leichten Rascheln und Leonores Anspannung wächst bei
jedem Meter. Sie schaut etwas nervös zu ihrer linken Seite, dort
wo Moritz Schatten sich von der Silhouette der Bäume abhebt
und sieht, dass er auf gleicher Höhe folgt.

Früher hatte sie nie Angst in der Dunkelheit gehabt, manches
Mal weckte sie als Kind ihren Bruder, um sich dann mit ihm
heimlich aus dem Fenster des elterlichen Hauses zu schleichen,
vorbei an den Stallungen ihres Vaters, hin zu der alten Kate am
Ende des sandigen Weges. Viele Jahre war sie schon verlassen
gewesen und längst hatten die Unbilden des Wetters, Teile des
einstigen Reetdaches abgedeckt. Ganz oben, unter den Sternen
hatten sie sich mit Stroh und alten Leinensäcken ein Lager
gebaut. In der Asche geröstete Kartoffeln und Brot hatten sie
eingepackt. Dann lagen sie still nebeneinander, schauten in die
grenzenlose Weite des funkelnden Nachthimmels und sie
erzählte ihren Bruder immer die spannenden Geschichten
griechischer Sagen, von Göttern, Halbgöttern und unheimlichen
Fabelwesen, bis sie dann, eng umschlungen, manches Mal
einfach einschliefen. Aber nie hatte sie Angst gehabt, bis an den
Tag, wo es mit ihrem Vater geschah und sie sich im Dunkel
hinter dem Küchenschrank verstecken musste, weil die
Franzosen kamen. Seitdem mied sie die Schwärze der Nacht, in
der sie sich fortan blind und schutzlos fühlte.

Sie sah nicht seinen Blick, spürte aber, dass Moritz über sie
wachte und das gab ihr Halt und machte sie manches Mal
leichtsinnig und übermütig. Diesmal war es anders, ihre Nerven
waren seit der Schlacht angespannt, sie hatte seit Tagen nicht
richtig geschlafen und die schrecklichen Erlebnisse waren in ihr
noch nicht verarbeitet.

Etwas nervös fingerte sie an der Reiterpistole, die sie mit leicht vorgehaltener Hand durch den Wald führt. Sie halten beide kurz inne, als sie den Lichtschein hinter den Bäumen erkennen, ein mattes gelbes Licht, gleich…noch 20 Schritt vielleicht und Moritz deutet mit der ausgestreckten Hand in diese Richtung.

Dann lässt sie der zweite Schuss zusammenfahren! Instinktiv gehen sie in die Hocke und Moritz zeigt an, dass er einen Bogen nach links machen will, um die sich öffnende Fläche zu umgehen.

„Geh du geradeaus."

Winkt er ihr zu. Leonores Augen sind auf seine Gestalt geheftet. Sie wird ihren ganzen Mut zusammennehmen und es ihm zeigen. Sie ist es leid, wie ein Porzellanpüppchen behandelt zu werden. So stapft sie mutig weiter, das Laub klatscht Beifall dazu und ein Käuzchen, irgendwo im Meer der Äste, spornt sie dabei an. Gleich hat sie die Kante erreicht, sie hat doch Stimmen gehört und bleibt kurz stehen, um besser zu horchen.

Wie ein Schatten steht er plötzlich riesig da…die blau-rot-weiße Kokarde wird sichtbar, brennt sich ein in ihren Kopf…das Gewehr, er hat ein Gewehr! Er ist so dicht, der Franzmann, so dicht! Das Klopfen der Hämmer! Diese verfluchten Schweine! Nie wieder werdet ihr mir weh tun können…nie wieder! Und drückt den Abzug durch. Ein Knall! Die weiße Wolke stiebt davon und pustet den Franzosen förmlich um. Kein Schrei, kein Wimmern. Er liegt einfach da, im Laub, auf dem Rücken, die eine Hand am Hals, die andere das Gewehr umklammert. Sie blickt kurz über ihn, auf den beleuchteten Wagen, der schon fast im Moor versunken ist, nur die Lampe ragt noch raus, wie ein Schiff, das untergeht. Das Schiff der Franzosen…es ist vorbei!

Moritz kommt angelaufen, er springt noch über einen, am Boden liegenden Franzosen und ist augenblicklich bei Leonore. Er lässt seine Büchse fallen und fasst sie mit beiden Händen an den Schultern.

„Mein Gott Leonore! Ist dir ein Leid geschehen?!"

Und mustert sie dabei von oben bis unten. Sie schaut ihn dabei nur in die Augen, schmiegt ihren Kopf näher an seinen heran und ihre zitternden Lippen berühren sich. Sie spürt seinen schnellen Atem, hört sein Herz klopfen. Es ist so still um sie herum, nur sein Herz schlägt im Takt.

Sie treten beide an den Toten heran. Moritz bricht als erster die Stille.

„Den hast Du es aber gegeben! Der wird nimmer mehr auf uns anlegen!"

In Moritz Stimme liegt ein Triumpf, doch sie kniet sich zu dem französischen Soldaten herunter und schiebt behutsam, fast zärtlich den ledernen Helm mit dem großen Messingadler des Kaisers beiseite. Mit unterdrückter Stimme flüstert sie.

„Schau Moritz...er ist noch so jung...er..."

Ihre Stimme stockt plötzlich.

„...er könnte doch mein Bruder sein!"

Der Husarenleutnant bleibt stumm. Er schaut auf sie herab und zieht sie an ihrem Arm langsam hoch.

„Komm meine kleine Soldatenfrau...komm mit mir. Lass uns zurückreiten, noch ehe ein weiteres Leid geschieht!"

Sie lässt sich hochhelfen und hält Moritz dann für einen Moment fest, während sie ihn mit Tränen in den Augen fixiert.

„Es ist schon geschehen Moritz!"

Sie sieht in sein fragendes Gesicht und spürt, dass er es nicht versteht. Für Moritz ist es nur ein namenloser Feind, der unschädlich gemacht wurde, entweder die oder er. In seiner soldatischen Pflichterfüllung ist vielleicht genug Platz für Ritterlichkeit und Fairness aber nicht einen Fuß breit Raum für Gefühle. Moritz preußische Erziehung beruht auf dem Prinzip des Gehorsam und obgleich er bei ihr voller Wärme, Zuneigung und Fürsorge ist, so weiß sie auch, dass die Erfüllung eines Befehles immer über ihren Bedürfnissen stehen wird.

So verharrt sie da, in der Schwärze des Raumes und eine Verzweiflung und Dunkelheit breitet sich in ihr aus. Ihr Blick fällt auf den französischen Soldaten, er liegt ganz ruhig und friedlich da, als würde er nur schlafen. Für ihn ist es überstanden, das ganze Leid und der ganze Kummer des Krieges. Für Leonore ist es das nicht. Es kommt ihr vor, als hätte sie seinen Schmerz wie ein bleibendes Vermächtnis in sich aufgenommen. Wer wird diesen Menschen nun vermissen? Um ihn weinen und ohne ihn weiterleben müssen? Zu ersten Mal kommen ihr diese Gedanken und es quält sie.

Das Klopfen und Schlagen der Hämmer ist verstummt, ihre Rache gesühnt. Sie weiß, fortan wird sie lernen müssen, mit der Verantwortung ihrer Taten umzugehen.

Wortlos ergreift sie die Reiterpistole, sie ist noch warm vom Schuss. Eng schmiegt sie sich an Moritz Schulter, der neben ihr steht.

„Lass uns zurückreiten Leonore, man wird uns sonst vermissen!"

Sein Blick gleitet über die schwarze Moorfläche, auf die Stelle, wo der Rest des Wagens versunken ist.

„...es ist endlich vorbei!"

Es pocht unentwegt. Wie ein Pendel schlägt der Hammer in meinen Kopf hin und her. Ich spüre diese Gleichmäßigkeit in mir, der ich mich nicht entziehen kann und gebe mich ihr hin. In mir ist es dunkel und leer. Ich versuche die Position meines Kopfes zu verändern, damit das Pendel anders schlägt, doch ich liege wie auf einem Nagelkissen, jede Bewegung löst einen neuen Hammerschlag aus. Meine Arme, meine Beine sind fest, einfach so, ich kann sie nicht bewegen.

Ich öffne die Augen und ich sehe ein kleines Regal, auf dem ein kleiner Ventilator steht. Vergilbtes, helles Plastik aus den 70er Jahren. Ich fixiere mit einem Auge den kleinen Propeller, aber er steht still...alles steht still. Wenn ich beide Augen öffne, schlägt das Pendel in mir aus und es hämmert wieder. Ich bleibe erstmal ruhig und beobachte mit einem Auge weiter. Daneben ist ein Fenster aus Kunststoff und die Stoffgardine hat eine Farbe, die mir jetzt nicht einfällt. Ich will mich erst in Ruhe umschauen.

Plötzlich, wie ein Raubtier, überfällt mich diese Unruhe. Wo bin ich hier? Was ist...was ist denn passiert? Mein Blick fliegt wieder auf den kleinen Propeller, ich muss mich beruhigen, ich muss mich beruhigen.

Erst jetzt wird es mir bewusst! Es ist wie ein Vorhang, der plötzlich fällt und alles dahinter offenbart, schonungslos und ohne Vorbereitung! Ich reiße an meinen Armen und versuche meine Beine hin und her zu bewegen. Der Schmerz schießt mir vom Rücken in den Kopf, bis unters Schädeldach, verfluchte Scheiße! Das Blut ergießt sich heiß in meinen Kopf. Ich bin gefesselt!

Mein Blick geht an mir herunter, alles ist dreckig, voller Schlamm und Sand, dann sehe ich das silbern schillernde Klebeband und ich vermute das Gleiche bei meinen Handgelenken. Eine leichte Panik der Hilflosigkeit überkommt mich, sie lähmt und macht einen unfähig, etwas zu tun. Schnell schaue ich mich im Halbdunkel um, ich sehe Hängeschränke, schmutzig, alt, einen Tisch, Sitzbank...ich bin in einem Wohnwagen!

Meine Hände, sie sind eingeschlafen und ich bewege schnell meine Finger, wie ein Klavierspieler, ich spüre sie nicht aber ich bewege diese toten Finger, bis es kribbelt. Währenddessen versuche ich mich zu orientieren. Ich liege auf einer Sitzbank am Tisch des Wohnwagens, sämtliche Vorhänge sind zugezogen, so dass ich nicht sehen kann, wo ich mich befinde. Den Geräuschen nach zu urteilen jedenfalls nicht an einer Straße, es ist absolut still und scheint zumindest noch Tag zu sein, wenn ich mir den Stand des Lichtes hinter den Vorhängen vorstelle.

„Wer zur Hölle hat das gemacht?" läuft es als Spruchband durch meinen ramponierten Schädel, immer wieder. Langsam kommt die Erinnerung zurück, mein Gott der Schatz, es muss mich Jemand beobachtet haben. Ich spiele mit meinen Zähnen an der Unterlippe und versuche mich zu konzentrieren. „Wer zum Teufel war das?!" Meine Gedanken gleiten zu Henrik, wie geht es ihm? Holt er womöglich Hilfe?

Vorsichtig versuche ich meine Arme anzuheben, sie sind hinter meinem Rücken verschnürt worden mit diesem kack Klebeband! Es geht nicht, ich ruckle mit meinem Körper hin und her, das geht besser und reicht, um meine Position zu verändern.

Dann fällt mein Blick auf den leeren Esstisch. Furnierte Spanplatte, poliert und mit einer Aluminium Schiene ringsherum versehen. Doch die Nahtstelle, dort wo die Enden des Bandes zusammenlaufen, ist beschädigt und das Ende der Schiene ragt etwa zwei Zentimeter hervor.

Das ist es! Mein Verstand ist wieder da. Ich wackle mit dem Körper so, dass ich auf der Seite liegend mit dem Rücken an die Kante der Tischplatte komme, um mit den verschnürten Händen an der Alu-Spitze zu reiben. Mist! Ich bin zu tief. Endlose Minuten vergehen, bis ich mit dem Handgelenk herankomme. Jetzt nur schnell hin und her reiben, das hält selbst das stärkste Panzer-Tape nicht aus.

Zunächst passiert gar nichts, das Ende des Bleches rutscht einfach nutzlos darüber hinweg, doch nach ein, zwei Minuten höre ich am Geräusch, dass die Klebestreifen aufzurauen beginnen. Schon reißen einzelne Fäden...ich versuche dabei meine Hände auseinanderzudrücken...da...der Druck wird weniger. Ich drücke und reibe fester...noch fester, meine verdrehten Arme schmerzen, ein Schweißtropfen fällt von meiner Nase und ich höre mein Herz pochen...ich reibe schneller. Mit einem Mal sind meine Hände frei! Na warte! Jetzt sind die Karten neu verteilt.

Gerade will ich mir die Reste des Klebebandes von den Handgelenken reißen, da höre ich ein Geräusch. Es ist das Rascheln eines Schlüsselbundes. Fiebrige Hitze steigt plötzlich in mir auf. Für einen Moment überlege ich, ob ich hinter die Eingangstür springen soll...nein! Zu laut und zu wenig Zeit. Schnell lege ich mich auf die Bank zurück, die Hände brav hinter dem Rücken gekreuzt und die Augen ahnungslos tuend geschlossen. Kaum habe ich mich beruhigt, höre ich den Schlüssel im Schloss. Die Tür klingt hohl und leicht, als sie aufgeschlossen wird.

Ich versuche, innerlich zu entspannen, es geht nicht...ich weiß, „Er" befindet sich jetzt hier in diesem Raum. „Reiß dich zusammen! Er darf nichts merken, reiß dich zusammen!" Mein Herzschlag, er ist so laut, er muss es bemerken!

Fußschritte werden hörbar, noch nie in meinem Leben habe ich so angestrengt gehorcht, der Mensch verlernt so etwas mit der Zeit. Die Schritte halten an...dann wandern sie weiter und entfernen sich von mir. „Er" scheint in den hinteren Teil des Wohnwagens, zu den Kojen zu gehen. Es wäre jetzt ein guter Zeitpunkt zum Fliehen, denke ich. Aber nicht mit zwei Metern Panzertape um die Knöchel. Die Schritte kommen wieder näher, in meine Richtung...Mist! „Er" geht ganz ruhig, ohne Hast und Stress, „Er" scheint zu wissen, was er tut, das gefällt mir nicht.

Ich spüre genau, dass er mich beobachtet. Ich halte die Sekunden kaum aus, er kommt näher, er ist jetzt neben mir. Was will der von mir? Mein Gott, lass mich das aushalten! Sein Atem, ich spüre seinen warmen Atem, dieses Schwein...ich muss mich beruhigen, denke an den kleinen Plastikpropeller, der wird mir helfen.

Dann lässt er von mir ab, geht zurück, es geht jetzt alles schneller. Die Tür klappt zu und ich höre wieder den Schlüssel im Schloss...ich bin dem Schlüssel jetzt so dankbar, dankbar, dass es ihn gibt. Ich warte, ich zähle von 60 ab, da ich kein Gefühl mehr für die Zeit habe. Dann erst öffne ich die Augen. Wie eine Mumie liege ich da und starre in den Raum. Es ist alles ruhig als ich mich am Tisch langsam hochziehe und endlich das Klebeband an den Füßen entferne. Meine Muskeln sind angespannt, mein Kopf dröhnt und mir ist schlecht, egal ich bin frei!

Vorsichtig, ganz sachte ziehe ich den Vorhang etwas zur Seite und erstaune. Wir sind mitten im Wald, Buchenhochwald. Die Baumriesen sind zum Teil nur einige Meter entfernt, weit und breit nichts als Bäume, kein Haus, kein sichtbarer Weg. Ich schaue auf meine Uhr, 18.20. Ich durchsuche meine nassen, verschmierten Taschen, nichts! Das Handy ist weg.

Der hintere Teil des Wohnwagens ist dunkler, ein Berg mit Decken türmt sich auf der Matratze. Ich gehe zum Schrank über der Spüle und bin auf der Suche nach einer Waffe. Tassen, Teller einige Plastikgefäße...nichts. Schublade auf...da! Endlich ein normales Speisemesser. Besser als nichts, denke ich und drehe mich zu den Matratzen um.

Dann höre ich es! Ein unterdrücktes Rufen. Ich zögere kurz, dann bin ich mit einem Sprung an den Matratzen, reiße die Decken beiseite.

„Meine Güte Henrik! Was für eine Scheiße passiert hier gerade?"

In einem Schlafsack eingewickelt, Klebeband an Händen und Füßen und einen breiten Streifen über den Mund. Ein Wunder, dass er Luft bekommen hat. Ein feines rotes Rinnsal läuft von seiner Stirn an seinem kaputten Brillenglas herunter.

„Alles in Ordnung mit Dir?"

Flüstere ich ihm zu, während ich mit dem Messer Hände und Fußfesseln aufschneide.

„Er nickt und zwinkert kurz mit den Augen. Dann reißt er sich mit der frisch gewonnenen Freiheit das Klebeband vom Gesicht.

Mühsam flucht er.

„Verdammte Schweinerei! Welcher Geistesgestörter macht denn so `n kranken Scheiß??!"

„Wenn ich das wüsste Henrik, los, lass uns sofort hier raus, wer weiß, wann der wiederkommt"

Ich schaue ihn mir kurz an.

„Platzwunde am Kopf, die muss genäht werden!"

Und reibe mir über meinen noch immer schmerzenden Hinterkopf.

„...Henrik, ich hatte ihn! Ich hatte ihn in der Hand!"

Er reibt sich über seine steifen Glieder und schaut mich fragend an.

„Wie meinst Du das? Den Typ, der uns umgehauen hat?"

Er nimmt seine Brille ab und drückt das zersplitterte Glas heraus.

„Nein...den Schatz! Den Schatz der Offiziere Henrik!!"

Er reißt die Augen auf.

„Ich erzähle es dir später, lass uns erst einmal abhauen."

Wir wollen gerade zur Tür, da hören wir, dass ein Auto angerast kommt. Kurz zucken wir zusammen, überlegen, was wir machen. Es ist keine Zeit.

„Los Henrik, geh du in die Kochnische, ich verstecke mich hinter der Tür, wenn sie aufgeht...auf mein Zeichen, dann packen wir ihn!"

Man hört eine Autotür klappen, Schritte...sie kommen näher. Ich halte die Luft an und mir wird wieder etwas schlecht.

Der Türgriff wird bewegt, dann rüttelt jemand an der Tür. Schritte, ich höre das Knacken einzelner Äste. „Der wird doch nicht gemerkt haben...?" Ein kalter Schauer läuft mir von meiner Kopfhaut herunter. Wir pressen uns noch dichter an die Wand, als wenn wir eins werden würden mit der Plastikhaut.

Ich schaue auf meine Hand und auf das kleine Messer mit dem blauen Plastikgriff. Henrik guckt mich an und zeigt still auf ein Regal neben der Spüle. „Gute Idee Henrik" denke ich um greife mir die alte Emaillepfanne heraus.

Plötzlich ein Splittern, Plastikteile fliegen durch den Raum, die Tür wird aufgetreten und ein Mann tritt ein. Meine Hand mit der Pfanne saust herunter, schlägt zur Hälfte gegen die eingetretene Tür und trifft ihn mit der anderen Hälfte am Nacken. Der Mann mit den blonden Haaren taumelt, stürzt wie ein gefällter Baum nach hinten, aus dem Wagen und bleibt fluchend am Boden liegen. Wir stürzen hinterher, wie besoffen und erkennen ihn, wie er sich da aufrappelt, flucht und schimpft und sich dabei an den Kopf fasst.

Vor uns liegt ein stammelnder Joachim Stinners, Bürgermeister dieses so friedlichen Ortes. Mit seinem Rollkragenpullover und Jeanshose habe ich ihn zunächst überhaupt nicht erkannt.

„...sei...seid ihr denn...denn des Wahnsinns ihr Narren! ...ich ha...habe euch gesucht, ein Glück...was für ein Glück...ihr seid wohlauf!"

Seine Stimme überschlägt sich

„...der Lars! Ich habe schon die Polizei verständigt, sie suchen bereits nach ihm...er war es! Ich habe es ja gewusst, von Anfang an!"

Henrik und ich schauen überrascht während ich versuche, meine Gedanken zu sammeln.

„Was? Was sagen Sie?... der Lars? Wieso?"

Ich drehe mich zeigend zum Wohnwagen um.

„Das ist Kallis, richtig?

Stinners klopft sich den Dreck vom Pullover.

„Richtig, darin ist er gestorben. Ich hatte ihn vor Monaten mal hier im Wald entdeckt und dem Lars eine Aufforderung schicken lassen, ihn zu entfernen…von daher wusste ich noch, wo er stand."

Er streicht mit der Handfläche über seinen roten Nacken.

„…ich hatte ihn heute hier vermutet. Schon seit Wochen spüre ich ihm nach. Mir ist die Sache mit seinem Vater nie ganz aus dem Kopf gegangen. Der Kalli erzählte mir ja damals von der Angst vor seinem Sohn. Nach seinem Tod hatte ich natürlich einen Verdacht, konnte ihm aber nie etwas nachweisen."

Wie ein Goldfisch schnappt er dabei nach Luft und fährt fort.

„Dann fand ich das gegrabene Loch heute Morgen im Wald, mit euren Suchgeräten verlassen. Da dachte ich mir gleich, dass irgendetwas nicht stimmt."

Henrik mischt sich ein, während er ein frisches Taschentuch auf seine Wunde drückt.

„Waren Sie schon bei ihm in seiner Hütte?"

„…nennt mich bitte Joachim, ok? Ja, natürlich. Sein Auto ist nicht da gewesen und die Haustür stand sogar noch auf. Ich habe die Polizei informiert, das Kennzeichen ist zur Fahndung ausgegeben."

Schnell steigen wir in sein Auto. Während er aufs Gaspedal tritt löst sich meine Anspannung langsam wieder. Ich ziehe mich in meinen Körper zurück und es fällt mir schwer, den vielen Worten und Fragen Joachims zu folgen. Er redet von Lars, seiner schweren Kindheit, die starke Liebe zu seiner Mutter und dem zerrissenen Verhältnis zu seinem Vater Kalli, dem er es wohl nie recht machen konnte. Ich nehme dies alles nur am Rande wahr und hänge mit meinen Gedanken bei der eisenbeschlagenen Kiste, die ich für Sekunden besaß. Es kommt mir so unwirklich, fern und fremd vor.

Was dann folgt, nehme ich wie ein Außenstehender auf. Die Sanitäter, die uns behandeln und die vielen Fragen der Polizeibeamten bis hin zur Anzeige gegen Lars, die aufgenommen werden muss. Bruchstückhaft höre ich davon, dass im Haus in einer Abseite eine Menge Betablockerpackungen gefunden wurden, dass sich Lars noch auf der Flucht befindet und dass die vermeintliche Kiste auch im Haus nicht gefunden wurde, so dass es mir für einen Moment so vorkommt als hätte sie nie existiert. Hatte ich sie überhaupt gefunden? Oder ist sie nur ein Produkt meiner Fantasie?

In mir macht sich eine Leere breit. Manchmal ist der Weg das Ziel. Henrik und ich sind ihn bis zu Ende gegangen und nun ist ein Vakuum entstanden, dass sich nicht so leicht mehr füllen lässt.

Man setzt uns mit unseren Sachen an Henrik Fahrzeug ab, wir sind unfähig miteinander zu reden, zu viel war heute passiert und sitzen für Minuten still im dunklen Auto. Ich gucke auf mein Handy, dass die Polizei in Lars Hütte gefunden hatte. Nicole hatte noch nicht einmal angerufen, so schnell wird man also nicht vermisst, denke ich bei mir. Ich höre Henrik Stimme.

„…Hi Schatz, ich bin es… ja, alles okay, ich erzähle es dir später…mach dir keine Sorgen, es dauert hier noch ein Weilchen. Wir müssen hier noch etwas zu Ende bringen. Ich melde mich, wenn ich auf dem Rückweg bin…Kuss!"

Ich verstehe nicht und schaue ihn fragend an.

„Tim! Rufe bitte Joachim an, wir müssen uns jetzt nochmal an Lars Hütte treffen…jetzt sofort…und er soll eine gute Taschenlampe mitbringen."

Es gibt Sätze von Henrik, die keine weiteren Fragen dulden.

Ich wähle seine Nummer, er ist nicht weniger verdutzt als ich und unsere beiden Fahrzeuge stehen Minuten später auf dem Grundstück vor Lars Holzhaus. Stinners redet kurz mit dem abgestellten Polizeibeamten und kommt dann zu uns zurück.

„So ihr Beiden, wir dürfen uns hier für eine Stunde umsehen, er drückt da beide Augen zu…"

Er schaut uns dabei fragend an.

„…also, was liegt an?"

Henrik nimmt seine Taschenlampe und geht vorweg. Wir sind gespannt und folgen ihm auf das Grundstück.

„Ich habe mir gedacht, dass Lars niemals die Kiste mit in ein Auto nehmen würde, dass zur Fahndung ausgeschrieben wird, das konnte er sich denken…ich glaube, er hat den Schatz einfach hier gelassen…"

Wir trotten etwas verblüfft neben ihm her.

„…und es gibt hier einen Ort, der sozusagen von „ihm" geschaffen wurde, ohne dass er in die Fußstapfen seines Vaters treten musste…"

Langsam dämmert es mir, während der Lichtkegel auf den Boden tiefe Fußabdrücke sichtbar werden lässt. Wir stehen vor einen, mit Feldsteinen, ummauerten Brunnen, Lars Brunnen.

Laut scheppernd reißen wir die Blechabdeckung herunter, der Lichtschein der Taschenlampe fällt in die Tiefe. Meine Augen blicken in ein schwarzes Loch. Zum Glück führt der Brunnen zurzeit kein Wasser und der helle Schein des Strahlers lässt die feinen Wassertröpfchen auf den moosbewachsenen Feldsteinen kurz aufblitzen. Da! Henrik hatte recht! In ungefähr drei Meter Tiefe sieht man einen größeren Gegenstand liegen.

Wir sind elektrisiert und schauen genauer hin.

„Henrik, halte die Lampe einmal tiefer!"

Er beugt sich weit hinunter und der Lichtkegel wandert über die verrosteten Beschläge, einer auf dem Kopf gefallenen Kiste in der Größe eines kleinen Reisekoffers! Wir halten uns an den Schultern fest und starren gebannt hinunter.

Wie kleine Kinder reißen wir jäh unsere Arme in die Höhe und jubeln. Erschöpft, müde und zerschlagen. Aber wir sind glücklich! Das Herz pocht bis zum Hals, nach all den Strapazen und Mühen.

Ich nehme den Polizeibeamten gar nicht wahr, der aufgeregt angelaufen kommt. Joachim ist unterdessen verschwunden, um Seil und Spanngurte aus seinem Kofferraum zu holen.

Schnell haben wir das Seil heruntergelassen und Henrik klettert unter unserer Aufsicht vorsichtig runter zur Kiste, um diese mit Spanngurten zu sichern. Unglaublich, dass sie sich in all den Jahren im sauerstoffarmen Moor so gut erhalten hat.

Mit Hilfe von Stinners Traktor wird die Kiste wieder ans Tageslicht gezogen und dann von der Polizei ordnungsgemäß in Verwahrsam genommen.

Was dann folgt ist die Geschichte von Presse, Polizei und Gesetzesparagraphen. Eine Geschichte ohne Schatzsucherromantik und ohne den Glanz und die Würde, die dieser einmalige Fund verdient hätte. Die Hauptdarsteller dieser Geschichte sind Lars, der nachdem er an der holländischen Grenze gefasst wurde, einer Anklage wegen Mordes an seinem Vater und schwerer Körperverletzung mit Freiheitsberaubung an uns entgegensehen muss und Henrik mit mir.

Unter großem medialen Aufwand wurde im Beisein von uns, Joachim und der Presse, die Kiste geöffnet und so die Bilder von Gold und Silber Hunderttausenden Fernsehzuschauern live ins Wohnzimmer teleportiert.

Gutachter aus allen Teilen des Landes schätzen den Wert des Franzosenschatzes auf über eineinhalb Millionen Euro, eine numismatische Rechenformel, bei dem der historische Wert eindeutig verloren gegangen ist.

Aber wer kannte schon die ganze Geschichte und wer wollte sie heute noch hören? Es war Gold, an dem das Blut klebte. Wenn es einfach nur schillert und funkelt, ist es den Menschen am liebsten.

Dank des Niedersächsischen Museums, der Fürsprache von Joachim Stinners und Henriks Anwälten, entgingen wir nur knapp einer Anklage wegen Raubgräberei und bekamen im Gegenzug immerhin 10% Finderlohn zugesprochen und wenn man den Preis von 8,50 Euro auf den Tresen des Niedersächsischen Landesmuseum in Hannover legt, darf man den Schatz hinter drei Zentimeter dicken Panzerglas bewundern.

Bürgermeister Stinners war der große Verlierer der Geschichte, er war unser Retter gewesen und hat letztendlich keinen Preis für sich ernten können, um damit sein verwaistes Dorfmuseum wieder zu bevölkern.

Und wie erging es uns? Mir und meinem Weggefährten? Das öffentliche Interesse an unserer Person ebbte ab, es kehrte langsam wieder Ruhe ein. Nur nicht in der Göhrde. Für mich fühlte sich dieser Landstrich fortan zerfleddert und geplündert an.

So manches Mal, wenn ich mit Henrik voller Melancholie auf dieses Stückchen Erde fuhr und mir schweigsam die Soldaten und Regimenter vorstellte, wie sie im Wirbel ihrer Musketensalven mit Mut und Tapferkeit um die Freiheit ihres Landes oder zum Wohl ihres Kaisers rangen. Da wurde uns tatsächlich das Herz schwer und wir kamen uns billig vor, ihre Vergangenheit so verkauft zu haben.

Immer häufiger trafen wir Sucher und Schatzjäger aller Herren Länder an, die uns bestürmten und nach jeder noch so kleinen Information ausfragen wollten. Ich sah die ratlosen Bauern auf ihren Traktoren, wie sie den Kopf schüttelten, wenn sie einen sahen. Sie wussten, ihre Äcker waren nun hilflos den Scharen von Suchern ausgesetzt, die getrieben von der Gier nach Gold, sämtliche Vernunft verloren.

Die Geschichte verselbständigte sich und es kamen dutzende Goldschätze hinzu, die in der Fantasie der Sucher und selbsternannten Glücksritter noch auf ihre Entdeckung warteten.

Wie die Kaninchen bohrten sie Löcher und Gänge in die Erde, zertrampelten die frische Saat oder rissen die reifen Früchte der Erde achtlos heraus.

Eines Tages, an einem frostigen Abend im Februar, ich lebte inzwischen alleine, setzte ich mich hin, an meinen Schreibtisch, räumte alles frei und schrieb sie auf, diese Geschichte...die Geschichte der Armee der Stöcker.

Epilog

Sie wachte auf, in dem Moment, als die Haustüre ein Stockwerk unter ihr, wieder geschlossen wurde. Es war ein grauer Tag bisher gewesen und der Regen hatte eine Trägheit und Müdigkeit auf sie gelegt, dass sie es heute vorzog, im Bett zu bleiben.

Nun war sie wach. Und sie hörte die Stimme ihrer Maman, die zögerlich ihren Namen rief.

„Marie...Marie, mein liebes...komm bitte schnell!"

Rasch zog sie ihr Leinenkleid zurecht, band sich die Schürze wieder um und stieg die kleine, enge Treppe herunter. Ihr Blick war auf Maman gerichtet und nun sah sie auch Onkel Pierre, der mit tropfnassen Mantel, den Kragen hoch im Gesicht, auf einen Stuhl saß. Sein Kopf war gesenkt, als würde er den fallenden Wassertropfen von dem Zylinder in seiner Hand nachsehen.

Sie verlangsamte ihren Schritt und sie spürte auf einmal, wie ihre Beine ganz weich wurden. Ihre Mutter hielt einen Brief in der Hand und reichte ihn ihr entgegen.

Sie hatte solch einen Brief schon einmal gesehen. Bei ihrer Freundin Julie im Frühjahr, im Frühjahr als ihr Mann in Spanien gefallen war.

Marie hatte für die letzten Stufen keine Kraft mehr und während ihre Hand das Geländer umfasste und sie mit der anderen Hand das Stück Papier hielt, dass ihr ganzes Leben verändern sollte, sank sie herunter. Sie schloss die Augen und begann zu beten, weil sie nicht wusste, was sie machen sollte.

Dann dachte sie an ihn, an seine warme Hand und an sein gütiges Gesicht und reckte im Geist ihre Faust raus. „Wir werden uns Wiedersehen, ich weiß es genau, wir werden uns irgendwann wieder begegnen."

Nachdem Leonore die Geschichte vom Hänsel und Gretel zu Ende vorgelesen hatte, deckte sie ihr Mädchen mit der fein gestickten Decke vorsichtig zu und schlich unter dem Ächzen der Bodendielen aus dem Raum. Langsam schloss sie die Tür und setzte sich in der Wohnstube auf das Kanapee. Neben ihr lag der Brief, den Brief, der schon ganz geknittert war, weil sie ihn so oft gelesen hatte.

Sie liebte die kleinen, feinen Schnörkel seiner Schrift und sie wusste von da an, dass er lebte. Zwei Jahre waren seit damals vergangen und mit der letzten Schlacht bei Waterloo war auch Moritz militärische Laufbahn beendet. In den Lazaretten, in denen sie versuchte, das Leben unzähliger Menschen zu retten war sie mit ihren Gedanken immer bei ihm gewesen.

Und so manches Mal fürchtete sie, sie könnte die feingeschnittenen Gesichtszüge ihres Mannes eines Tages vergessen, sollte er nicht mehr wiederkommen.

Moritz Schnörkel hatten sich im letzten Brief verändert und sie war sich sicher, dass es dem Verlust des linken Armes geschuldet war, den er seinem General Blücher als Geschenk seiner Treue zu ihm im Felde ließ.

Aber all dies las sie erst beim vierten oder fünften Mal. Er sollte aus dem Lazarett in Brüssel zurückkehren und sie überlegte seit einer Woche fieberhaft, wie sie den Hausstand ihres gemeinsamen kleinen Hofes umgestalten musste, damit er es auch mit seiner Rechten einfach hatte. Es wird weitergehen, irgendwie, dachte sie und mein lieber Bruder wird uns helfen.

Vorsichtig legte sie den Brief wieder in seinen Umschlag und setzte sich auf dem Sofa etwas bequemer zurück, während ihr Blick auf die Pendeluhr fiel, die mit ihrem gleichmäßigen Takt Ruhe verströmte.

Ihre Gedanken glitten wieder zu ihm.

„Die Zeit heilt alle Wunden...so war es schon immer, so wird es immer sein."

ENDE

Herstellung und Verlag:
BoD- Books on Demand, Norderstedt
ISBN: 978-3-7481-4735-0

FSC
www.fsc.org

MIX

Papier aus ver-
antwortungsvollen
Quellen
Paper from
responsible sources

FSC® C105338